memória da água

EMMI ITÄRANTA

memória da água

Tradução:
Liliana Negrello e Christian Schwartz

1ª edição

Galera
RIO DE JANEIRO
2015

CIP-BRASIL. CATALOGAÇÃO-NA-FONTE
SINDICATO NACIONAL DOS EDITORES DE LIVROS, RJ

I85m

Itäranta, Emmi
Memória da água / Emmi Itäranta; tradução Liliana Negrello, Christian Schwartz. - 1. ed. - Rio de Janeiro: Galera Record, 2015.

Tradução de: Memory of water
ISBN 978-85-0110311-6

1. Ficção finlandesa. I. Negrello, Liliana. II. Schwartz, Christian. III. Título.

14-18412

CDD: 028.5
CDU: 087.5

Título original em inglês:
Memory of Water

Publicado originalmente por Teos Publishers. Edição brasileira publicada mediante acordo com Emmi Itäranta e Elina Ahlback Literary Agency, Helsinki, Finlândia.

Texto revisado segundo o novo Acordo Ortográfico da Língua Portuguesa.

Editoração eletrônica: Abreu's System

Direitos exclusivos de publicação em língua portuguesa somente para o Brasil adquiridos pela
EDITORA RECORD LTDA.
Rua Argentina, 171 – Rio de Janeiro, RJ – 20921-380 – Tel.: 2585-2000
que se reserva a propriedade literária desta tradução.

Impresso no Brasil

ISBN 978-85-01-10311-6

EDITORA AFILIADA

Seja um leitor preferencial Record.
Cadastre-se e receba informações sobre nossos lançamentos e nossas promoções.

Atendimento e venda direta ao leitor:
mdireto@record.com.br ou (21) 2585-2002.

PRÓLOGO

Está tudo pronto agora.

Todas as manhãs, durante sete semanas, varri as folhas caídas nos blocos de pedra que levam à casa de chá. E 49 vezes escolhi um punhado de folhas para jogar novamente nas pedras, de modo que o caminho não parecesse ter sido varrido. Essa era uma das coisas sobre as quais meu pai sempre insistia.

Sanja me disse certa vez que não é preciso agradar os mortos. Talvez não. Talvez sim. Às vezes não vejo diferença entre uma coisa e outra. Afinal, como poderia se eles estão no meu sangue e nos meus ossos, se tudo que resta deles sou eu?

Durante sete semanas, não ousei ir até a nascente. Ontem, abri a torneira da casa e encostei a boca do cantil. Falei palavras bonitas e palavras feias e acho até que gritei e chorei, mas a água não se importa com os pesares humanos. Ela flui sem diminuir ou aumentar o ritmo, lá no centro da terra, onde apenas as pedras podem ouvir.

O cano despejou algumas gotas, talvez o correspondente a uma colherada, no meu cantil.

Sei o que isso quer dizer.

Hoje de manhã esvaziei o que sobrou da água do cantil no caldeirão, trouxe um pouco de turfa seca do barracão para dentro da casa de chá e posicionei tudo bem no centro da sala. Pensei no meu pai, cujos sonhos eu tinha violado, e na minha mãe, que mal podia esperar pelo dia em que eu me tornaria mestre do chá.

Pensei em Sanja. Espero que ela já esteja no lugar para onde estou indo.

Uma hóspede, cujo rosto não me é estranho, aproxima-se pelo caminho, oferecendo-me a mão. Estou pronta para aceitar. O mundo não vai girar mais rápido nem mais devagar quando tivermos atravessado o portão juntas.

O que resta é luz sobre a água, ou sombra inconstante.

PARTE UM

Observadores da água

Só o que muda pode ser permanente.

Wei Wulong, "O caminho do chá"
Século VII do antigo Qian

CAPÍTULO UM

A água é o mais versátil de todos os elementos. Assim disse meu pai no dia em que me levou para o lugar que não existe. Embora tenha errado em muitas coisas, estava certo a respeito disso, pelo menos é no que ainda acredito. As águas mudam conforme a lua, abraçam a terra, não têm medo de morrer no fogo ou viver no ar. Entre na água de leve e sentirá um toque tão doce que quase se confunde com a pele. Mas choque-se contra ela e a água o quebrará em pedaços. Um dia, quando ainda existiam invernos no mundo — invernos frios, invernos brancos, invernos de cujos abraços era preciso deslizar e fugir para se aquecer —, dava para andar sobre a água cristalizada, chamada gelo. Já vi gelo, mas apenas na forma de cubos pequenos feitos pelo homem. A vida toda imaginei como seria andar sobre um mar congelado.

A morte é amiga íntima da água. Não dá para separá-las, e também não é possível afastá-las das nossas vidas, porque representam, no sentido último, aquilo de que somos feitos: a versatilidade da água e a opressão da morte. A água não tem começo nem fim, e a morte tem ambos. A morte é o começo e o fim. Algumas vezes, ela viaja escondida na água, outras, a água afasta a morte, mas estão sempre juntas, no mundo e dentro de nós.

Também isso aprendi com meu pai, embora tenha a impressão de que acabaria compreendendo sozinha.

Pude escolher o meu começo.

Talvez possa escolher o meu fim.

O começo foi no dia em que meu pai me levou para o lugar que não existe.

Isso aconteceu algumas semanas depois que prestei vestibular, compulsório para todos os jovens da minha idade. Embora tenha me saído bem, não havia a menor possibilidade de largar o posto de aprendiz do meu pai para seguir os estudos na cidade. Foi uma escolha que fui obrigada a fazer e, talvez por isso, não tenha sido exatamente uma escolha. Era o que fazia meus pais felizes, e não me fazia infeliz... e isso era o mais importante na época.

Estávamos no quintal, atrás da casa de chá, e eu ajudava meu pai a pendurar os cantis para secar. Ainda tinha alguns na mão, mas a maioria jazia de ponta-cabeça, presa por grampos de metal. A luz do sol atravessava as superfícies translúcidas formando um véu. E pequenas gotas desciam dos cantis em filetes até, finalmente, caírem na grama.

— Um mestre do chá tem uma ligação especial com a água e com a morte — disse meu pai, enquanto examinava uma das películas à procura de rachaduras. — Chá não é chá sem a água, e sem o chá um mestre do chá não é mestre. Ele devota sua vida a servir os outros. E só comparece a uma cerimônia do chá como convidado uma vez na vida, quando sente que a morte se aproxima. Então, ordena que seu sucessor prepare o último ritual e, depois de ter se servido, espera sozinho na casa de chá até que a morte pouse a mão pesada em seu coração.

Meu pai atirou um cantil na grama, onde outros já se amontoavam. Remendar cantis nem sempre funcionava, mas eles custavam caro, como qualquer coisa feita de plástico durável, e, portanto, valia tentar.

— Alguém já se enganou alguma vez? — perguntei. — Alguém já pensou que a morte estava chegando quando não era a hora?

— Não na nossa família. Ouvi falar de um mestre do passado que ordenou ao filho que preparasse o ritual, se deitou no chão da casa de chá e, dois dias depois, voltou para a família. Os empregados acharam que fosse um fantasma e um deles teve um infarto. O mestre tinha pressentido a morte do empregado. O empregado foi cremado e o mestre ainda viveu por vinte anos. Mas não acontece com frequência.

Dei um tapa numa mutuca pousada no meu braço. O inseto se esquivou com um zunido estridente. A fita que prendia meu capuz antimosquito coçava e me apertava, mas eu sabia que se tirasse a proteção atrairia muito mais insetos.

— Como a gente sabe quando a própria morte está chegando?

— A gente simplesmente sabe — respondeu meu pai. — Assim como a gente sabe quando ama ou sente que conhece um estranho em sonho, mesmo sem nunca ter visto a pessoa. — Ele pegou os últimos cantis da minha mão. — Vá apanhar dois lampiões na varanda da casa de chá e apronte-os para mim.

Fiquei me perguntando para quê ele precisaria de lampiões, já que ainda era de tarde e, nessa época do ano, as noites não chegavam a empurrar totalmente o sol para baixo do horizonte. Fui até a casa de chá e peguei dois lampiões que estavam embaixo de um banco. Um vaga-lume caminhava em um deles. Chacoalhei o lampião em cima de alguns galhos de groselheira. Os vaga-lumes gostam de groselha, por isso, continuei a mover o lampião sobre os galhos até ter acordado um bocado de insetos dorminhocos e atraído alguns deles para dentro de cada lampião. Fechei o vidro e fui até meu pai.

Ele tinha colocado um dos cantis nas costas. Sua expressão era séria embaixo do capuz antimosquito. Estendi os lampiões na direção dele, mas meu pai apanhou apenas um.

— Noria, está na hora de eu mostrar uma coisa para você — disse ele. — Venha comigo.

Atravessamos o pântano seco, que se estendia dos arredores da nossa casa até o pé da serra, e depois subimos uma das colinas. Não foi uma longa caminhada, mas o suor já deixava meus cabelos colados na cabeça. Quando chegamos ao topo, onde começava o jardim de pedras, tirei o capuz. O vento era tão forte que não havia mais tantas mutucas e pernilongos quanto perto de casa.

O céu estava límpido e sereno. O sol ardia na pele. Meu pai parou, talvez para escolher o melhor caminho, e aproveitei para me virar e dar uma espiada. A casa do mestre do chá e seu jardim eram uma mancha verde que parecia flutuar na aridez de pó e pedras da paisagem. O vale era salpicado por casas do vilarejo e, do outro lado, se erguia a montanha Alvinvaara. Para além da montanha ficavam as áreas úmidas, onde se assomava um trecho da escura floresta de abetos. Ainda um pouco mais adiante ficava o mar, mas não era possível avistá-lo, nem mesmo nos dias mais bonitos. Do lado oposto dava para ver as árvores retorcidas da decadente Floresta Morta. Na minha infância havia bétulas anãs ali, que não chegavam a alcançar a altura da minha cintura. Certa vez cheguei mesmo a colher um bom punhado de mirtilos silvestres.

Havia um caminho que margeava o jardim de pedras, e meu pai escolheu segui-lo. Desse lado, a colina era cheia de cavernas. Quando mais nova, ia com frequência brincar ali. Ainda me lembro de um dia em que minha mãe me descobriu brincando de duende da montanha com Sanja e um grupo de outras crianças. Ela discutiu com meu pai, que tinha se esquecido de tomar conta de mim, e me arrastou pelo braço de volta para casa. Fui proibida de brincar com as crianças do vilarejo por um mês. Mas continuei a visitar as cavernas com Sanja todas as vezes que minha mãe viajava a trabalho, e nós brincávamos de exploradoras, aventureiras e agentes secretas do Novo Qian no Deserto Mediterrâneo. Havia dezenas de cavernas, talvez centenas, que gente explorava o mais minuciosamente possível. Estávamos sempre à procura de passagens secretas e tesouros escondidos — coisas que se lê em livros antigos ou se ouve em histórias do povo, mas que não existem de verdade.

Meu pai parou diante da boca de uma caverna que parecia a cabeça de um gato e entrou sem dizer uma palavra. A passagem era baixa. Minhas calças de tecido fino não chegavam a proteger os joelhos, que raspavam contra as rochas, e era com certa dificuldade que eu carregava o capuz e o lampião, que começava a brilhar de leve, conforme os vaga-lumes iniciavam seu trabalho no crepúsculo. Dentro da caverna, o ar era frio e pesado.

Reconheci o lugar. Tinha sido motivo de uma briga entre mim e Sanja certa vez, porque Sanja queria usá-lo como quartel-general da Crucial e Importante Sociedade de Exploradores do Novo Qian. Insisti que era um desperdício de espaço, já que a caverna era muito comprida e baixa, e ficava muito longe de casa para que conseguíssemos contrabandear comida convenientemente. No fim das contas, acabamos optando por uma caverna menor e mais próxima.

Meu pai continuou rastejando em direção ao fundo da caverna. Vi quando ele parou e colocou a mão direita na parede — pelo menos foi o que achei que tinha feito — e percebi um movimento do braço. A pedra acima da sua cabeça fez um som abafado e, naquele mesmo lugar, um buraco negro se abriu. A caverna era tão baixa naquele ponto que, quando ele se sentou, sua cabeça ficou no nível do buraco, para onde meu pai logo deslizou, levando o lampião. Consegui enxergar o rosto dele quando olhou para mim lá de dentro.

— Você vem?

Rastejei mais para o fundo da caverna e coloquei a mão na parede, no local em que vi meu pai abrir o buraco. Tudo o que podia enxergar era a luz bruxuleante do lampião contra a pedra. Mas meus dedos logo encontraram um relevo estreito em forma de concha, atrás do qual havia uma fenda larga e uma pequena alavanca escondida. A fenda ficava praticamente invisível, escondida pela pedra.

— Mais tarde explico como tudo isso funciona — disse ele. — Agora venha.

Eu o segui pelo buraco.

Sob a caverna havia outra caverna, ou talvez seja mais acertado dizer um túnel, que parecia mergulhar diretamente para dentro da colina. No teto, logo acima do buraco, havia um tubo de metal e um gancho grande, cuja utilidade não compreendi. Na parede, duas alavancas. Meu pai puxou uma delas e o buraco se fechou. O brilho dos lampiões se intensificou quando o túnel ficou na mais completa escuridão. Ele tirou o capuz antimosquito e o cantil, que trazia nos ombros, e colocou tudo no chão.

— Pode deixar o capuz — falou. — Você não vai precisar dele daqui pra frente.

O túnel descia para o coração da colina. Reparei que um cano de metal corria ao longo do caminho. Não conseguia andar com as costas eretas, e a cabeça do meu pai vez ou outra raspava no teto. A rocha abaixo dos nossos pés era estranhamente macia. A luz do lampião invadia as dobras da jaqueta do meu pai, enquanto a escuridão penetrava as cavidades das paredes. Fiquei atenta ao silêncio da terra ao redor, um silêncio diferente daquele experimentado lá em cima: mais denso, mais pesado. Vagarosamente, comecei a distinguir um som que se alongava e crescia lá no centro da colina, um som familiar e ao mesmo tempo estranho. Nunca tinha ouvido um som reverberar assim, livre, impulsionado unicamente por sua própria força e vontade. Era como o barulho da chuva batendo na janela, ou de uma bacia sendo esvaziada embaixo dos pinheiros, mas não era um som doméstico, um som controlado, não era produzido pela mão do homem. Ele me envolvia e me atraía, até que comecei a ter a impressão de estar escutando por entre as paredes, dentro do escuro.

Meu pai parou e vi, através da luz do lampião, que tínhamos chegado a uma passagem para outra caverna. O som rugia forte. Ele se voltou para mim. A luz dos vaga-lumes oscilava em seu rosto, exatamente como quando a gente ilumina a água, e o som da escuridão cantava forte às suas costas. Eu esperava que ele dissesse alguma coisa, mas meu pai simplesmente se virou outra vez e continuou a andar pelo caminho que se abria. Eu o segui.

Não dava para enxergar mais do que um palmo de distância, porque a luz dos lampiões não era forte o suficiente. A escuridão nos recebeu com um estrondo. O som era como o barulho da água fervendo no fundo de um caldeirão, ou melhor, como o som de centenas e centenas de caldeirões onde a água estivesse exatamente no ponto de fervura, quando um mestre do chá sabe que é a hora de tirá-la do fogo antes que ela vire vapor e nunca mais possa ser apanhada. Senti algo frio e úmido no rosto. Caminhamos mais alguns passos e a luz dos vaga-lumes finalmente encontrou o som — e eu vi a nascente secreta pela primeira vez.

A água jorrava para fora da rocha em fios, fitas e cordões brilhantes e em enormes lâminas que se chocavam contra a superfície do lago, no fundo da caverna. O impacto fazia a água se retorcer ao redor das rochas, enrolando-se em espirais, agitando-se e dançando até se desenrolar novamente. A superfície tremia sob a força do impacto. Um estreito filete d'água fluía em direção à pedra em forma de concha — a fechadura do alçapão por onde tínhamos entrado — e depois desaparecia no chão. Vi uma coisa que parecia uma mancha branca na rocha que ficava abaixo do filete de água, e também mais uma alavanca na parede um pouco mais à frente. Meu pai deu um sinal para que eu me aproximasse da margem do lago.

— Experimente.

Afundei os dedos na água e senti sua força. Ela movia minhas mãos como se fosse a respiração de um animal, ou a pele de outra pessoa. Estava fria, muita mais fria do que qualquer outra coisa que eu já tivesse tocado. Molhei os lábios cuidadosamente, como tinha sido ensinada a fazer desde muito jovem: sempre provar a água antes de beber.

— É fresca — falei.

O lampião que meu pai tinha nas mãos iluminou um sorriso, que logo deu lugar a uma expressão mais séria.

— Você tem 17 anos, idade suficiente para entender o que vou dizer. Este lugar não existe. Esta nascente secou há muito tempo. Assim conta a história, e é nisso que todos acreditam. Mesmo quem conhece as lendas que falam de uma nascente na colina que, uma vez, proveu água para todo o vilarejo. Lembre-se. Esta nascente não existe.

— Vou lembrar — afirmei, mas só muito depois fui entender a promessa que tinha feito.

O silêncio não é vazio ou imaterial. Ele pode domar uma torrente de acontecimentos. E guarda um poder forte o suficiente para destruir tudo.

Voltamos pelo túnel. Quando nos aproximamos da entrada, meu pai pegou o cantil que tinha deixado por lá e o segurou perto do gancho do teto. Depois de checar se a boca do cantil estava aberta, girou uma das alavancas da parede. Ouvi um barulho elétrico, parecido com os barulhos dos utensílios de resfriar da cozinha, e logo percebi um novo ruído, diferente do primeiro, como se preso a algo de metal. Em seguida, um forte jato de água explodiu do teto diretamente dentro do cantil.

— Você que fez? — perguntei. — Ou foi a mamãe? Ela planejou tudo isso? Vocês construíram juntos?

— Ninguém sabe ao certo quem construiu — explicou ele. — Mas os mestres do chá sempre acreditaram que tivesse sido um deles, talvez o primeiro que se estabeleceu aqui, antes de os invernos desaparecerem e as guerras começarem. Agora, só a água pode lembrar o que aconteceu.

Ele desativou as alavancas. A força da água foi diminuindo e morrendo pouco a pouco, e o buraco por onde tínhamos entrado se abriu novamente.

— Você primeiro — disse ele.

Desci pelo buraco. Meu pai fechou o cantil com firmeza, então baixou-o em direção ao chão, onde o apanhei. Quando o buraco se fechou, a caverna parecia só uma caverna sem segredos.

O brilho dos vaga-lumes enfraqueceu pouco a pouco na luz do dia. Quando avançamos pelo jardim de casa, minha mãe, sentada embaixo de uma tenda, levantou os olhos das anotações que fazia a partir de um livro pesado em seu colo. Meu pai me entregou o lampião. Fiquei olhando a sombra das folhas brincando no caminho de pedras enquanto o observava andar em direção à casa de chá. Estava pronta para segui-lo, mas ele disse:

— Agora não.

Parada, um lampião em cada mão, fiquei ouvindo os vaga-lumes se debaterem contra as paredes de vidro. Foi só quando minha mãe falou comigo que me dei conta de que devia abrir as portas dos lampiões.

— Você se queimou no sol de novo. Onde foram?

Os vaga-lumes se espalharam pelo ar e sumiram nos arbustos.

— Num lugar que não existe — respondi, e só de olhá-la percebi que ela sabia exatamente onde a gente tinha estado e que também já estivera por lá.

Minha mãe não disse mais nada, não naquele momento, mas a expressão de calma abandonou seu rosto.

Mais tarde naquela noite, deitada na cama e protegida pelo mosquiteiro, fiquei observando a luz alaranjada do sol noturno e ouvi meus pais conversarem na cozinha por um bom tempo. Não dava para distinguir as palavras, mas percebi o tom pesado, que acabou invadindo meus sonhos.

CAPÍTULO DOIS

O orvalho da noite ainda cobria o chão quando saí para ajudar meu pai a empilhar os cantis na parte de trás do heliciclo. A superfície plástica dos cantis brilhava ao sol da manhã. Apertei bem o cinto ao redor da carga e, depois de me certificar que tudo estava bem preso, coloquei a bolsa feita de algas no ombro e subi no veículo.

— Vá no Jukara — disse meu pai. — Ele dá um desconto.

Jukara era o mais antigo artesão especializado em plástico do vilarejo, um amigo do meu pai. Mas eu não confiava nele desde que, no ano anterior, cantis arrumados em sua loja tinham dado problema após pouquíssimo tempo de uso. Portanto, não respondi, simplesmente fiz um movimento com a cabeça que podia ser interpretado como um aceno positivo.

— E não demore o dia todo — acrescentou. — Temos convidados amanhã. Preciso de ajuda para limpar a casa de chá.

Afundei o pé no pedal para dar a partida. Um dos painéis solares estava quebrado e o motor falhava, então tive que manter o pé afundado por quase toda a estrada poeirenta, ladeada por árvores verde-douradas, que se estendia nos arredores de casa. Só depois que saí do bosque é que o veículo ficou mais estável. Já na estrada principal, travei o pedal e descansei os pés enquanto o heliciclo se movia sem pressa pelo vilarejo. O ar da manhã gelava meus braços nus. A essa hora, as mutucas ainda não tinham aparecido. Tirei o capuz antimosquito, deixando o vento e o sol se espalharem pelo meu rosto. O tempo estava seco, o céu, azul, e a terra, silenciosa. Cheguei a ver alguns pequenos animais se mexendo na poeira em busca de água.

Passadas as casas mais distantes do vilarejo, cheguei à bifurcação da estrada. O caminho para a loja de Jukara era à esquerda. Parei, em dúvida, mas decidi pela direita, onde logo distingui a velha cerca azul tão familiar.

Como a maior parte das construções do vilarejo, a casa de Sanja era uma herança do mundo antigo, uma construção grande com múltiplos quartos, um quintal e uma garagem — fruto do tempo em que a maior parte das pessoas ainda possuía veículos de tecnologias hoje muito ultrapassadas. As paredes haviam sido consertadas inúmeras vezes e os pais de Sanja me disseram que, antigamente, a casa tinha um telhado praticamente plano, sem painéis solares, embora isso seja muito difícil de imaginar.

Quando parei do lado de fora do portão, vi Sanja no jardim, esvaziando o último cantil dentro de um barril de metal enquanto enfileirava xingamentos. A porta da frente estava aberta e um fluxo quase inaudível de pod-news saía da casa, atravessando a tela antimosquito que cobria a porta da frente. Sanja não estava usando seu capuz e, quando olhou para mim, vi logo que não tinha dormido.

— O maldito farsante me vendeu água salgada — disse, arrumando furiosamente o cabelo atrás das orelhas. — Não sei como. Eu provei a água, como sempre faço, e era potável. O preço era um absurdo, então só comprei meio cantil, mas mesmo assim foi dinheiro jogado fora.

— Que tipo de recipiente era? — perguntei, passando pelo portão para estacionar no jardim.

— Um desses antigos. Daqueles grandes e transparentes que ficam apoiados num estrado, de onde sai um cano com uma torneira.

— Fraude do cano duplo — expliquei. — Vi acontecer na cidade, ano passado. Dentro do estrado tem um segundo recipiente escondido com água salgada. O cano tem duas saídas. A primeira é da água potável e a segunda, que fica escondida, da salgada. O vendedor oferece a prova do cano de água potável, depois muda a bica sem você perceber e vende a salgada.

Sanja me encarou por um instante e, enfim, desabafou:

— Burra, idiota.

Eu sabia que os xingamentos não eram endereçados a mim. Ela devia ter gasto a maior parte do salário mensal em água salgada.

— Pode acontecer com qualquer um — falei. — Você não tinha como saber. Talvez seja bom avisar aos outros.

Sanja suspirou.

— Vi outras pessoas comprando dele pouco antes de a feira terminar. Mas a essa altura o cara provavelmente já está longe, procurando pelo próximo otário.

Guardei meus pensamentos para mim mesma: mais de uma vez meus pais tinham me dito que, quando muitas fraudes começam a acontecer, é sinal de que tempos difíceis se aproximam, mesmo que o noticiário insista toda hora que a agitação é temporária e que a guerra está totalmente sob controle. Nos bons tempos a água também é escassa, mas a maior parte das pessoas consegue se virar com as cotas mensais e os caloteiros não se dão ao trabalho de arregaçar as mangas. Os comerciantes de água que ocasionalmente param nos pequenos vilarejos sempre mantêm os preços altos, mas não colocam seu negócio, ou o dos concorrentes, em xeque vendendo água salgada. Não que não existam caloteiros quando as coisas vão bem, mas é que esse era o terceiro que aparecia no vilarejo em dois meses. O aumento súbito no número de enganadores provavelmente significava que havia fortes rumores nas cidades sobre uma cota nova e ainda mais restrita de água, talvez até um racionamento. Por isso, alguns fraudadores partiram das feiras atoladas de concorrentes na cidade grande para um mercado menos competitivo e com clientes mais ingênuos.

— Problemas com a água encanada de novo? — perguntei.

— A porcaria do cano precisa ser trocado — disse Sanja. — Vou fazer isso eu mesma da próxima vez. Minja ficou doente na semana passada e não me atrevo a dar água da torneira para ela, mesmo fervida. O meu pai diz que pode ser usada, mas acho que ele desenvolveu um estômago de ferro depois de beber água suja por tantos anos.

Minja, a irmã de 2 anos e meio de Sanja, desde que nasceu vivia doente. Nos últimos tempos, Kira, a mãe, também estava adoentada. Não contei a Sanja, mas algumas vezes, já tarde da noite, vi um estranho sentado na porta da casa deles, uma figura esguia e sombria, não necessariamente má, simplesmente alguém que se sabia indesejado em qualquer lugar. A presença estava sempre quieta, esperando pacientemente, sem fazer menção de entrar nem de se afastar.

Pensei no que meu pai tinha me contado sobre a morte e os mestres do chá e, quando olhei para Sanja com aquelas olheiras de noites maldormidas no rosto tão jovem quanto o meu, a imagem da presença sombria esperando na porta de repente me pesou nos ombros.

Algumas coisas não devem ser vistas. Outras não devem ser ditas.

— Você pediu permissão para consertar o cano?

Sanja bufou.

— Você acha que tenho tempo para esperar o processo burocrático? Tenho quase tudo de que preciso. Só não sei ainda como vou fazer para despistar os guardas da água.

Ela disse tudo em tom casual, como se estivesse falando de algo trivial, comum, não de um crime. Pensei nos guardas da água, nos rostos frios cobertos pelos capuzes antimosquito, andando em marcha ritmada e patrulhando as ruas estreitas em pares, sempre checando o uso mensal de cotas e executando punições. Tinha ouvido falar de surras, prisões e multas — e coisas piores circulavam pelo vilarejo, mas eu não sabia se eram verdadeiras. Pensei nas armas: sabres longos e brilhantes que eu tinha visto cortarem até metal quando, certa vez, testemunhei vários guardas brincando na rua com peças ilegais de canos que tinham confiscado da casa de uma velha senhora.

— Trouxe umas coisas para você consertar — falei, soltando o cinto de segurança que protegia os cantis. — Sem pressa. Quanto você cobra?

Sanja contou o número de cantis, passando os dedos pela pilha.

— Um dia e meio de trabalho. Cobro três cantis de água.

— Pago quatro. — Eu sabia que Jukara me cobraria dois, mas não me importava.

— Por quatro, posso consertar um agora mesmo.

— Trouxe mais uma coisa. — Peguei um livro fino na bolsa. Sanja viu e deu um gritinho abafado de alegria.

— Você é demais! — Mas logo sua expressão ficou preocupada novamente. — Ah, só que não terminei o outro ainda.

— Não tem problema. Já li os dois várias vezes.

Apesar de relutante, Sanja pegou o livro. E dava para ver que estava feliz. Como a maioria das famílias do vilarejo, a de Sanja não tinha livros. Pod-stories eram mais baratos e você podia comprar em qualquer mercado, ao contrário de papel.

Contornamos a casa carregando os cantis até a oficina de Sanja, construída por ela mesma no quintal. O teto era feito de algas secas e três das paredes eram de telas antimosquito, moldadas por postes de madeira. A parte de trás da casa de Sanja funcionava como a quarta parede da oficina. Ela puxou a fechadura de arame da porta e a trancou.

Empilhei os cantis na bancada de madeira que ficava no meio da oficina. Sanja colocou os que estavam com ela sobre os meus e levou um deles para a longa mesa encostada na parede sólida. Meu pai tinha marcado o rasgo com tinta cor de beterraba. Era um furinho no formato de uma estrela assimétrica.

Sanja acendeu o maçarico movido a luz solar e os fios do aparelho começaram a brilhar em um tom laranja-avermelhado. Ela pegou uma caixa cheia de pedaços de plástico de debaixo da mesa e escolheu um. Fiquei observando enquanto Sanja, cuidadosamente, aquecia tanto a película do cantil quanto o remendo, até que as duas superfícies estivessem moles e pegajosas. Ajeitou o plástico no lugar do furo e, depois de checar se ele de fato cobria toda a superfície, começou a nivelar a sutura para que ficasse bem justa.

Enquanto esperava, dei uma olhada na oficina, Sanja tinha juntado mais coisas desde minha última visita, algumas semanas atrás. Como sempre, as compridas mesas estavam cheias de ferramentas, pincéis, vidros, tábuas de madeira, lampiões vazios e pedaços de coisas que eu não conseguia identificar. Mas a maior parte do espaço estava tomada por caixas de madeira transbordando de pedaços de plástico e metal. O metal era mais difícil de encontrar, porque as peças mais úteis tinham sido levadas às cidades para que o exército as derretesse, décadas antes, e depois disso as pessoas tinham juntado o que podiam de peças metálicas que ainda prestavam saqueando os lixões de metal. Mas agora, tudo o que se podia desenterrar nesses lugares eram peças aleatórias que não tinham nada a ver uma com a outra.

Restos de plástico, por outro lado, nunca faltavam, porque o plástico usado no mundo antigo levava séculos para degradar, não era como o nosso. A maior parte era de qualidade tão baixa ou estava tão estragado que não podia ser usado para fazer nada de útil, mas, algumas vezes, cavando mais fundo, dava para encontrar tesouros. Os melhores achados eram partes de equipamentos tecnológicos do mundo antigo: metal e plástico conjugados e criados para fazer coisas que ninguém no mundo atual fazia mais. Ocasionalmente, uma peça de maquinário abandonado era encontrada quase intacta, ou podia ser facilmente consertada. O que nos deixava perplexos era imaginar por que essas coisas tinham sido descartadas.

Em uma das caixas debaixo da mesa encontrei utensílios de plástico: canecas, pratos e uma jarra. Embaixo dessas coisas havia dois retângulos de plástico preto mais ou menos do tamanho e do formato dos livros que eu tinha no quarto, poucos centímetros mais grossos. Eram planos de um lado, mas, no verso, tinham dois buracos brancos redondos conectados. Um dos cantos do retângulo estava solto e uma fita escura brilhante e lisa escapava de dentro. Havia algumas letras impressas no plástico. A maior parte era ilegível, mas dava para distinguir três letras: VHS.

— O que é isso? — perguntei.

Sanja tinha terminado de nivelar a sutura e se virou para olhar.

— Não tenho a menor ideia. Desenterrei as duas peças na semana passada. Acho que eram partes recarregáveis de alguma máquina do passado, mas não consigo nem imaginar para que serviam.

Ela colocou a película do cantil em uma tábua. Levava um tempo para o plástico selar completamente. Pegou uma enorme mochila da mesa e a colocou nas costas.

— Quer vir desenterrar coisas enquanto o remendo esfria?

Andamos algumas quadras e, quando virei na rua que sempre pegávamos para ir até o lixão dos plásticos, Sanja me parou e disse:

— Não vamos por aí.

O símbolo chamou minha atenção de imediato. Naquela rua havia uma casa de madeira que, embora estivesse desgastada e manchada, um dia tinha sido amarela. O canto de um dos painéis solares do telhado estava quebrado. A construção era semelhante à maior parte das outras do vilarejo: erguida na época do mundo antigo e adaptada às circunstâncias do tempo presente. Porém, ela se destacava entre as casas pálidas e desbotadas por ser a única cuja porta tinha sido pintada recentemente. Um círculo azul brilhante sobressaía na madeira surrada, tão brilhante que a tinta ainda parecia fresca. Nunca tinha visto nada assim.

— O que é aquilo? — perguntei.

— Não vamos falar sobre isso aqui — respondeu Sanja, me puxando pelo braço.

Vi um vizinho sair e percebi que ele evitou olhar para a porta marcada, acelerando os passos quando teve que passar em frente ao local. Exceto por aquele homem, a rua estava deserta.

Segui Sanja por um percurso sinuoso. Ela olhava para os lados e, somente quando teve certeza de que não havia ninguém à vista, sussurrou:

— A casa está sendo vigiada. O círculo apareceu na porta na semana passada. É sinal de um crime de água sério.

— Como você sabe?

— Minha mãe me contou. A mulher do padeiro parou em frente ao portão da casa dia desses e dois guardas da água apareceram do nada para perguntar o que ela estava fazendo ali. Eles disseram que as pessoas que viviam naquela casa eram criminosas da água. Só a deixaram ir embora porque ela conseguiu convencer os guardas de que tinha parado ali apenas para vender tortas de semente de girassol.

Eu conhecia os moradores. Um casal sem filhos com pais idosos. Era difícil imaginar que fossem culpados de um crime de água.

— O que aconteceu com os moradores? — perguntei. E fiquei pensando em seus rostos comuns e cansados e em suas roupas modestas.

— Ninguém sabe ao certo se eles ainda estão dentro da casa ou se foram levados — respondeu Sanja.

— O que acha que vão fazer com eles?

Sanja olhou para mim, deu de ombros e ficou em silêncio. Percebi que ela havia falado em trocar os canos de água de forma ilegal. Olhei para trás. A casa tinha desaparecido de vista, mas o círculo azul ainda brilhava em minha mente. Era como uma ferida aberta tatuada na pele do vilarejo. Perigosa demais para qualquer pessoa se aproximar e coberta de silêncio.

Continuamos ao longo do caminho tortuoso.

Atravessamos um riacho barrento e quase seco que escorria perto do lixão dos plásticos. Quando éramos crianças, o lixão era um local proibido. Minha mãe dizia que o chão era tóxico e que era perigoso pôr os pés ali — um deslize e você podia cortar as roupas ou a pele em algo afiado. Naquela época, Sanja e eu planejávamos excursões secretas ao lixão dos plásticos com muito cuidado, em geral escolhendo vir perto do anoitecer, quando não era escuro o bastante para precisarmos de lampiões e nem tão claro a ponto de alguém nos reconhecer de longe.

O lixão dos plásticos era um pedaço de terra grande, íngreme e instável, cheia de cantos cortantes, superfícies ásperas, arestas afiadas e lascas pontudas que emergiam de forma abrupta e imprevisível. Os vales e morros formados pelos resíduos viviam mudando de forma. As pessoas moviam pilhas de lixo de um lado para o outro, repisavam as partes planas, que ficavam ainda mais firmes, cavavam buracos e criavam morros ao redor deles, revolvendo camadas e camadas de resíduos — tudo em busca de plástico utilizável e madeira que não estivesse muito empenada. O cheiro e o aspecto familiar do lixão me trouxeram à memória as botas de cano longo que usava para prevenir cortes nas pernas. Quase podia sentir de novo a aspereza daquelas botas, nas quais meus pés escorregavam suados e sujos.

Dessa vez, usava um par de sapatos de verão que mal cobriam os tornozelos, mas já era mais velha e o dia estava claro.

O plástico descartado rangia sob o peso dos nossos passos, enquanto mutucas e outros insetos zumbiam alto ao redor das nossas cabeças encapuzadas. Abaixei as mangas da camisa e as enrolei bem apertadas nos punhos, já sabendo que qualquer pedaço de pele nua atrairia ainda mais insetos. No final do dia, meus tornozelos estariam queimados de sol e inchados de picadas.

Fiquei atenta, buscando qualquer coisa que valesse a coleta, mas não havia nada de interessante: lençóis de plástico brancos, sujos e amassados, sapatos que pareciam desconfortáveis, com saltos quebrados, uma cabeça de boneca. Parei e olhei para trás, mas Sanja não estava mais lá. Tinha se afastado uns metros e estava agachada cavando numa pilha. Cheguei perto bem na hora em que ela puxou o que parecia ser uma caixa grande do meio de um monte de potes, cabides retorcidos e uma ponta de plástico preto.

A caixa tinha formato retangular. Eu nunca tinha visto uma coisa assim. A superfície preta, toda arranhada, parecia ter sido brilhante e polida algum dia. Nas extremidades havia buracos redondos cobertos por uma redinha de metal.

— Caixas de som — explicou Sanja. — Já vi algumas parecidas em outras tecnologias do passado. Eram usadas para dar potência.

Havia uma pequena cavidade retangular entre as caixas de som, com uma tampinha que abria pelo canto. Embaixo do buraco havia botões com comandos de flechinhas que apontavam para várias direções. Quando a gente girava o maior dos botões, um ponteiro vermelho se mexia em uma escala numérica com combinações de números que não faziam o menor sentido: 92, 98, 104 e assim por diante. No final da escala dava para ler as letras "Mhz". Bem no meio da parte de cima do equipamento tinha um círculo, pouco maior que os das caixas de som, coberto por uma tampa parcialmente transparente.

Já sabia que Sanja ia querer levar a máquina para casa. Só de olhar o rosto da minha amiga dava para sentir que ela estava matutando sobre o que teria dentro daquele equipamento. Com certeza já estava considerando abri-lo, memorizar todas as partes e conduzir eletricidade do gerador solar para ver o que ia acontecer.

Andamos pelo lixão por mais um tempo, no entanto, só encontramos os resíduos habituais — brinquedos quebrados, pedaços de coisas irreconhecíveis, pratos, copos e uma interminável quantidade de sacolas de plástico mofadas. Quando nos preparávamos para voltar ao vilarejo, falei para Sanja:

— Queria poder cavar até bem lá embaixo. Talvez assim a gente conseguisse entender o mundo antigo e as pessoas que jogavam essas coisas fora.

— É uma perda de tempo ficar pensando nelas.

— Você também pensa nelas — insisti. — Não viria aqui se não pensasse.

— Não é nas pessoas que eu penso — defendeu-se Sanja. — É nas máquinas, em todo o conhecimento que essas pessoas deviam ter e no que deixaram pra gente. — Ela parou e segurou o meu braço. Dava para sentir o calor dos dedos atravessando o tecido da minha camisa e a ardência do sol no resto da pele, dois tipos de calor diferentes, um bem ao lado do outro. — Não vale a pena pensar nelas, Noria. Elas também não pensavam na gente.

Eu tentava não pensar nelas, mas o mundo antigo drenou o mundo presente, trouxe o tipo de céu que temos hoje, toda essa poeira. Será que o mundo presente, o mundo atual, alguma vez passou pela cabeça de algum deles? Imagino uma dessas pessoas do passado parada à beira do rio, que agora é apenas uma cicatriz seca na paisagem. Pode ser uma mulher, nem jovem nem velha, ou talvez um homem. Não importa. Que seja uma mulher de cabelo castanho-claro. Ela olha o rio correr, pode ser um rio meio barrento, ou de águas claras, e, por um momento, uma sensação do que pode acontecer no futuro invade seus pensamentos.

Imagino que ela volte para casa e faça uma coisa diferente naquele dia por causa dessa sensação. E continua assim no dia seguinte, no outro também.

Mas aí vejo outro quadro em que ela volta para casa e não faz nada diferente. Não sei qual das duas mulheres é a real e qual é apenas um reflexo claro como a água, quase óbvio o bastante para ser confundido com a realidade.

Olho para o céu, para a luz e para a terra — tudo igual na época deles, mas ao mesmo tempo tão diferente. Nosso mundo não para de sangrar.

Quase não falamos no caminho de volta para a casa.

Sanja se abrigou na sombra da varanda enquanto eu ajeitava o cantil consertado na traseira do veículo e entrava para dar a partida do heliciclo. O dia se erguia imenso e límpido, e Sanja parecia pequena, miúda e escura escondida na sombra.

— Noria — disse ela. — Sobre o preço.

— Trarei dois cantis cheios mais tarde — falei.

Quando já tomava o rumo para a casa do mestre do chá, ainda pude ver seu sorriso. Tímido e pálido, mas ainda assim um sorriso. Quem não ficaria nada satisfeito seria o meu pai.

CAPÍTULO TRÊS

Mais tarde naquele dia, tomei o caminho que levava da casa de chá até o portão da nossa propriedade. No meio do percurso, perto do jardim de pedras, parei para pegar um pouco de hortelã. A areia pálida ondulava sobre as pedras, que pareciam ilhas abandonadas cercadas de água. As três plantas aromáticas do canteiro, que ficavam mais perto do limite da propriedade, explodiam em direção ao céu límpido como se fossem labaredas verdes. Coloquei umas folhas de hortelã na boca e continuei andando em direção a um pequeno morro que ficava à sombra de um pinheiro, bem ao lado do portão, de onde podia ver a estrada que se expandia para além das árvores do nosso bosque. A hora mais quente do dia já havia passado e a roupa da cerimônia do chá tocava minha pele de forma agradável e fresca. Já as sandálias de sola dura machucavam meus pés cansados. Os braços também doíam.

Meu pai se levantou após algumas parcas horas de sono, em meio à luz dourada e pálida, típica de uma noite branca que se transforma em manhã. Não era sempre que ele me acordava tão cedo nos dias de cerimônia, mas dessa vez não tivera piedade. Eu já sabia que era uma punição silenciosa por ter demorado demais na casa da Sanja no dia anterior. Meu pai me deu várias tarefas, uma após a outra, às vezes três de uma só vez. Quando minha mãe levantou para o café da manhã, eu já tinha limpado o jardim de pedras, carregado vários cantis de água, varrido o chão duas vezes, pendurado lampiões decorativos dentro e fora da casa de chá, colocado nossas roupas da cerimônia para arejar, lavado e secado xícaras e bules e arrumado tudo em bandejas de madeira, tirado o pó da pia de pedra do jardim e arrastado o banco da varanda três vezes, até que finalmente meu pai estivesse satisfeito com a posição.

Foi com certo alívio, portanto, que andei até o portão para aguardar os convidados, enfim livre dos meus afazeres. Não tinha comido praticamente nada desde o café da manhã e mastiguei as folhas de hortelã para enganar a fome. Na luz maçante do fim da tarde, mal conseguia manter os olhos abertos. O som suave dos sinos de vento do jardim acariciavam meus ouvidos. A estrada estava deserta, o céu parecia imenso lá em cima e, por todos os lados, eu pressentia a textura do mundo, o movimento ininterrupto da vida, em sístoles e diástoles.

O vento crescia e arrefecia. Águas profundas se moviam no silêncio da terra. Sombras mudavam levemente de forma.

Finalmente percebi uma movimentação na estrada e, pouco a pouco, pude distinguir duas pessoas em roupas azuis vindo em um helicarro dirigido por um motorista. Quando se aproximaram do bosque, toquei o sino de vento que ficava pendurado no pinheiro. Pouco depois, ouvi os três sinos da casa de chá e, assim, soube que meu pai estava pronto para receber os convidados.

O helicarro parou perto do portão, à sombra de uma garagem de algas construída especialmente para abrigar os veículos de convidados, e dois homens em uniformes militares do Novo

Qian desceram. Reconheci o mais velho: Bolin era uma visita frequente que aparecia em intervalos de poucos meses. Vinha da distante cidade de Kuusamo e pagava bem, em água e outros suprimentos. Meu pai gostava de Bolin porque ele conhecia a etiqueta da cerimônia do chá e jamais exigia tratamento especial, apesar do status. Bolin também tinha familiaridade com os costumes locais, mesmo tendo nascido fora do vilarejo. Era um oficial de alto escalão, além de chefe militar do Novo Qian nas áreas ocupadas da União Escandinávia. Em seu paletó havia uma insígnia prateada em formato de peixe.

Eu não conhecia o outro convidado. Mas quando vi dois peixes prateados pregados no uniforme, percebi que deveria ser de um escalão ainda mais alto do que o de Bolin. Antes mesmo de ver seu rosto, escondido pelo capuz antimosquito, e julgando apenas por sua postura e por seus movimentos, achei que o desconhecido era mais jovem. Fiz uma reverência para ambos e aguardei até que tivessem me cumprimentado também. Então pegamos o caminho de pedras. Eu seguia na frente, em ritmo deliberadamente lento para dar aos dois convidados tempo suficiente para mergulhar no silêncio sem pressa da cerimônia.

O gramado em frente à casa de chá brilhava no sol forte: meu pai tinha espargido água, símbolo de pureza, na grama, como mandava o costume. Lavei as mãos na pia de pedra que eu mesma tinha enchido pouco antes e esperei que os convidados seguissem o exemplo. Em seguida, eles se sentaram no banco da varanda e aguardaram. Um sino tocou lá dentro pouco depois. Deslizei a porta para o lado e convidei os visitantes a entrar. Bolin se ajoelhou na entrada, com alguma dificuldade, e rastejou para dentro. O oficial mais jovem olhou para mim. Seus olhos pareciam escuros e frios por trás do capuz.

— Esta é a única entrada? — perguntou.

— Existe outra para o mestre do chá, senhor, mas os convidados não podem usá-la — respondi e fiz outra reverência.

— Nas cidades praticamente não existem mais mestres do chá que fazem seus convidados se ajoelharem — replicou.

— Esta é uma casa à moda antiga — expliquei. — Foi construída seguindo o preceito de que o chá pertence a todos indistintamente, portanto, todos devem se ajoelhar antes da cerimônia. — Dessa vez não fiz reverência e imaginei ter visto certa irritação no rosto do convidado. Mas ele adotou uma expressão neutra e um ar de polidez. Não falou mais nada e se ajoelhou ao entrar. Eu o segui, fechando a porta atrás de nós. Senti meus dedos levemente trêmulos quando toquei a porta. E fiquei torcendo para que ninguém tivesse reparado.

O convidado mais velho já tinha se acomodado no muro adjacente, e o mais jovem logo se juntou. Sentei perto da porta de entrada dos visitantes. Meu pai estava ajoelhado diante dos oficiais e, assim que ambos retiraram os capuzes, fez uma reverência.

— Seja bem-vindo, major Bolin. Tê-lo aqui é um prazer pelo qual venho aguardando há tempos. Muita água rolou desde a última vez em que o senhor nos visitou. — Meu pai estava se comportando estritamente de acordo com a etiqueta, mas pensei distinguir uma nota de afeto em sua voz, reservada somente a clientes muito antigos e amigos.

O major Bolin se inclinou em resposta.

— Mestre Kaitio, também é um grande prazer estar em sua casa de chá novamente. Trouxe um convidado comigo e espero que ele aprecie seu chá tanto quanto eu. — E se voltou para o companheiro. — Este é o comandante Taro. Ele acaba de se mudar para cá, vindo de uma distante província ao sul do

Novo Qian. Quis dar as boas-vindas a ele com o melhor chá da União Escandinávia.

Agora que não estavam usando o capuz antimosquito, eu podia ver claramente que Taro era mais jovem que Bolin. A pele era lisa e não havia fios grisalhos na cabeleira preta. A expressão em seu rosto não sofreu alteração quando se inclinou para cumprimentar o mestre do chá.

Depois de dar as boas-vindas a Taro com mais uma reverência, meu pai se levantou para ir até a sala da água e retornou pouco depois carregando o caldeirão. Posicionou-o no centro do cômodo, sobre um bom punhado de turfa, que logo incendiou com um acendedor. As pedras de sílex crepitavam. Pude até ouvir o roçar das roupas do meu pai quando ele foi novamente à sala de água apanhar uma bandeja com duas xícaras e dois bules — um grande, de metal, e o outro pequeno, de barro. Colocou a bandeja perto do centro da sala, no chão, e escolheu se posicionar em um lugar do qual pudesse ver a água dentro do caldeirão. Eu já sabia que o major Bolin tinha preferência pelo chá verde, para o qual a água não deve estar muito quente. "Quando contar dez pequenas bolhas no fundo do caldeirão, é hora de jogar a água no bule", meu pai havia me ensinado. "Cinco é pouco e vinte é demais."

Quando a água chegou à temperatura correta, meu pai pegou uma concha para retirá-la do caldeirão e colocá-la no bule maior. Ainda criança, eu tinha tentado repetir os movimentos tantas vezes em frente ao espelho que meus braços e minhas costas chegavam a doer. Nunca atingi o mesmo grau de suavidade e fluidez: meu pai era como uma árvore se inclinando ao vento ou uma mecha de cabelo flutuando na água. Meus movimentos pareciam desajeitados e rígidos comparados aos dele. "Você está tentando copiar o movimento externo", ele me dissera, certa vez. "A fluidez deve vir de dentro e passar para fora num fluxo constante, como o movimento da vida." Somente mais tarde, quando comecei a pensar sobre a água, entendi o que ele queria dizer.

A água não tem começo nem fim, e os movimentos do mestre enquanto prepara o chá também são assim. Cada silêncio e cada pausa são parte do fluxo e, se as pessoas em geral pensam haver interrupções nos movimentos, é apenas porque os sentidos humanos não são suficientes para perceber tudo. O fluxo apenas cresce, fenece e muda, como a água no caldeirão de ferro, como a vida.

Ao compreender isso, meus movimentos começaram a mudar, deixando a superfície da pele e a tensão dos músculos para se fixar dentro de mim.

Meu pai derramou a água do bule grande no pequeno, que continha as folhas. Então passou o chá meio ralo e feito às pressas do bule pequeno para as xícaras, apenas para aquecê-las. Como último passo do preparo, encheu o bule pequeno novamente e o ensopou por fora com o chá que estava nas xícaras, encharcando o bule de barro enquanto as folhas que estavam dentro soltavam seu aroma. Os lampiões pendurados no teto lançavam uma luz bruxuleante na água que se espalhava pela bandeja. Respirando fundo, fui mergulhando na cerimônia e nas sensações ao redor: os raios de luz amarela, o doce cheiro das ervas, as rugas do tecido da calça pressionando minha perna, o tinir úmido do bule de metal quando colocado na bandeja. Tudo misturado e fundido numa onda de sensações internas que invadiam meu sangue e me arrastavam cada vez mais profundamente para a cerimônia, até eu sentir que não estava apenas respirando, mas seguindo o fluxo da vida, me conectando ao céu e à terra.

E, então, a sensação foi interrompida.

— Algumas pessoas julgariam isso um desperdício de água. — As palavras vieram do comandante Taro. Sua voz era baixa e surpreendentemente suave. Eu não conseguia imaginar alguém comandando um exército com aquela voz. — É raro encontrar quem possa se dar ao luxo de gastar água em uma cerimônia do chá tão completa.

Embora eu não pudesse ver meu pai, senti que ele tinha congelado, como se uma teia invisível tivesse se tensionado logo abaixo de sua pele.

Uma das regras básicas da cerimônia é que a conversa se limite a comentários sobre a qualidade da água ou do chá, colheitas nas áreas alagadas, clima, origens e matéria-prima das porcelanas ou decoração da casa. Problemas pessoais não entram em pauta e observações críticas não devem ser feitas.

Bolin se remexeu, como se um vaga-lume tivesse entrado em seu uniforme.

— Como eu falei, Taro, o mestre Kaitio é um profissional diferenciado. É uma questão de honra para ele manter o ritual tradicional que temos o privilégio de apreciar — disse, sem se voltar para o companheiro. O olhar de Bolin se mantinha fixo e intenso em meu pai.

— Entendo — retrucou Taro. — É que não pude me conter diante do fato de um mestre do chá de um vilarejo tão afastado poder gastar água de forma tão generosa. E o senhor deve saber, major Bolin, que a cerimônia do chá como a que temos hoje não é mais do que uma tentativa pífia e impura de imitação. As cerimônias como eram feitas no mundo antigo foram há muito esquecidas. Sendo assim, chega a ser um pouco ingênuo imaginar que vale a pena desperdiçar tanta água para conservar a tradição.

O rosto do meu pai parecia feito de pedra, uma pedra capaz de fechar uma represa. Ele argumentou de forma tranquila:

— Senhor, garanto que pratico a cerimônia do chá exatamente como no passado. Já se passaram dez gerações desde que o primeiro mestre do chá se mudou para esta casa. Nem o menor detalhe foi alterado.

— Nem o menor detalhe? — repetiu Taro. — Então sempre foi costume dos mestres do chá aceitar mulheres como aprendizes? — Virou a cabeça na minha direção e senti meu rosto pegar fogo, o que acontece toda vez que algum estranho presta atenção em mim.

— É costume os pais passarem suas habilidades para os filhos, e minha filha aqui vai me dar muito orgulho como mestre do chá — respondeu meu pai. — Noria, por que não serve os doces para o Primeiro Chá?

A primeira xícara de chá, mais conhecida como Primeiro Chá, é vista como a parte mais importante da cerimônia, e qualquer conversa inapropriada nesse momento seria uma grave ofensa, não apenas a meu pai, mas também aos outros convidados. Taro ficou em silêncio enquanto eu pegava uma cestinha feita de algas com os doces que tinha preparado naquela manhã usando mel e flor de amaranto. Enquanto enchia as xícaras e as oferecia, primeiro ao major Bolin e depois ao comandante Taro, o rosto do meu pai continuou plácido e sem expressão. Bolin apreciou o aroma do chá por bastante tempo antes de prová-lo com olhos fechados, deixando o primeiro gole na boca por tempo suficiente para distinguir o sabor. Taro, por outro lado, levou a xícara aos lábios e tomou um gole generoso sem levantar os olhos. Ele tinha um estranho sorriso nos lábios.

— Bolin estava certo — disse Taro. — Sua habilidade é realmente incrível, mestre Kaitio. Nem mesmo os mestres do chá da capital, que recebem água natural fresca vinda de fora da cidade, conseguem preparar um chá de tamanha pureza. Se não soubesse que é impossível, diria que seu chá é feito com água vinda de uma nascente natural, e não com água do mar purificada e dessalinizada.

O ar ficou pesado na sala. Meu pai colocou a bandeja no chão e uma sensação incômoda tomou meu coração. Pensei nas águas secretas que corriam nas profundezas das cavernas da colina.

Eu não sabia quem era aquele homem ou qual a verdadeira razão da visita. Mas já tinha pressentido algo diferente em suas pegadas. No lugar em que seus pés haviam tocado, na pedra ou na grama, eu percebera algo muito sutil, uma espécie de sombra negra que se agarrava aos passos e nos seguia pelo jardim até a varanda da casa de chá. Era uma sombra paciente e incansável. Eu não tivera sequer coragem de encará-la. Também não queria abrir a porta e encontrá-la esperando embaixo das árvores, ou perto da pia de pedra. Não sabia se meu pai havia pressentido a mesma coisa, porque ele não deixava transparecer seus pensamentos.

O major Bolin bebericou o chá e falou:

— Fico feliz de ver que seu chá impressionou o comandante Taro. Ele foi transferido para supervisionar o governo local e estará agora trabalhando ao meu lado.

Taro enxugou a boca.

— Tenho particular interesse em colocar os crimes de água sob controle — disse Taro. — O senhor talvez tenha ouvido falar que eles vêm crescendo na União Escandinávia. — Taro fez uma pausa que encheu a sala. — Estou certo que nos veremos muitas vezes.

— Que boa notícia — disse meu pai, fazendo uma reverência.

Segui o exemplo.

— Taro é muito respeitado na capital — continuou Bolin. — Ousaria dizer que qualquer pessoa que goze da sua proteção é privilegiada, mas não quero sugerir que o Novo Quian não seja um regime igualitário, evidentemente. — Bolin deu uma risada, que meu pai e eu acolhemos com sorrisos submissos.

Meu pai encheu as xícaras de chá outra vez. Ofereci mais doces, prontamente aceitos por Bolin e Taro. Taro se dirigiu de novo a meu pai:

— Não pude deixar de admirar seu jardim, mestre. Não é comum ver tanto verde em regiões tão áridas. Como o senhor consegue fazer com que sua cota de água dê conta não apenas das necessidades da família, mas também das plantas?

— Por conta da atividade profissional, a cota dos mestres do chá é um pouco maior do que a de outros cidadãos — argumentou Bolin.

— Naturalmente — concordou Taro —, mas ainda assim fico me perguntando quanto sacrifício não é necessário para manter um jardim como este. O senhor me revelaria seu segredo, mestre Kaitio?

Antes que meu pai tivesse a chance de dizer alguma coisa, Bolin interveio:

— Já perdemos tempo demais com conversas. Por que não apreciamos nosso chá em silêncio e esquecemos por alguns minutos das mazelas do mundo lá fora? — Bolin não estava olhando diretamente para Taro e, embora sua voz não carregasse um tom de crítica, era possível distinguir uma leve advertência.

Taro o encarou por um momento, em silêncio, até se voltar para meu pai. Então, com o olhar fixo nele, disse:

— Talvez você esteja certo, major Bolin. Talvez eu deva poupar algumas perguntas para uma próxima visita, que espero fazer em breve. — E ficou em silêncio.

Depois disso, apenas algumas frases de conteúdo superficial foram trocadas, e nenhuma delas dizia respeito à água, ao sabor do chá ou ao jardim. Na maior parte do tempo, o silêncio se espalhou pela casa de chá e nos envolveu como a fumaça rala de um incêndio controlado.

Não havia mais doces para servir.

O maior dos bules já estava vazio, e também o caldeirão.

A cerimônia termina quando a água acaba.

Por fim, os convidados nos cumprimentaram e colocaram seus capuzes antimosquito. Fui a primeira pessoa a sair. Lá fora, o suave mormaço do fim de mais uma tarde de verão anunciava a chegada do anoitecer. Os vaga-lumes já começavam a brilhar nos lampiões pendurados nas extremidades do telhado. O major Bolin e o comandante Taro me seguiram até o portão. O motorista do helicarro emergiu da monotonia da sua partida de mahjong, deu um gole em um pequeno cantil e se espreguiçou, preparando-se para partir. Os convidados entraram no veículo e se despediram formalmente.

Voltei para a casa de chá. O sol queimava no horizonte e o céu se estendia para todos os lados, da cor das pequenas campânulas que cresciam em nosso jardim. O ar estava parado e a grama serenava para a chegada da noite.

Lavei e guardei cuidadosamente xícaras, bules e outros utensílios. Depois ajudei na limpeza da casa de chá. Já estava sem fôlego quando finalmente esvaziamos os lampiões. Os vaga-lumes desapareceram nos arbustos, onde ainda se podia distinguir seu brilho entre as folhas. Meu pai saiu da casa de chá em sua roupa de cerimônia, carregando o capuz antimosquito na mão. A luz fugidia do céu noturno mostrava apenas parte do seu rosto.

— Acho que você aprendeu bastante sobre o que é ser um mestre do chá na cerimônia desta tarde. — Foi tudo o que me disse antes de se afastar em direção a nossa casa. Embora eu tenha ficado muito surpresa, o silêncio que se seguiu foi mais desconfortável do que qualquer palavra que ele pudesse ter dito.

Levei os lampiões vazios de volta para a casa de chá, embrulhei-os em tecidos um por um e os guardei dentro do baú de madeira no qual eram mantidos. Depois, passei os vaga-lumes do último lampião da cerimônia para um lampião comum, para mim mesma.

Caminhei entre as árvores ao redor da casa de chá por um bom tempo. O orvalho da noite suavizava as picadas doloridas e ardidas nos tornozelos. Não conseguia ver a presença escura e esguia embaixo dos pinheiros, nem no jardim, nem na varanda. Mas talvez eu não estivesse procurando direito.

CAPÍTULO QUATRO

Fiquei deitada na cama, ouvindo o barulhinho ocasional que os vaga-lumes produzem ao se chocar contra as paredes de vidro do lampião. Não que o lampião fosse realmente necessário àquela hora, já que o sol ainda era uma bola laranja e dourada pendurada no horizonte, cada vez mais pesada. O céu estava translúcido e a luz penetrava no quarto através das telas de proteção contra insetos na janela. Do outro lado da casa, meus pais murmuravam palavras perdidas, sufocadas, obscurecidas pela distância. Depois da visita do major Bolin e do comandante, passei a ouvir meus pais sussurrando todas as noites, e minha mãe começou a dormir bem mais tarde do que de costume. Ela procurava não fazer barulho, mas eu ouvia os passos indo do escritório para a cozinha, e podia ver o suave brilho do lampião por baixo da porta quando ela passava.

Peguei um dos livros antigos que tínhamos em casa. Contava a história de uma aventura de inverno. Eu a conhecia de cor, e as palavras flutuavam de forma difusa na página diante dos meus olhos, dispersando pensamentos.

Eu não estava pensando na história. Estava pensando no mundo no qual ela fora escrita.

Inúmeras vezes tentava imaginar como teriam sido os invernos do mundo antigo.

Eu conhecia a escuridão: todo outono, perto da Festa da Lua, a noite encontrava o dia para que trocassem de lugar e o inverno tivesse início. Durante os seis meses de crepúsculo, grandes lampiões ficavam acesos nas casas o tempo inteiro, e lâmpadas solares eram ativadas durante as tardes escuras como breu. Do alto da colina dava para ver o brilho das cidades: o distante, porém distinto, halo de luz formado por Kuoloyarvi, no leste, onde ficavam as áreas alagadas e o mar; e, a sudeste, o brilho quase invisível no horizonte vinha de Kuusamo. Durante esse período, o verde da grama se perdia totalmente. E o jardim esperava pelo retorno do sol, desnudo e seco.

Imaginar o frio, por outro lado, não era tarefa fácil. Eu estava acostumada a vestir mais camadas de roupas durante a estação escura, e também costumava carregar turfa apanhada nos pântanos secos para fazer fogueiras quando a luz solar não podia ser usada, e isso acontecia pouco antes das celebrações do Solstício de Inverno. Mas, mesmo nessas ocasiões, a temperatura raramente caía para menos de dez graus e, nos dias mais amenos, eu chegava a andar de sandálias, como no verão.

Quanto tinha 6 anos, li um livro do mundo antigo sobre a neve e o gelo e perguntei para minha mãe o que eram essas coisas. Ela pegou do alto da estante, numa prateleira lá de cima que eu não conseguia alcançar, um daqueles livros grossos com cara de sério e me mostrou as figuras: formas arredondadas ou pontudas, todas cobertas de branco brilhante, localizadas em paisagens estranhas, luminosas como a luz cristalizada. Contou que aquilo era água que tomava formas distintas quando em baixas temperaturas, circunstâncias que só podiam ser atingidas artificialmente no nosso mundo, mas que em outros tempos tinham feito parte da mudança de estação na vida das pessoas.

"O que aconteceu com eles?", perguntei. "Por que não temos mais gelo e neve?"

Minha mãe me encarou, mas seu olhar se perdia num outro ponto qualquer. Como se tentasse atravessar o pensamento, abandonar as palavras e voltar nos séculos para passear em invernos havia muito desaparecidos.

"O mundo mudou", ela respondeu. "Muitos acreditam que mudou por si só. Mas como uma enorme quantidade de conhecimento foi perdida durante o Século do Crepúsculo, alguns acreditam que foram as pessoas que mudaram o mundo, com ou sem a intenção de fazê-lo."

"E no que você acredita?", perguntei.

Ela ficou em silêncio por um tempo, depois disse: "Acredito que o mundo não seria o que é hoje se não fosse pelas pessoas."

Na minha imaginação, a neve produzia um brilho claro e delicado, como se bilhões de vaga-lumes tivessem tirado suas asas para cobrir o chão. A escuridão se tornava menos sombria e opaca quando eu pensava na luz branca e prateada de outrora, e eu sentia saudades de um mundo que nunca conheci. Imaginava as luzes da aurora boreal no céu que cobria a neve radiante e, por vezes, em meus sonhos, os invernos eram mais claros que o verão.

Certa vez realizei um experimento. Enchi um balde com água e joguei lá dentro todo o gelo que tínhamos no freezer. Então corri para o quarto e tranquei a porta. Coloquei a mão dentro do balde gelado, fechei os olhos e me transportei para o inverno do mundo antigo, sobre o qual eu tanto tinha lido.

Imaginei os flocos de neve caindo e enfeitando os caminhos que meus pés conheciam tão bem, cobrindo minha casa que, antiga como era, detinha a memória do frio em suas paredes e alicerces. Imaginei uma nevasca sob as montanhas, transformando suas formas duras em paisagens fofas, onde dava até para afundar. Vi o gelo transparente cobrir o jardim e cristalizar o verde da grama, senti a água congelar nos baldes e nos canos. Imaginei o barulho que os galhos congelados faziam, e também o som dos cantis congelados no varal batendo uns nos outros.

Pensei na água, em suas mudanças de estado, e pensei na possibilidade de uma pausa total, um momento congelado num cristal de neve ou num pedaço de gelo. Imóvel, silencioso. Um fim, ou talvez um começo.

O gelo, cortante como uma lâmina, invadiu minha pele. Abri os olhos. O calor do lado de fora da casa fazia o dia arder como fornalha, transformando a terra lentamente em cinzas e pó. Tirei a mão do gelo. A pele ficou vermelha e dormente, e os dedos doíam, mas o resto do corpo ainda estava quente — o que me fez rapidamente perder contato com o inverno do mundo antigo. Eu não tinha como imaginar um frio tão imenso, tão avassalador. E, no entanto, ele tinha existido, talvez ainda existisse em alguma parte. Certo dia, minha mãe me contou que no meio do Oceano do Norte, onde havia claridade por apenas seis dias e a escuridão governava o resto do ano, lá onde as batalhas mais sangrentas por petróleo tinham acontecido, talvez ainda existissem pequenas ilhas de gelo flutuando no mar deserto, tranquilas e sem vida, carregando o segredo inacessível das memórias do mundo antigo, lentamente perdendo espaço e se derretendo no abraço impiedoso do mar. Eram as últimas remanescentes de uma enorme calota de gelo que, havia muitos anos, existira no extremo do planeta — uma vasta faixa de terra gelada que, imóvel, vigiava os continentes.

Conforme fui crescendo, comecei a acessar com mais frequências as prateleiras altas da estante de livros, faminta por qualquer informação que me ajudasse a entender os invernos do mundo antigo. Passava dias, semanas até, estudando mapas estranhos, figuras e calendários que mediam o tempo pelos ciclos do sol e não da lua. Alguns livros falavam sobre clima, estações do ano, temperaturas, porções de terras cujo litoral fora inundado, oceanos que tinham tomado continentes, e todos falavam sobre a água, mas nem sempre concordavam entre si. Perguntei por que não havia unanimidade. Minha mãe se dizia uma cientista. "Se os cientistas não concordavam entre si", perguntei a ela, "isso significava que, na verdade, ninguém sabia de nada com certeza?" Ela pensou sobre a pergunta e respondeu que existem diferentes formas de explicar um mesmo fenômeno, e que às vezes é impossível dizer qual é a mais confiável.

Pouco a pouco aprendi que, embora apresentassem diagramas e explicações detalhadas com palavras estranhas, os livros não revelavam tudo o que eu queria saber. Continuava a tentar imaginar qual seria a sensação de segurar neve na mão pouco antes de ela virar água, ou de ver uma paisagem de inverno na qual o gelo refletisse o brilho do sol e o contorno das sombras fosse um desenho impecável — mas isso eu teria que procurar em outros livros. Os livros da prateleira alta, que tanto prometiam, ignoravam o mais importante. Para quê saber a composição de um cristal de neve se não era possível ressuscitar a sensação do frio na pele e a visão do seu brilho?

As conversas dos meus pais se tornaram um pouco mais altas. Minha mãe usava um tom de voz lamentoso, e as respostas do meu pai eram cortantes. Levantei para fechar a porta do quarto. A madeira estalou sob meus pés. Pude sentir a brisa que trazia o perfume dos pinheiros entrar pela janela. Uma enorme mutuca zumbia entre o vidro e a tela de proteção.

Quando já estava com a porta quase fechada, o message-pod apitou com meu toque de identificação lá no corredor. Caminhei até o aparelho e vi a luz piscar em vermelho. *Para: Noria*, estava escrito na tela. Levantei o aparelho da parede e pressionei a digital na tela, para fazer log in. O sobrenome de Sanja apareceu: *Valama*. Fiquei um pouco surpresa. Sanja raramente usava o message-pod. A família toda dela compartilhava a mesma conta e o aparelho tinha sido adquirido de segunda mão. Fora isso, o equipamento vivia estragando, apesar dos esforços persistentes dela em arrumá-lo, ou talvez justamente por isso. Escolhi a opção *Ler* na tela e esperei a mensagem, escrita na caligrafia irregular de Sanja, aparecer. *Venha amanhã*, escreveu, *e traga todas as TDKs com você. Possível DESCOBERTA!*

"Descoberta" era uma das expressões mais importantes do vocabulário de Sanja. E normalmente significava que ela havia compreendido a utilidade de alguma coisa encontrada no lixão dos plásticos. Eu nem sempre me convencia de que a utilidade que ela inventava coincidia com o propósito original do aparelho, mas, de qualquer forma, estava curiosa para ver o que Sanja tinha em mente dessa vez. Peguei a pod-pen da parede, escrevi *Depois do almoço* e enviei.

De onde estava agora, ouvia mais claramente a voz dos meus pais. Tudo o que nos separava era a porta da cozinha. Um leve aroma de alga queimada parecia ter tomado o ar. Já virava as costas para voltar ao quarto quando as palavras da minha mãe me chamaram a atenção.

— ... e se você contasse para eles agora, quando ainda não é tarde demais?

Não consegui captar a resposta sussurrada pelo meu pai.

— Ele cuidaria para que nos deixassem em paz — continuou ela. — Se os militares souberem... — E sua voz sumiu, sem que eu pudesse ouvir o fim da frase.

Dava para escutar os passos do meu pai indo e vindo na cozinha. Quando ele respondeu, sua voz era firme e precisa:

— Confio em Bolin apenas o tanto que se pode confiar em um soldado.

A frase era típica do meu pai. Ele acreditava que a maioria dos oficiais eram ladrões, e eu concordava. Portanto, a resposta da minha mãe é que me surpreendeu:

— Você já confiou nele antes.

Meu pai ficou em silêncio por um momento e depois retrucou:

— Isso foi há muito tempo.

Mal tive tempo de digerir o que eles acabavam de dizer e uma menção ao meu nome, em voz murmurada, chamou minha atenção.

— É nela que estou pensando — argumentou ele. — Você prefere que ela se torne uma mestre do chá em alguma cidade grande? Eles são uns vendidos, são como bichos de estimação dos militares. Além disso, muitos são contra ensinar as artes do chá a mulheres. O lugar dela é aqui.

— Ela podia aprender a fazer outra coisa.

E quanto a mim, alguém pretende me perguntar o que eu gostaria de fazer?

— Você está sugerindo que a gente interrompa a tradição de mestres do chá da minha família? — A voz do meu pai estava carregada de ressentimento.

Não consegui entender o que minha mãe disse a seguir, mas o tom parecia ser bem duro.

— Você não está preocupada nem com Noria nem com a nascente. — E a voz do meu pai era raivosa agora. — Está preocupada com a sua pesquisa. Com o patrocínio deles.

Dei um passo largo em direção à cozinha, tomando todo o cuidado para não fazer barulho. Aquilo estava ficando interessante.

— Não estou do lado deles. Mas acho que preciso que eles acreditem que estou —respondeu minha mãe. — As fontes de água das Terras Perdidas não foram investigadas direito desde o desastre. Este projeto, se desse certo... — E suas palavras se perderam mais uma vez. Só ouvi o final da frase: — ... acha isso menos importante do que suas crenças antigas e tradições vazias?

Minha respiração estava tão pesada que tive medo de que eles ouvissem. Tentei me concentrar para respirar mais devagar e sem fazer barulho.

— Elas podem parecer vazias para você, porque você não é mestre do chá — respondeu meu pai, baixinho, e cada palavra ficou suspensa no ar. — Algumas coisas são tão poderosas que não é possível interromper o fluxo. É uma ignorância pensar que a terra e a água podem ser propriedade de alguém. A água não pertence a ninguém. Os militares não podem tomar posse dela, por isso, o segredo deve ser mantido.

O silêncio pesado cresceu até chegar em mim, atravessando a porta que nos separava. Quando minha mãe falou novamente, havia um tremor na voz sempre tão firme:

— Se a água não pertence a ninguém, que direito você tem de mantê-la escondida para uso exclusivo, enquanto famílias inteiras do vilarejo se arriscam construindo canos ilegais de água para a mera sobrevivência? No que você é diferente dos militares do Novo Qian, se faz exatamente o mesmo que eles fariam?

Meu pai não respondeu. Ouvi os passos da minha mãe e corri até a parede do message-pod bem na hora em que ela abriu a porta da cozinha. Quando me viu, parou de imediato.

— Eu estava lendo uma mensagem e vendo algumas notícias no pod-news — falei.

Sem olhar para ela, caminhei até o quarto e fechei a porta. Lá fora, o sol varria o horizonte com raios dourados que riscavam o céu azul-acinzentado. Eu mal tinha deitado quando ouvi as tábuas do corredor rangerem e, em seguida, alguém bater na porta. Minha mãe apareceu, mas aguardou minha autorização para entrar. Eu assenti, e ela se achegou.

— Não precisa fingir que não ouviu nada, Noria — falou, suspirando. — Talvez a gente devesse ter incluído você na conversa desde o início. Não sei. — Ela parecia exausta. — Você sabe sobre o que a gente estava falando, não sabe? — E puxou o banquinho de madeira da escrivaninha para se sentar.

— Era sobre a nascente — respondi.

Ela assentiu.

— Os tempos estão cada vez mais difíceis. Mas aconteça o que acontecer, seja qual for a decisão que a gente tomar, você sempre deve lembrar que fizemos isso por você.

Eu não conseguia olhar nos olhos dela. Fingi procurar uma página específica no livro que estava lendo. Mas as páginas eram como pedras duras e relutantes.

— Você gostaria de morar numa das cidades grandes? — perguntou ela. — Num lugar como New Piterburg ou Mos Qua, ou até num lugar mais distante como Xinjing?

Pensei nas duas únicas cidades grandes que conhecia: Kuoloyarvi, no leste, e Kuusamo, no sul. Lembrei que tinha ficado animada diante das ruas lotadas de gente, dos prédios enormes, abobadados, cheios de painéis solares e com coberturas transformadas em lampiões gigantes com paredes de vidro transparente, cheias de verde por dentro. Tinha sido fascinante andar pelas barraquinhas do mercado qianese, vagar pelas ruas onde se vendiam comidas e bebidas estranhas, onde o cheiro dos temperos fortes e apimentados se fazia sentir a distância. Eu tinha caminhado com minha mãe pelos quarteirões finlandeses em Kuusamo, comprando sacos de doces para trazer para casa e, no dia que prestei o vestibular, meu pai me levou num restaurante caro que tinha uma seleção de águas naturais importadas de várias partes do mundo.

Primeiro fiquei empolgada com a proposta, mas logo pensei nos muros altos e nos pontos de checagem que se erguiam sobre as ruas, dos soldados onipresentes e dos toques de recolher. Pensei na exaustão que tinha me invadido depois de alguns poucos dias na cidade grande, da necessidade de procurar abrigo da multidão, do desejo de um pouco de espaço, silêncio e vazio. Adoraria visitar as cidades grandes, mas não conseguia me imaginar vivendo numa delas.

— Não sei — falei, enquanto minha mãe olhava muito atenta para mim.

— E o que você acha de não se tornar mestre do chá? Você poderia estudar línguas, ou matemática, ou ser uma assistente na minha área de pesquisa.

Pensei um pouco no assunto e respondi a verdade:

— Eu conheço a cerimônia do chá. Estudei a cerimônia durante toda a vida. Não posso fazer outra coisa.

Minha mãe ficou em silêncio por um tempo, e eu podia ver que seus pensamentos estavam fervilhando — ela não tinha a mesma facilidade do meu pai para controlar sentimentos. Por fim, quebrei o silêncio:

— Você já viu uma casa do vilarejo que está com uma marca de crime de água na porta?

— Com um círculo azul? — E ela teve uma espécie de tremor interno. Levei alguns minutos para perceber que era medo. — O que tem isso?

— O que aconteceu com as pessoas que moravam lá?

Ela me encarou. Vi que estava lutando para achar as melhores palavras.

— Ninguém sabe. — E se aproximou de mim, segurando minha mão. — Querida Noria — disse, e ficou novamente em silêncio, como se tivesse desistido do que ia dizer. — Queria que a gente pudesse lhe oferecer um mundo diferente. — Passou a mão pelos meus cabelos. — Tente dormir agora. Ainda não chegou a hora de decidir.

— Boa noite — falei.

E ela sorriu. Um sorriso rápido. Um sorriso infeliz.

— Boa noite, Noria — respondeu e saiu do quarto.

Quando minha mãe deixou o quarto, pulei da cama e me ajoelhei diante da estante de livros. Peguei uma caixa de madeira da prateleira mais baixa. Podia sentir nos dedos as fibras da madeira correndo sob a fina camada de verniz. Virei a chave e abri a tampa.

Dentro da caixa ficava minha coleção aleatória de coisas do mundo antigo, todas coletadas no lixão dos plásticos. No alto da pilha havia um punhado de pedras polidas coloridas e uma pequena chave de metal trabalhado, já quase sem dentes.

Mais abaixo, três retângulos de plástico parcialmente translúcido com cantos levemente arredondados e dois furos circulares no meio. As mesmas três letras eram visíveis em todas as peças: TDK.

Uma fita fina e escura, que se desenrolava do mecanismo, saía do canto quebrado de um dos retângulos. Sempre gostei de sentir a fita de TDK entre os dedos: era leve e suave como uma mecha de cabelo, como ar, como água. Eu não fazia a menor ideia do que Sanja queria com as TDKs. Nenhuma de nós sabia para que tinham sido usadas no mundo antigo, e eu só as mantinha comigo porque gostava de brincar com a fita.

Bem no fundo da caixa brilhava um disco fino prateado que eu havia pegado e trazido para casa simplesmente porque era um objeto bonito. Só para admirá-lo. O lado brilhante estava levemente riscado, mas ainda dava para ver meu reflexo. Quando eu aproximava o disco da luz do lampião, ele refletia todas as cores do arco-íris. No lado opaco, ainda dava para adivinhar algumas combinações de letras que um dia tinham sido gravadas ali: COM CT D SC.

Tranquei as TDKs e o disco novamente na caixa e a coloquei na minha bolsa de algas, pendurada no gancho da parede, perto da escrivaninha. Queria deixar tudo pronto para de manhã.

Ao fechar os olhos, pensei na distância que separava nossa casa do resto do vilarejo, e daquela casa em especial. Aquela casa tão mais surrada do que a nossa. Aquela casa cuja porta trazia um círculo azul que se destacava na noite branca. Aquela casa manchada com uma tinta tão forte que machucava os olhos. A distância entre aquela casa e a minha não parecia mais tão grande. E quanto mais eu pensava naquela casa, mais ela se aproximava, até que eu quase pudesse tocar a porta, quase pudesse ouvir os movimentos por detrás.

Ou o silêncio.

Tentei afastar a imagem da minha cabeça, mas sabia que seria difícil fazer tudo aquilo desaparecer.

CAPÍTULO CINCO

Cruzei o portão da casa da Sanja e estacionei o heliciclo perto da cerca. Kira, mãe da minha amiga, estava no canteiro de girassóis, podando as flores. Aos seus pés havia uma cesta grande, na qual jaziam vários girassóis, todos com as sementes bem desenvolvidas. Minja, a irmãzinha de Sanja, estava sentada no chão poeirento, tentando transformar uma pedra achatada em teto de uma construção composta por duas pilhas de madeira. O capuz antimosquito que Minja tinha herdado de Sanja sobrava na cabeça, e a pedra achatada insistia em deslizar, sem se equilibrar na construção.

— Noria! — exclamou Minja, assim que me viu. — Olha! — A pedra foi esquecida em uma das mãos enquanto ela mostrava, com a outra, a construção de madeira. — Um poço.

— Que bonito! — elogiei, embora o monte de pedaços de madeira não se parecesse nem com um poço, nem com qualquer outra coisa.

Kira se voltou para mim. A frente do vestido, todo desbotado e largo em seu corpo magro, estava suja do amarelo das pétalas secas de girassol. O rosto, pálido e exausto, era emoldurado por uma cabeleira negra, que parecia oleosa e suja debaixo do capuz. Mas ela sorria. E sorrindo se parecia muito com Sanja.

— Oi, Noria — disse ela. — Sanja está esperando por você desde cedo.

— Minha mãe preparou alguns bolos de amaranto ontem — falei, enquanto tirava uma embalagem da bolsa. O bolo era pesado. — Ela mandou um pouco. Não precisa ter pressa em devolver o pote.

Percebi um breve momento de tensão no rosto de Kira antes que o sorriso se abrisse novamente.

— Obrigada — respondeu, pegando o presente. — Mande lembranças para a sua mãe. Infelizmente não temos como retribuir. — Kira deixou cair mais uma flor recém-cortada no topo da pilha de girassóis que se acumulava no cesto. O cheiro fresco se espalhava pelo ar.

— Não tem problema.

Kira se aproximou e pegou Minja pela mão, sem olhar para mim, o que me causou certo constrangimento.

— Hora do banho de esponja, Minjuska — falou. — Deixo você brincar com o barco pirata caso se comporte.

Minja choramingou, mas ficou de pé, atirando a pedra na construção. Os blocos de madeira se espalharam pelo chão, levantando poeira. Kira foi para dentro de casa, levando em uma das mãos o pote com o bolo e, na outra, Minja.

— Até mais, Noria.

Acenei para a pequena Minja, mas ela estava mais interessada na promessa de brincar com o navio pirata.

Dei a volta na casa. Pelas telas antimosquito da oficina, dava para ver Sanja sentada num banco, mexendo em alguma coisa na mesa. Bati em uma das vigas de madeira que dava suporte às telas. Ela levantou os olhos e me cumprimentou. Entrei, fechei a porta e tirei o capuz.

A máquina na mesa era a que ela havia encontrado no lixão dos plásticos algumas semanas antes. Reconheci o formato, com os buracos nas duas extremidades da parte da frente, as estranhas combinações de números e um círculo com tampa na parte de cima. Os cabos de força do equipamento estavam ligados ao gerador de energia solar, no canto da mesa.

— Você trouxe? —perguntou ela.

Sanja tinha dado um jeito de prender o cabelo com uma echarpe gasta. Suas bochechas estavam vermelhas. Devia ter acordado cedo, de tanta empolgação, e eu podia apostar que havia trabalhado incansavelmente a manhã inteira. Coloquei a bolsa na mesa e peguei a caixa de madeira, de onde tirei as TDKs.

— Não entendo por que você quer isso.

Sanja desapareceu embaixo da mesa, à procura de alguma coisa. Emergiu um minuto depois, segurando um retângulo preto de plástico. Eu tinha visto aquela peça algumas semanas antes, quando trouxe o cantil para ela arrumar. Sanja pegou uma das minhas TDKs da mesa, e eu percebi de imediato como os dois objetos eram parecidos. A diferença era o tamanho.

— Tentei imaginar a utilidade desse equipamento — explicou ela. — Que servia para escutar alguma coisa, eu já sabia, por causa das caixas de som, que são como as dos message-pods, de tamanho completamente diferente e modelo muito mais antigo, claro, mas o princípio é o mesmo. Aí fiquei tentando entender a função do buraco retangular na parte da frente do aparelho, notei que havia dois pinos dentro, e que um deles girava. — Apontou para as peças retangulares grandes e continuou: — Os retângulos de plásticos estavam jogados ali do lado e, olhando para eles, distraída, me ocorreu que o mecanismo parecia o mesmo, os buracos feitos exatamente para aquele tipo de pino. O formato era perfeito, mas o tamanho não. — E tamborilou os dedos nos retângulos grandes, onde estava escrito "VHS". — É como se esses aqui fossem feitos para um equipamento parecido, só que maior. Pensei: que maldita falta de sorte! O equipamento certo, as peças certas, mas na escala errada. Então me lembrei da sua coleção de coisas inúteis, e me dei conta que você tinha TDKs!

Comecei a entender aonde ela estava querendo chegar. Sanja alisou o quanto pode uma das fitas de TDK, colou as pontas que estavam soltas e enrolou a fita para dentro do retângulo de plástico até que ficasse bem apertada. Depois, tentou colocar a TDK no buraco frontal da máquina com caixas de som.

— Não cabe — falei, desapontada. Mas quando ela virou a TDK do lado contrário, o retângulo se encaixou perfeitamente.

— Uau! — exclamou ela.

Também senti um sorriso se formando no meu rosto.

Sanja fechou a tampa do buraco frontal e ligou o gerador à luz solar. Uma luz verde pequena, que lembrava a de um vaga-lume, se acendeu no topo do painel da máquina, perto das combinações numéricas.

— Agora a gente só tem que descobrir o que fazer com todos esses botões — disse ela, apertando um deles, o que tinha um quadrado desenhado. A tampa do buraco se abriu. E nada mais aconteceu. Sanja fechou a tampa novamente e tentou um botão que tinha duas flechas desenhadas, apontando para o mesmo lado. A máquina começou a funcionar. Sanja aproximou o rosto do buraco retangular e estreitou os olhos para ver melhor, sempre alerta. — Está girando. Olha!

Dei uma espiada e comprovei que Sanja tinha razão: a máquina estava girando a fita que ficava dentro da TDK de plástico, tão rápido que era difícil dizer em que direção. Pouco depois, ouvimos um primeiro estalo, a máquina diminui o compasso e, em seguida, distinguimos um novo estalo. Os pinos que giravam a fita pararam.

— Quebrou? — perguntei, cautelosamente.

Sanja franziu o cenho.

— Acho que não. Talvez só tenha acabado a fita. — Ela apertou outro botão, que tinha apenas uma flechinha desenhada. A máquina começou a funcionar mais devagar. Aí ouvimos um estalo nas caixas de som. Sanja deu um pulo e olhou para mim.

— Ouça!

As caixas de som soltaram um ruído e um sussurro e depois outro sussurro.

E sussurrou mais um pouco.

O tempo foi passando, e o barulho não nos ajudava a avançar nos segredos de outro tempo e de outro mundo. O sorriso de Sanja começou a desbotar como o sol no final do dia. Até que minha amiga apertou o botão com desenho de um quadrado de novo e a fita parou. Sanja abriu a tampa, tirou a TDK e colocou outra no lugar, depois de ter colado as pontas soltas dessa segunda fita também.

Ainda assim não se ouvia nada nas caixas de som além de um ruído murmurante.

Ela testou as três TDKs várias vezes, avançando e voltando cada uma delas e girando-as de um lado e do outro, mas tudo o que podíamos ouvir eram sons fantasmas perdidos no tempo e no espaço — e aquele quase silêncio era pior do que um silêncio completo. Se as fitas tinham algum dia registrado qualquer coisa inteligível, a terra, o ar, a chuva e o sol tinham desgastado os ecos do passado, transformando-os em ruídos incompreensíveis.

Sanja olhou para a máquina e girou as TDKs nas mãos.

— Eu sei que estou certa. Essas peças cabem perfeitamente na máquina e enviam sons para as caixas. O aparelho e as TDKs devem ter sido usados exatamente desse jeito. Se encontrássemos uma TDK que ainda tivesse algum som...

Os dedos de Sanja tamborilavam na superfície de plástico das TDKs. Dava para ouvir Minja gritando dentro de casa e a voz suave de Kira tentando acalmá-la. Fiquei olhando uma pequena aranha preta girando na teia, pertinho do gerador à luz solar.

— Talvez... talvez existam mais delas em algum lugar do lixão dos plásticos — sugeri. — Ou talvez essas peças nem fossem feitas para durar mesmo. A tecnologia do mundo antigo era tão frágil.

De repente, a expressão de Sanja mudou, e era como se todo o seu rosto tivesse se fechado em concentração. Ela levantou a tampa superior da máquina e passou os dedos na superfície. Então, olhou para a minha caixa de madeira, aberta na mesa. Seus olhos estavam fixos no disco prateado com um furo no meio. O disco parecia ter o tamanho exato da superfície em cima do aparelho. Sanja olhou para mim e vi meus próprios pensamentos refletidos em sua expressão.

— Posso? — perguntou.

Eu assenti.

Sanja tirou o disco da caixa de madeira e o colocou no topo do aparelho. O objeto parecia feito para esse fim. O pino no meio da superfície circular servia direitinho no buraco no disco. Sanja pressionou levemente o disco e ouvimos um clique.

Ela fechou a tampa e apertou o botão onde estava desenhada uma única flechinha. Pela tampa translúcida, vi que o disco estava começando a girar.

Esperamos.

Nenhum som saía das caixas.

Sanja fez uma cara tão desapontada que eu também acabei desanimando. Mas, ainda assim, decidiu mexer em todos os comandos do painel. O primeiro fez a luz estilo vaga-lume apagar e a rotação do disco diminuir, então ela colocou o botão na posição original. O segundo comando não fez nada acontecer. O terceiro, porém, fez com que as caixas de som produzissem um estalo tão alto que nós duas demos um pulo. Ao estalo, seguiu-se um breve silêncio e, finalmente, uma voz masculina, que falou claramente na nossa língua:

"Este é o diário de bordo da expedição Jansson, quarto dia. Trøndelag do Sul, próximo à área previamente conhecida como cidade de Trondheim."

Enquanto a voz descrevia coisas e as demarcava em dias, meses e ano, Sanja começou a aplaudir e eu caí na risada. A jornada continuava:

"Começamos o dia medindo os níveis de micróbios das Quedas de Dovrefjell. Os resultados ainda não estão completos, mas parece não haver discrepância em relação aos resultados de Jotunheimen. Se esse for realmente o caso, nossas estimativas sobre o nível de recuperação biológica espontânea e sobre o processo de reconstrução que está em andamento na área foram bem mais modestos do que a realidade. Amanhã, vamos colocar bactérias purificantes nas águas e, então, rumaremos para Trøndelag do Norte..."

O dia ardia lá fora num mormaço pesado, e as mutucas escalavam as telas de proteção enquanto ouvíamos a voz do mundo antigo. Por vezes, a voz quase desaparecia, o disco parecia riscado ou emperrado, mas logo o som voltava a ecoar. Sanja não parou a gravação em momento algum, sequer tentou apressar as partes mais chatas. Aquele disco tinha atravessado gerações. E era parte de uma história que havia quase se perdido no lixão dos plásticos. Ficamos em silêncio. Não sei o que Sanja estava pensando, mas eu matutava comigo mesma sobre os anos passados, sobre a água abundante que desgastava as coisas. Refletia a respeito da inexplicável sequência de eventos que tinha trazido aquela voz de uma terra distante, de um mundo perdido, para essa manhã seca, para nossos ouvidos que entendiam as mesmas palavras, mas que, ainda assim, apreendiam pouco do que era dito.

A voz falava sobre exploração das águas, níveis de micróbios, crescimento de bactérias, formas e relevos. Houve uma pequena pausa e, a partir dali, começamos a discernir a separação das seções da gravação. No começo de cada uma a voz anunciava a data: a gravação avançava do dia quatro para o dia cinco e assim por diante. Quando chegou ao nono dia, a voz parou completamente. Esperamos por um tempo, mas de nada adiantou. Os minutos passavam. E nos entreolhamos.

— Que pena que acabou — disse Sanja. — E que pena que não era um assunto mais empolgante.

— Tenho certeza de que minha mãe discordaria de você — falei. — Ela é doida por todo tipo de coisa científica...

As caixas de som produziram um novo ruído. Paramos de falar, atentas. Dessa vez, a voz era feminina:

"Os outros acham que eu não devia fazer isso. Mas eles não precisam ficar sabendo." A mulher fez uma pausa e limpou a garganta, depois continuou: "Caro ouvinte, se você é militar, pode ter certeza de que fiz tudo que estava ao meu alcance para que esses registros não chegassem às suas mãos. O fato de você estar ouvindo isso é, portanto, uma indicação de que eu falhei miseravelmente." Houve uma breve pausa. "Mas isso é preocupação para outro momento. Agora, tenho uma história para contar, e você não vai gostar nada dela. Eu sei o que vocês fizeram. Sei o que ainda vão fazer. E se tem uma coisa que eu gostaria de dizer a respeito disso é que o mundo inteiro vai acabar sabendo, porque..."

A fala foi cortada sem mais explicações. O disco continuava a rodar, mas agora a voz do mundo antigo tinha sumido irrevogavelmente. A gravação havia acabado.

Sanja e eu nos entreolhamos.

— O que foi isso? — perguntei.

Ela tentou acelerar e depois voltar a gravação. Chegou a tentar mudar o lado do disco, mas a essa altura estava claro que tínhamos ouvido tudo o que havia para ouvir.

— Em que ano o cara falou que eles estavam, lá no começo da gravação? — perguntei.

Nenhuma de nós duas tinha prestado atenção. Sanja colocou o disco para tocar do começo. Enquanto escutávamos, percebi na expressão da minha amiga que ela havia chegado à mesma conclusão que eu. Sem pensar duas vezes, tínhamos dado por certo que o disco pertencia ao mundo antigo.

Estávamos enganadas.

— É do Século do Crepúsculo — falei.

— Não pode ser verdade — argumentou Sanja, sem muita convicção. — É só uma história, como aquelas dos livros ou das séries de suspense que a gente compra no message-pod, um capítulo por vez.

— Se fosse uma história, para que teria toda essa lenga-lenga de ciência no começo e a parte interessante só no final?

Sanja deu de ombros.

— Talvez seja uma história mal escrita. Essas pod-stories não são muito boas. Meu pai tem algumas.

— Não sei... — Comecei a fazer um esforço para lembrar em qual parte do lixão dos plásticos eu tinha encontrado o disco.

Sanja o tirou do aparelho com determinação, colocou-o dentro da caixa de madeira e fechou a tampa.

— Não importa — disse ela. — Nunca vamos saber o que aquela mulher queria dizer. Pelo menos conseguimos fazer o equipamento funcionar.

Mas eu ainda estava pensando nos invernos desconhecidos e nas lendas perdidas, na linguagem familiar e, ao mesmo tempo, nas palavras estranhas que ficaram ecoando em minha mente. Pensei na chuva e no sol que castigavam os lixões de plástico, desgastando aos poucos todas as coisas. E pensei no que tinha resistido a isso tudo.

Sabia que acabaria me lembrando de onde o disco tinha vindo.

— A gente podia procurar mais discos onde achei este aqui — sugeri, empolgada com a ideia. — Para descobrir a história toda. Ainda que seja só uma história, você não gostaria de saber como termina?

— Noria...

— A gente podia sair amanhã, levar um lanche e...

— Noria. — Sanja me interrompeu. — Você pode não ter nada melhor pra fazer do que servir chá e andar pelo lixão dos plásticos. Mas eu tenho.

Em algum lugar da casa, Minja tinha começado a chorar.

De repente, havia um abismo entre nós. A gente se conhecia desde que aprendemos a andar, na praça do vilarejo, segurando as mãos das nossas mães enquanto ensaiávamos os primeiros passos. Se alguém me perguntasse, não hesitaria em dizer que Sanja era a pessoa mais próxima de mim, com exceção dos meus pais. Mas, ainda assim, algumas vezes ela se recolhia e a gente perdia contato. E então, como um reflexo ou um eco, ficava apenas uma sombra da proximidade de um minuto antes. Um buraco para além de qualquer palavra ou toque. Nunca entendi o que acontecia com ela, só sabia que algo não estava bem.

Sanja estava distante de mim agora, distante como as águas secretas, distante como os invernos que nunca vi.

— Tenho que ir — falei.

Enfiei a caixa de madeira na bolsa. O sentimento de que tínhamos encontrado uma passagem secreta para outro tempo e espaço desconhecidos tinha se esvaído. Virado cinzas.

Coloquei o capuz antimosquito e saí pelo calor infernal que fazia lá fora.

Ao voltar para casa, senti que a alça da bolsa machucava meu ombro. Eu estava exausta. O suor escorria pelo pescoço e costas, e o cabelo estava colado à pele por baixo do capuz. As palavras gravadas no disco me incomodavam. *Expedição Jansson*. Aquilo parecia saído de um dos livros antigos da minha mãe. E aquela mulher — escondida na expedição — que considerava sua história tão importante a ponto de ditar seu segredo e se declarar pronta a destruir a gravação só para impedir que caísse na mão dos militares.

Eu queria saber por que aquilo era tão importante para ela.

De longe, vi alguns helicarros desconhecidos estacionados na frente da nossa casa. Pensei se tratarem de convidados de última hora para o chá e esperava que não fosse o caso. Meu pai detestava receber visitas sem ter reservado tempo de se preparar direito e ficava mal-humorado por dias quando isso acontecia.

Virei o heliciclo em direção ao bosque e tentei enxergar o que acontecia no jardim, por entre as árvores.

Minha respiração virou um nó na garganta e um aperto no peito quando reconheci os uniformes militares. Não eram um ou dois, eram muitos.

Um helicarro conhecido estava estacionado do lado de fora do portão, na garagem de algas. Quando cheguei ao jardim, vi aproximadamente dez soldados carregando um complexo maquinário de lá para cá. Alguns dos instrumentos me faziam pensar em figuras que tinha visto nos livros da minha mãe. Uma cerca improvisada fora erguida em torno da casa de chá e, diante dela, havia um soldado com um sabre no cinto e um olhar vigilante. Meus pais estavam na varanda da casa, e um oficial alto de uniforme, de costas para mim, falava com eles. Quando ouviu meus passos, virou-se, e reconheci o rosto por baixo do capuz.

— Boa tarde, senhorita Kaitio. É um prazer encontrá-la novamente — disse o comandante Taro, aguardando que eu fizesse reverência.

CAPÍTULO SEIS

Os militares chamaram a operação de investigação de rotina, mas nós sabíamos que não havia nada de rotineiro ali. Uma verdadeira investigação de rotina era levada a cabo por dois soldados e tinha duração de poucas horas. No nosso caso, um oficial de alto escalão plantou-se em nossa propriedade por quase duas semanas, e seis soldados se revezavam na exploração da casa e seus arredores — dois deles sempre parados em frente à casa de chá. Eles andavam de forma cuidadosa e vagarosa, de um lado para o outro do jardim, sem parar, examinando cada centímetro. Todos carregavam telas planas nas mãos. Os padrões coloridos que apareciam nas telas lembravam ligeiramente mapas, com limites e relevos demarcados.

Eu tinha uma ideia de como aquelas máquinas funcionavam, graças aos livros da minha mãe. Elas enviavam ondas de rádio para a terra, e a tela interpretava os resultados, com padrões que indicavam a densidade e a umidade do solo. Os soldados carregavam ainda aparelhos de medição e perfuração. Um dos soldados, uma mulher cuja expressão quase não mudava, caminhava com duas longas hastes de metal cruzadas nas mãos.

Vez ou outra ela parava com os olhos fechados para, em seguida, abri-los e fixá-los nas hastes por um bom tempo, como se esperasse por alguma coisa. Meus pais me contaram que a casa de chá tinha sido isolada e que uma busca minuciosa estava sendo executada por lá, porque a haste de metal tinha, no primeiro dia, mexido enquanto a mulher estava na varanda.

Meu pai observava com tristeza a pilha de madeira que se avolumava em frente à casa de chá enquanto os soldados se ocupavam arrancando o piso.

— Ela nunca mais vai ser a mesma — murmurou, entre dentes. — Madeira desse tipo é muito raro de encontrar hoje em dia, e a habilidade na construção de casas de chá já não existe em nenhum dos antigos vilarejos.

Durante aqueles dias, um silêncio pesado se fez sentir entre os meus pais, um silêncio cheio daquele medo típico dos segredos bem guardados e das coisas não ditas. Era como uma superfície de água de calma extrema e artificial, na qual uma única gota derrubada ou uma simples pedra tirada do lugar pudesse criar um redemoinho que corrompesse o reflexo da água, tornando-o irreconhecível pela força do movimento. Evitávamos falar sobre qualquer coisa que não fosse rotineira e banal, porque a presença dos soldados se fazia sentir como paredes invisíveis, e nenhum de nós tinha coragem de derrubá-las.

No final do dia, eu não conseguia ir para a cama sem antes checar se os soldados não estavam levando seus equipamentos para a colina. De manhã, meu coração estava sempre pesado, e minha garganta, seca, só de imaginar que eles pudessem ter expandido as buscas para fora dos limites da casa e do jardim. Não conseguia sequer pensar em tomar café da manhã antes de me certificar de que não era o caso. Nos meus sonhos, via a água escondida por trás das pedras e acordava subitamente sentindo no meu peito que, de alguma forma, mesmo isso sendo impossível, o som da nascente tinha atravessado a distância que nos separava e chegado até nossa casa. Nessas ocasiões, ficava ouvindo o silêncio por muito tempo, até me acalmar e o sono me arrastar de volta.

No começo, achei que minha mãe estava fingindo interesse pelo equipamento para manter as aparências e mascarar o nervosismo. Mas, conforme os dias foram passando, percebi que, por trás desse comportamento, havia um interesse real que ela mal conseguia disfarçar. Minha mãe estava louca para saber mais sobre os equipamentos, para testá-los, para aprender seus mecanismos e aplicações. Fazia mais de quinze anos que tinha trabalhado como pesquisadora de campo da Universidade de Piterburg, e a tecnologia militar tinha se desenvolvido bem mais do que aquela a qual os civis podiam ter acesso. Ela caminhava junto aos soldados, perguntando sobre os equipamentos, e dava para ver que estava anotando as respostas mentalmente para, mais tarde, passar as informações para o papel na tranquilidade de seu escritório. Meu pai também reparou — e seus modos ficaram mais secos em relação a ela. Tudo o que não podia ser dito, e pesava entre nós nos últimos dias, começava a criar uma rede de tensão que acabaria por nos sufocar ou destruir se não achássemos um jeito de lidar com a coisa toda.

Eu queria falar com Sanja. Gostaria de não ter saído da oficina dela de forma tão abrupta. Já havia mandado três mensagens e pedido para ela vir até minha casa, mas Sanja não respondera. Eu não sabia bem o que pensar, já que ela nem sempre respondia. Enquanto minha mãe andava pelo terreno estudando o equipamento dos soldados e meu pai ficava parado ao lado da casa de chá, aparentemente esperando que sua presença limitasse os danos causados à construção, eu carregava livros para o quarto e montava acampamento com eles.

A gravação no disco prateado ainda incomodava. Eu tinha uma ideia relativamente clara sobre o mundo antigo — ou, pelo menos, tinha noção de que sabíamos pouco sobre o mundo antigo. Embora vivesse sonhando com o inverno e a neve eterna, nunca havia chegado a questionar o que aprendera na escola ou o que os livros diziam. Tinha como certo o que era, de forma geral, reconhecido como verdade, e não me importava com o resto. Mas e se a verdade não fosse verdade? E se as histórias que tinham sobrevivido fossem apenas imagens distorcidas e escuras de um espelho quebrado — ou pior: e se alguém, deliberadamente, tivesse quebrado o espelho para mudar o reflexo? *Eu sei o que vocês fizeram... E se tem uma coisa que eu gostaria de dizer a respeito disso é que o mundo inteiro vai acabar sabendo*, tinha dito a voz do disco.

Depois de espalhar todos os livros de casa no chão, acabei achando dois grandes mapas do mundo. Coloquei-os lado a lado. Um mostrava o mundo antigo, o mundo dos invernos frios e das cidades cheias de arranha-céus. O outro, o mundo atual.

Olhei os limites dos continentes e oceanos, transformados e praticamente irreconhecíveis.

Tanta coisa perdida para o sal e para a água.

Comecei a prestar atenção nos locais mais próximos. O Mar Branco, a leste do meu vilarejo e de Kuoloyarvi, ainda não tinha tomado uma porção tão grande de terra. Mas os lagos e rios da União Escandinávia tinham se fundido em extensas porções de água, de modo que as antigas planícies costeiras não existiam mais.

E isso não era tudo.

Ilhas alagadas, planícies costeiras submersas, deltas de rios transformados em salmouras. Grandes cidades transformadas em meros fantasmas do que tinham sido antes de serem cobertas pela mortalha marítima.

No antigo mapa, os Polos Norte e Sul eram pintados de branco. Essa era a cor que apontava a presença de gelo, o chamado gelo eterno — antes de descobrirem que não havia nada de eterno nele. Quase no final da era do mundo antigo, o planeta havia sofrido um forte aquecimento e os mares tinham subido mais do que qualquer um poderia imaginar. Tempestades destruíram continentes e as pessoas abandonaram suas casas, buscando áreas em que ainda houvesse terra firme. Durante as últimas guerras do petróleo, um enorme acidente contaminou a maior parte das reservas de água doce das antigas Noruega e Suécia, tornando as áreas inabitáveis.

O século seguinte foi chamado de Século do Crepúsculo e, durante esse período, o mundo, ou o que restava dele, ficou sem petróleo. Com isso, grande parte da tecnologia do mundo antigo foi gradativamente perdida. Manter-se vivo se tornou a prioridade. Tudo o que não era considerado essencial para a sobrevivência imediata se perdeu.

Fiquei pensando nas palavras gravadas naquele disco. A voz masculina tinha falado sobre Trondheim, Trøndelag e Jotunheimen. Essas cidades pertenciam às Terras Perdidas — como eram chamadas as áreas contaminadas da União Escandinávia. Se a Expedição Jansson era real, por que eles estavam nas Terras Perdidas durante o Século do Crepúsculo? Como poderia ter sido seguro ir lá? Eu até queria acreditar na opinião de Sanja de que a gravação do disco era apenas uma história. E podia ser. Afinal, as melhores histórias são assim mesmo, tão convincentes que você não consegue saber se são inventadas ou não. Ainda assim, não estava convencida. A gravação não seguia a estrutura normal de uma história inventada. Tinha uma estrutura mais parecida com coisas reais e verdadeiras.

Fechei os livros e os deixei empilhados em minha escrivaninha, não sem dobrar os cantos das páginas que traziam os mapas.

Seis dias depois da chegada dos soldados, Sanja apareceu sem avisar no portão. Ela havia feito o caminho todo a pé até o vilarejo e trazia uma pilha de cantis vazios nas costas. Eram os mesmos que eu tinha usado para pagar pelo conserto.

— Vamos entrar — falei.

— Meu pai disse que vocês têm praticamente uma invasão aqui — comentou Sanja, enquanto entrávamos em casa. — Por que isso?

Ela tirou o capuz antimosquito, e eu a ajudei a descarregar os cantis que trazia nas costas, pendurando-os em um gancho no hall de entrada.

— Acho que eles pensam que a gente tem um poço escondido embaixo da casa de chá ou algo do tipo — respondi, com a voz mais calma do que teria esperado.

— Eu devia saber que vocês guardavam um segredo sombrio. — E a expressão de Sanja se dissolveu em um dos seus sorrisos amarelos. — Eles não têm nada melhor para fazer? Talvez alguém esteja irritado com o seu pai e tenha decidido espalhar um boato só para fazer estragos.

Eu sorri, mas meu rosto permanecia duro. Minha impressão era de que ela não tinha intenção de mencionar nossa discussão anterior, e eu também não queria isso. Algumas feridas fecham sozinhas, pensei. Não há motivo para abri-las de novo.

— Você está com pressa? — perguntei.

Sanja negou com um gesto de cabeça.

Fiz chá gelado para nós. Os cubos de gelo trincaram nas xícaras de barro quando eu derramei o líquido morno amarelo-pálido. Sentamos à mesa, e eu peguei alguns figos secos do armário.

— Queria ter um freezer também — disse Sanja, com um suspiro, enquanto bebericava o chá. —Tentei consertar um no ano passado, mas ele só funcionou por algumas semanas antes de estragar para valer. Eu teria que ir até a cidade para conseguir as peças e consertar de novo. E isso custaria o orçamento de pelo menos dois meses de comida.

— Você não acha estranho a quantidade de aparelhos tecnológicos do mundo antigo que ainda dá para encontrar no lixão dos plásticos e consertar com certa facilidade?

— O que há de estranho nisso?

— Eles sempre nos ensinaram na escola que a tecnologia do mundo antigo era frágil e que não pode mais ser fabricada, e é isso que os livros dizem também, né?

— E ela é. A maior parte das coisas que estão no lixão dos plásticos é porcaria.

— E quanto aos livros?

— Que livros?

— Por que os livros do mundo antigo não foram preservados? — Eu sabia que a casa do mestre do chá tinha mais livros que qualquer outra do vilarejo, e meus pais haviam me dito que os livros eram raros, mesmo nas cidades. Poucas obras chegavam a ser impressas, por causa do custo do papel, e livros do mundo antigo eram virtualmente impossíveis de encontrar, a não ser que a pessoa tivesse acesso às livrarias do Estado ou aos arquivos militares. Na escola, só utilizávamos pod-books.

— A maior parte deles estava nas cidades grandes que foram alagadas quando os oceanos invadiram as planícies costeiras — disse Sanja.

— Eu sei, mas você já viu algum livro de história que tenha sido escrito antes do Século do Crepúsculo?

— Mas para que serviria um livro de história que não falasse do Século do Crepúsculo e do mundo de hoje?

— De qualquer maneira, os livros não podem ter ido, todos, parar no fundo do mar, certo? Quando as cidades foram alagadas, por que os livros de história do mundo antigo não foram resgatados?

— Não sei. — Sanja abriu as mãos. — Talvez não tenha dado tempo. Eles tinham que resgatar as pessoas. Talvez...

Um grito vindo de fora da nossa casa a interrompeu. Eu me levantei e andei até a janela. Vi um dos soldados — um baixinho de óculos — gesticulando para outros dois, que vieram correndo. Não cheguei a ouvir o que foi dito, mas depois de trocar algumas palavras, todos se dirigiram para a casa de chá. Eu não conseguia vê-la pela janela da cozinha, portanto, perdi os soldados de vista.

— O que foi? — perguntou Sanja.

— Sei lá. — Eu não conseguia me livrar da sensação de que eles podiam achar alguma coisa errada. Mas não havia nada para encontrar na nossa casa, na casa de chá ou no jardim. Ou será que havia?

Foi como se alguém tivesse derramado água gelada no meu coração. Compreendi, talvez pela primeira vez, que meus pais tinham compartilhado muito pouco comigo. Será que existia um mapa que indicava a localização da nascente no livro dos mestres do chá — um livro grosso de folhas pardas cheios de anotações na caligrafia do meu pai, que ele me deixava ler apenas em parte e sob sua supervisão? Ou talvez fosse um dos outros livros, trancados numa espécie de cristaleira na sala de estar, em que os mestres do chá antigos descreviam a cerimônia meticulosamente? Eu não sabia, e minha imaginação tecia rapidamente todo tipo de possibilidade; nenhuma delas acabava bem.

— Não precisa vir junto — falei para Sanja. — Não deve ser nada.

Ela me seguiu mesmo assim, enquanto eu colocava a xícara na mesa, vestia o capuz e caminhava lá para fora. O gramado estava cheio de furos e montes de terra dos quais a gente tentava desviar, mas reparei que o jardim de pedras e o canteiro de ervas que crescia próximo do limite da propriedade estavam intocados, exceto pelas pegadas de botas. Em meio à terra revolvida, meus passos eram inseguros, e a rota, pouco familiar.

Ao caminhar pela lateral da casa de chá, vi meus pais parados perto de um grande buraco aberto na grama. Embora não trocassem olhares nem se tocassem, dava para ver que, naquele momento, estavam unidos, como se fossem as colunas de pedra de uma construção antiga, ou os troncos entrelaçados de duas árvores que eu tinha visto certa vez na Floresta Morta. O comandante Taro estava do lado oposto da escavação, enquanto os outros soldados se juntavam ao redor do buraco. Parei alguns passos atrás dos meus pais. Sanja estava ao meu lado e, embora não olhasse para ela, sentia que estava perto de mim.

O buraco, fundo e sombrio, não deixava a luz forte do fim da tarde iluminá-lo por completo. Mesmo assim, dava para distinguir claramente algum tipo de construção feita pela mão do homem, uma espécie de muro e, mais lá no fundo, um líquido escuro que brilhava como uma lágrima no rosto da terra. Tentei captar a expressão no rosto dos meus pais e, pela segunda vez em um período tão curto, senti que eram como estranhos para mim. Eu não sabia de tudo e também não sabia da extensão do que ignorava. Um dos soldados extraiu do buraco um copo anexado à haste de um telescópio. Era um líquido escuro e lamacento, mas Taro apanhou o copo, levantou o capuz, enfiou os dedos dentro do líquido e os lambeu.

— Parece que existe água potável no fundo do poço — disse, encarando meu pai. — Presumo que o senhor não sabia disso...

— Se soubesse, teria lhe contado — respondeu meu pai, sem desviar os olhos.

— Você e sua família podem ir agora, mestre Kaitio — disse Taro. — Fique tranquilo que o manteremos informado sobre novas descobertas.

Lentamente, meu pai se virou para ir embora. Olhou para minha mãe, depois para mim, e sua expressão mudou. Ele se voltou para Taro e andou calmamente na direção do comandante, que ainda estava perto da escavação. Um par de soldados tentou impedi-lo, mas Taro fez um gesto para que o deixassem em paz. Meu pai parou em frente a ele.

Os dois permaneceram onde estavam, entre a terra, o céu e os escombros da casa de chá, um oficial alto em uniforme militar azul e um homem baixo, cujo cabelo já estava tingido de cinza, vestido com as roupas simples de um mestre do chá

— Você acredita que pode ser dono de tudo — disse meu pai —, que seu poder alcança qualquer distância. No entanto, existem coisas que nunca serão escravas do homem. Vou dançar em sua cova um dia, Taro. Ainda que meu corpo não esteja mais aqui, meu espírito vai se encarregar disso, quando estiver livre da prisão dos meus ossos.

Taro inclinou a cabeça levemente, sem deixar de encarar meu pai.

— Pensando bem —disse ele —, agora que terminamos de escavar o chão, acho que é um bom momento para passarmos à casa. Liuhala, Kanto — chamou, dirigindo-se a dois soldados —, levem o mestre Kaitio e sua família e comecem a vistoria. E certifiquem-se de que ela seja completa.

Os dois soldados vieram na direção do meu pai, que não fez menção de se mexer. Pensei que ia bater em Taro, mas, finalmente, depois de olhar fixo para ele por um bom tempo, se virou e começou a caminhar na direção da nossa casa, sem olhar para trás. Os soldados o seguiram de perto. Minha mãe, que tinha observado a cena em silêncio, me pegou pelo braço e começou a andar, me puxando para junto dela.

Seus passos eram lentos e, quando já tínhamos nos afastado o suficiente, ela sussurrou para mim:

— Não temos nada a temer, Noria. Eu já fiz buscas no solo várias vezes e sei que não existe nenhuma nascente aqui. É apenas a água da chuva presa em um antigo poço de concreto.

— Por que não falou isso para eles?

— É melhor que descubram sozinhos. Isso vai humilhá-los e afastá-los da nossa casa. É possível que até se desculpem pelo ocorrido.

— Taro não vai se desculpar — falei.

Pensei na expressão do comandante, nos traços de um caráter que se mostrava inflexível.

— Não, ele não — admitiu minha mãe.

Quando entramos em casa, os soldados já tinham começado a abrir os armários e gavetas, tirando as coisas do lugar e atirando tudo no chão. Meu pai se curvou à porta da cozinha.

Ele estava com a mão no peito, e percebi que sua respiração não estava normal.

— Você está bem? — perguntou minha mãe.

Ele não respondeu de imediato. Mas, após alguns minutos, endireitou as costas, alterou a expressão de dor do rosto e falou:

— Não é nada. Só fiquei sem ar.

Fico tentando pensar na minha mãe nessa ocasião. Em alguns momentos, acho que não havia nada no seu tom de voz ou nos seus gestos que sugerisse que ela sabia o que estava para acontecer. Mas, em outros, alguma coisa me faz pensar que ela já tinha entendido que meu pai começava a abandonar a vida. Não consigo encontrar nada que me dê certeza de uma coisa nem de outra. Há um abismo entre nós que nunca consegui cruzar, um abismo que nunca mudou de forma e que levou a um fim irreversível. Como não posso cruzá-lo, tenho que me contentar em andar pelas margens e deixar que o abismo seja parte da minha vida; essa é uma das fendas sombrias do meu ser, que não posso negar e que jamais poderei iluminar.

Minha mãe sabia. Minha mãe não sabia.

Sanja, que vinha perambulando alguns passos atrás de nós, ficou do lado fora da casa. Deixei meus pais observando os soldados revirarem nossas coisas e decidi acompanhá-la até o portão.

Parei na varanda. Não encontrei Sanja imediatamente. Mas logo a vi. Estava no caminho que levava à casa de chá. Um soldado loiro, que sempre acompanhava Taro e que, portanto, parecia ser seu oficial favorito, estava falando com ela. Não conseguia ouvir o que estavam dizendo e não podia distinguir a expressão do rosto de Sanja por traz do capuz, mas sua postura era tensa. O oficial disse alguma coisa e ela se remexeu, desconfortável. Caminhei na direção deles, e Sanja levou um susto quando me viu.

— Melhor eu ir — disse ela, se dirigindo a mim, ou talvez ao oficial.

— Cumprimente seu pai em meu nome — pediu ele, antes de caminhar de novo para a casa de chá.

— Foi colega de classe do meu pai — explicou Sanja, enquanto nos dirigíamos ao portão. — Ele me perguntou coisas estranhas.

Quando penso em Sanja agora, depois de tudo o que aconteceu, essa é uma das imagens que me vêm à cabeça sem que eu consiga controlar, uma imagem insistente: ela parada do lado de fora do portão, o cabelo preto solto, o corpo magro e anguloso coberto por roupas rudes e pobres. A sombra do capuz antimosquito escondendo seu rosto, e os galhos das árvores ao nosso redor se movimentando em um sussurro enquanto a levavam para longe de mim.

E eu não levantei a mão para me despedir.

Não disse uma palavra sequer para preveni-la.

Fiquei apenas parada observando a dança das sombras que as árvores desenhavam nas costas e nos braços dela. Não fiz nada. E ela foi embora sem olhar para trás.

Dois dias depois, os soldados finalmente recolheram os equipamentos e deixaram nossas terras. O soldado baixinho de óculos veio nos oferecer uma espécie de explicação: a água encontrada era da chuva e tinha se acumulado nas paredes de um antigo poço que não era usado havia décadas. Com o fim das buscas, ficou claro que não havia água corrente na casa ou no jardim que não viesse dos canos certificados.

A última coisa que eles fizeram foi arrombar o cadeado da cristaleira da sala e levar as três dúzias de livros de capa de couro dos mestres do chá. Quando os levaram para fora, meu pai protestou, amargamente:

— Vocês não vão encontrar nada de importante nesses livros. São apenas diários familiares de caráter pessoal. Além disso, eu podia ter fornecido a chave para vocês, se tivessem pedido.

Os soldados que levaram os livros sequer pararam para ouvir.

Deixaram o gramado cheio de buracos. A tentativa que fizeram de reparar os danos causados à casa de chá foi mínima. Meu pai caminhou em direção a Taro.

— Você vai mesmo deixar a casa de chá nesse estado? Tem alguma ideia de como pode ser difícil encontrar alguém para restaurá-la?

O olhar de Taro era sombrio, severo e fixo.

— Mestre Kaitio, como representante do Novo Qian, tenho o dever de investigar todas as possibilidades que possam levar à descoberta de água potável. Não é minha culpa se essas investigações foram infrutíferas.

E assim eles foram embora, sem pedir desculpas, sem qualquer compensação.

Eu tinha imaginado que, uma vez que os soldados fossem embora, as coisas voltariam a ser como antes, mas o estranho silêncio persistiu, como a água em calmaria antes da tempestade.

Eu estava esperando algum sinal da tempestade.

E, quando ela veio, foi da forma mais surpreendente.

Alguns semanas depois da investigação, ouvi meus pais conversando na cozinha.

— Eles vão voltar — disse minha mãe. — Não vão desistir.

— Eles não têm nenhuma razão para voltar — argumentou meu pai.

Minha mãe ficou em silêncio por um tempo e, por fim, falou:

— Já tomei minha decisão.

— Precisamos falar com Noria — disse meu pai.

Não tive tempo de voltar para o quarto, então fingi que estava saindo de casa. Meu pai veio na minha direção. E não precisei olhar para saber que ele se aproximava. Reconheci seus passos e sabia que ele estava parado logo atrás de mim.

— Noria — chamou, suavemente. Parei, me virei e olhei. Na meia-luz do corredor, uma rede de sombras se desenhava em seu rosto, iluminado pela luz azul-acinzentada que entrava pela janela. — Sua mãe quer falar com você.

Fui caminhando atrás dele até a cozinha, onde minha mãe estava sentada à mesa com uma xícara de chá vazia diante de si. Era como se as sombras do corredor tivessem se alargado e agora cobrissem tudo, brigando contra a luz do grande lampião pendurado sobre a mesa. Percebi o tom sombrio no rosto dela.

— Sente, Noria — disse ela.

Eu obedeci. Meu pai também se sentou, ao lado da minha mãe. Eles eram uma força unificada novamente, como no dia da escavação, duas colunas de pedra, duas árvores entrelaçadas.

— Seu pai e eu conversamos. Queremos oferecer para você uma vida em segurança, mas temos opiniões diferentes sobre como deve ser isso.

Ela ficou em silêncio e olhou para meu pai; era a vez dele:

— Noria, se você não quer ser mestre do chá, é hora de decidir. Estou convencido de que Taro vai nos deixar em paz agora que já pesquisou por todo o terreno. Duvido que ele sequer considere procurar pela nascente na colina e, se tiver essa ideia, ela está tão escondida que é pouco provável que encontre-a. Estamos seguros aqui. Infelizmente, sua mãe pensa diferente.

— Taro vai continuar o que começou — disse minha mãe. — Nossa vida não vai mais ser o que era. Eles já chegaram mais perto do que você pensa, Noria.

— Mas eles não chegaram nem perto da nascente — argumentei.

— Tem uma coisa que você não sabe — replicou minha mãe. — Conte para ela, Mikoa.

— Você sabe que usamos mais água do que muitas famílias — começou meu pai. — E sabe que parte da água que usamos vem da nossa cota e parte vem da nascente. Deve ter reparado na diferença.

A água usada nas cerimônias do chá precisava ter frescor, como se fosse recém-colhida na fonte. Isso era parte da arte do chá. Meu pai tinha me ensinado a provar a água a ser usada para o chá e sempre escolher a mais fresca e limpa, se houvesse opção. Para outras funções, usávamos a água que vinha dos canos que, no começo do mês, sempre tinha um gosto um pouco rançoso e salgado, por ser dessalinizada. Diferentemente das outras casas, na nossa não economizávamos água: ela nunca nos faltava e não precisávamos comprar a preços superfaturados de comerciantes locais.

— Usamos a nossa cota de água nas primeiras semanas do mês e depois passamos a usar a da nascente? — perguntei. — Mas como elas vêm pelo mesmo encanamento?

— Seria muito difícil carregar tanta água da colina para cá — explicou minha mãe. — E também levantaria suspeitas. Seria preciso usar um heliciclo e grandes recipientes, além de fazer visitas frequentes à nascente. Alguém acabaria descobrindo cedo ou tarde se o mestre do chá retornasse da colina várias vezes por semana com barris cheios. Não fomos os primeiros a perceber que isso seria impraticável. Não sabemos quando o encanamento foi construído, mas ele já existia na época do pai de Mikoa. Isso não está registrado no livro de nenhum dos mestres. Quem o construiu sabia que era perigoso demais deixar um registro por escrito. O encanamento é muito bem construído: ele vem do centro da colina e corre escondido embaixo da terra, onde se conecta ao encanamento certificado da propriedade. O único risco é que ele precisa ser aberto e fechado manualmente de dentro da colina. Tivemos sorte de o mecanismo estar fechado quando os soldados chegaram.

— O encanamento está tão escondido quanto a nascente — observou meu pai. — Encontrá-lo é praticamente impossível sem conhecer a localização.

— Eles são peritos em procurar e têm equipamentos complexos.

— Eles não têm nenhum motivo para voltar!

— Eles não têm nenhum motivo para não voltar!

Um silêncio se abateu. Depois de alguns minutos, meu pai falou, diretamente para mim:

— Sua mãe acredita que a casa do mestre do chá não é mais um lugar seguro para viver. — Ele olhou para ela e aguardou.

Percebi que minha mãe estava escolhendo as palavras com cuidado.

— Noria, recebi uma oferta de emprego como pesquisadora na Universidade de Xinjing. E aceitei.

— Nós vamos nos mudar para Xinjing? — perguntei. Eu não sabia direito a distância que nos separava da cidade, mas sabia que para chegar lá era preciso uma longa viagem pela costa sul do Novo Qian. E a viagem para atravessar o continente podia levar semanas, mesmo nos trens rápidos. Meus pais se entreolharam.

— Você já tem idade suficiente e, portanto, não podemos tomar esta decisão por você — disse minha mãe. — Quer ir para Xinjing comigo ou quer ficar aqui com seu pai? Não precisa decidir agora, mas terei que partir antes da Festa da Lua, então você tem um mês para pensar.

Olhei para minha mãe. Depois para meu pai. Minha garganta estava apertada. Na direção do vilarejo, próximo do mercado, os soldados afiavam suas armas e não ouviam súplicas. A qualquer momento, poderiam voltar a atenção para nós mais uma vez, isso se haviam mesmo desistido. Eu não tinha como saber qual dos meus pais estava com a razão, e não podia ficar e ir ao mesmo tempo.

A escolha já estava clara para mim. Mas ainda não tinha dito nada por medo de que ela pesasse sobre o resto da minha vida. Ainda assim, o silêncio era pior.

Resolvi abrir a boca e dizer a eles o que queria fazer.

CAPÍTULO SETE

Era de manhã bem cedo, no oitavo dia do oitavo mês, quando levamos a mala e as bolsas de algas da minha mãe para o helicarro que meu pai pegou emprestado de Jukara em troca de um pouco de água fresca. Meus pais sentaram nos assentos dianteiros e eu me sentei na parte de trás do veículo, cujo teto me cobria apenas parcialmente, e nos dirigimos para Kuoloyarvi.

O cheiro do helicarro de Jukara disparava em mim uma estranha sensação de recorrência. Eu me sentia muito mais jovem. Era como se estivéssemos numa das raras ocasiões, num daqueles dias maravilhosos, em que meus pais me levavam para a cidade. Ao ver a mancha azul-arroxeada no tecido grosseiro e gasto do assento, me lembrei do dia em que derramei sorvete de mirtilo ali, em uma das nossas viagens de volta, quando tinha apenas 11 anos. Meus pais ficaram chateados. Eu tinha esfregado o tecido até me dar por vencida e aceitar que ele nunca mais ficaria como antes.

Por um momento, me senti como uma caixa qianesa de várias camadas, ou como uma daquelas bonecas de madeira ocas do mundo antigo, que encaixavam uma dentro da outra. Uma jovem versão minha — ou talvez várias delas — descansava abaixo da minha pele. E essa versão balançava as perninhas que nem sequer alcançavam o chão, sem imaginar que um dia seus pais não estariam mais ao alcance das mãos. Se um pensamento como esse sequer tivesse chegado a cruzar minha mente na época, teria sido imediatamente descartado.

A viagem até Kuoloyarvi durava mais ou menos três horas. Conforme nos aproximávamos do mar, a paisagem ia mudando lentamente e, uma vez que o vilarejo e a montanha Alvinvaara ficaram para trás, passamos por florestas e áreas alagadas que, à nossa esquerda, se alongavam em verde-escuro até o horizonte. Essa sempre foi minha parte favorita da viagem rumo à cidade. Quando era criança, sonhava em conduzir o helicarro para dentro da mata, passando embaixo daquelas árvores altas, com sombras frescas que ofereciam abrigo do sol inclemente. Mas muito cedo aprendi que isso era impossível: as florestas eram fiscalizadas e fechadas para civis, assim como as plantações de alimentos e alguns poucos lagos que restavam.

Mais tarde na viagem, quando já se podia distinguir as luzes brilhantes e ondulantes de Kuoloyarvi, com suas construções de formato abobadado e painéis solares que se assomavam logo à frente, vi as usinas de dessalinização da água no horizonte, quase no limite do mar. Elas eram fortes, sólidas, enormes, como uma fileira de antigos gigantes de pedra. A segurança no entorno dessas usinas era notória. Até mesmo as estradas que levavam para lá eram vigiadas, e eu tinha ouvido histórias de viajantes presos só por andar muito próximos dali.

Chegamos à fronteira da cidade ainda de manhã. Percebi de longe que havia mais soldados que o normal. Em geral, os portões só tinham guardas para manter as aparências, e nem todos os viajantes eram parados. Dessa vez, porém, havia uma longa fila de helicarros se arrastando lentamente para a cidade e, ao lado, duas outras filas um pouco mais rápidas para quem estava chegando a pé. Tomamos nosso lugar ao final da fila de helicarros. Quando chegamos ao portão, o guarda de uniforme azul nos parou.

— Por que querem entrar na cidade? — perguntou.

— Estou a caminho de Xinjing — respondeu minha mãe. — Minha família está me levando até a estação de trem.

— Vai a Xinjing? A senhora está a serviço do estado?

— Sim, aceitei um emprego na Universidade de Xinjing.

— Posso ver sua passagem, pass-pod e a carta que comprova sua ligação com a universidade?

Ela pegou na bolsa o message-pod de segunda mão que tinha recebido da universidade. Posicionou o dedo no equipamento para ativar o pass-pod. A tela se iluminou. Uma foto e as informações, incluindo a reserva da passagem, apareceram. Ela entregou o message-pod para o guarda, que o examinou. E também deu a ele a carta em papel enviada por Xinjing. O guarda pareceu impressionado ao ver papel de verdade em sua frente, mas não disse nada a respeito. Ele se voltou para o meu pai e para mim.

— E vocês, têm algum comprovante de identidade?

— Infelizmente, não — respondeu meu pai. — Nunca precisamos de um pass-pod para entrar na cidade. Existe alguma razão em particular para esse tipo de exigência agora?

— São ordens — respondeu o guarda, sem se alongar. — Posso tirar as digitais de vocês, por favor?

Ele entregou seu multi-pod para que pressionássemos os dedos no aparelho. Nossos nomes e alguns códigos apareceram, e meu pai devolveu o equipamento para o guarda, que, conforme percebi, escrevia alguma coisa na tela com uma pod-pen.

— Você e sua família podem ir em frente, mestre Kaitio — disse ele, depois de dar uma última e cuidadosa checada no pass-pod e na carta da minha mãe. O tom era mais de uma ordem do que de uma permissão. — Você e sua filha devem notificar os guardas quando deixarem a cidade — arrematou.

Meu pai assentiu, sem esboçar sequer um sorriso, e guiou o helicarro portões adentro.

Poucas vezes tivera oportunidade de ir a uma estação de trem. Kuoloyarvi não era uma cidade grande, e o maior fluxo de pessoas chegando à União Escandinávia vinha em navios que atracavam mais ao sul, nos portos de Ladoga Bay, no Mar Báltico. Havia apenas quatro plataformas de embarque. Um trem comprido estava parado em uma delas com as portas abertas. O nome *Enguia Brilhante* aparecia pintado na lateral da locomotiva em caracteres decorativos. Havia viajantes solitários, casais e famílias acomodando as bagagens e se despedindo. Ajudamos minha mãe a carregar a mala para dentro do compartimento. Ainda nos restava algum tempo antes de o trem partir, mas ela disse:

— Não fiquem aqui esperando. Mando uma mensagem para vocês quando chegar a New Piterburg.

A viagem de trem continuaria de New Piterburg para Ural e, de lá, atravessaria o Novo Qian até Xinjing. Pensei em todas as coisas que eu tinha abdicado de conhecer por ter escolhido não ir com minha mãe, coisas que só sabia que existiam por ter ouvido falar: áreas de cultivo de algas nas regiões costeiras, fábricas criadas para abastecê-las, plantações de árvores de borracha, fazendas de vaga-lumes, navios, salas de chá luxuosamente decoradas nas cidades e, abaixo da superfície, cidades fantasmas do passado, afogadas pelas águas e silenciadas.

Minha mãe me deu um beijo de despedida.

— Vou escrever — disse ela. — E falta apenas alguns meses para o Ano-Novo. Vou voltar para visitá-los.

Eu não sabia o que dizer, então simplesmente lhe dei um abraço demorado.

Quando finalmente nos soltamos, caminhei para fora do vagão e, pela janela, observei-a conversando com meu pai. Os lábios se mexiam e as expressões mudavam, mas o vidro grosso camuflava os sons, impedindo que eu distinguisse as palavras. Eles se abraçaram — eu não conseguia entender por que estavam se separando.

Virei-me de costas.

Um homem de rosto sombrio entrou na estação com uma grande mochila feita de algas pendurada no ombro.

Um grupo de soldados caminhava perto da entrada, as botas pesadas como pedras, as mãos repousando no cabo dos sabres.

Uma menininha de vestido azul de alça pulava corda e murmurava uma canção sem sentido. A mãe dela comia sementes de girassol tostadas e não tirava os olhos dela.

Até que, finalmente, meu pai desceu do trem.

— Vamos? — perguntou.

Olhei para minha mãe, que estava sentada no assento da janela, pálida, desbotada como as figuras gastas de livros antigos expostos ao sol. Ela manteve os olhos em mim enquanto nos afastávamos, e sei que continuou me observando mesmo quando eu já a tinha perdido de vista, tenho certeza. Se ela chegou a pensar em mudar de ideia, sair do trem e voltar para a casa do mestre do chá junto conosco, essa vontade não se concretizou.

* * *

Antes de recomeçarmos a viagem de volta para casa, paramos para fazer compras no mercado qianese. Assim que chegamos ao local, percebi que nosso destino era uma barraca em que uma mulher alta, de pele escura e ligeiramente corcunda vendia alguns itens. O nome dela era Iselda e eu conhecia seu rosto desde criança. Meu pai pediu que nos mostrasse seus chás de melhor qualidade. Ela colocou três sacos de pano na mesa e os abriu. Eu esperava que meu pai os examinasse, um a um, mas ele apenas fez um sinal para mim. Nunca em toda a minha vida eu tinha recebido permissão para escolher um tipo de chá sem a orientação do meu pai.

Peguei cada um dos sacos de pano na mão. As folhas do primeiro chá eram verde-escuras e alongadas e tinham um cheiro levemente adocicado. O segundo tinha um cor verde vibrante e as folhas tinham sido amarradas em ramos ao redor de botões, que se abririam em flores uma vez que a água quente fosse jogada sobre eles. O cheiro era fresco e leve — dava para imaginar que, combinado à água da nascente, produziria um aroma extraordinário. O verdor do terceiro chá era manchado de prateado e as folhas tinham o formato de gotas. O mais determinante, porém, foi seu aroma. O aroma do terceiro chá *fluía*. É a única palavra que me vem à cabeça para descrevê-lo. Era um aroma de chá recém-colhido, que também tinha um quê de terra úmida, de vento varrendo os arbustos, um aroma que deslizava como ondas leves na água, ou sombras: entrava forte nas narinas, mas, subitamente, parecia sumir, para retornar ainda mais gostoso no minuto seguinte.

— Este — afirmei, entregando o chá para o meu pai.

— Quanto custa? — perguntou ele.

Iselda respondeu, como era o costume no mercado de chá, o preço pela quantia de um *liang*. Quando ouvi o valor, achei que meu pai o recusaria. Mas sua expressão não sofreu abalo. Ele apenas ofereceu a Iselda um preço um pouco mais baixo. Já me preparava para uma sessão de barganha de horas, mas ela encarou meu pai por um momento e assentiu.

— Vamos levar metade de um *liang* — disse meu pai. — Deve ser o suficiente para a cerimônia de graduação.

Tirou um saco de tecido vazio da mochila, e Iselda colocou a medida requerida ali dentro. Também compramos alguns *liang* de chás mais baratos, para uso diário, e alguns temperos e comidas que não conseguíamos encontrar no vilarejo.

No caminho para casa, tentei não me fixar no assento vazio ao lado do meu pai no helicarro. Em vez disso, virei a cabeça para trás e dei uma última olhada em direção à cidade, à planície árida e à estreita faixa do mar no horizonte, radiantes na luz do fim da tarde, douradas como as costas de um dragão desaparecendo lentamente.

Depois que minha mãe foi embora, meu pai usou todo o seu tempo com a preparação da Festa da Lua. Ele contratou alguns homens do vilarejo para ajudar a restaurar a casa de chá e o jardim. Jan, o pai de Sanja, era um deles. Notei que Jan prestava especial atenção à madeira cara e aos poucos móveis que meu pai tinha conseguido comprar de cidades próximas. Jan era um pedreiro hábil, mas poucas vezes tinha oportunidade de trabalhar com matéria-prima de boa qualidade. Enquanto meu pai se mantinha ocupado supervisionando os reparos, limpar a casa e cuidar dos canteiros eram tarefas minhas. Os arbustos de amoras e as cerejeiras tinham sofrido com o tumulto causado pelas buscas na propriedade, e muitos dos vegetais tinham sido desenterrados pelos soldados. Porém, nem tudo havia se perdido, e eu me mantinha ocupada fazendo geleia de groselha, secando cerejas e ameixas para o inverno, estocando sementes de girassol e amaranto em sacos, colhendo amêndoas e arrancando cenouras da horta. Além disso, ainda tinha que encomendar tortas no padeiro, checar os cantis, pegar minha roupa de mestre do chá no alfaiate do vilarejo e treinar a cerimônia com meu pai uma vez por dia.

Meu pai parecia convencido a não falar comigo sobre a partida da minha mãe. No quinto dia depois de voltarmos, eu estava limpando a casa vigorosamente. Ele me viu carregar um balde d'água, uma escova e alguns panos de limpeza até a porta do escritório dela. Quando fiz menção de abrir a porta, ele disse:

— Não faça isso.

Virei a cabeça na direção dele, mas logo desviei o olhar, porque não queria ver a expressão em seu rosto.

— Deixe do jeito que está — falou.

— Se prefere assim.

Mas pensei comigo: as coisas não vão ser como eram. Não interessa o que você quer ou o que eu quero. A poeira vai acabar se acumulando nas prateleiras, as aranhas vão fazer teias nos cantos, as páginas dos livros vão ficar amareladas por baixo das capas. O vidro das janelas vai ceder um pouquinho a cada dia, como a chuva, mesmo que a gente não veja. As coisas vão ser diferentes: porque a luz não entra sempre pelo mesmo ângulo; porque o vento acaricia as árvores ora com força ora com delicadeza; porque o verde das folhas desbota enquanto uma formiga sobe pelo tronco. Mesmo que a gente não perceba de imediato, tudo isso está acontecendo. Se virarmos o rosto por muito tempo, não vamos mais reconhecer o cômodo quando decidirmos entrar nele de novo. A casa não é a mesma desde que ela se foi, e nós dois sabemos.

Minha mãe enviou mensagens ao longo da viagem. Havia um pouco de deslumbramento em seu tom.

Nunca tinha visto um porto tão grande na minha vida, ela escreveu de New Piterburg. *Ele cresceu tanto nos últimos quinze anos. E você não acredita nas pessoas que viajam nesses trens! Ontem, sentei para jantar com uma família de cinco pessoas que tinha vindo dos Pirineus de barco e estava a caminho dos Urais. Juro que a única coisa que fez com que as crianças não tirassem o trem dos trilhos foi a presença dos soldados. Sempre pensando em vocês. Abraços, L.*

Não tanto quanto pensamos em você, mãe, respondi para mim mesma. Você tem ao seu alcance todo um mundo novo que seus pés nunca tocaram; um mundo que não se desgasta em silêncio sob seus olhos. Tudo o que temos é essa casa e a falta que sentimos de você, e a tentativa de preservar sua presença, para sentir você por perto mais um pouco, para que ainda reconheça nossa casa como sua quando voltar. Se voltar.

Levantei cedo na manhã da celebração da Festa da Lua. A roupa de mestre do chá estava pendurada no lastro da cortina, em frente à fresta da janela por onde passava uma brisa que a fazia balançar. Ainda não era a hora de me trocar. Meu pai tinha me avisado no dia anterior que caminharíamos até a nascente antes do café da manhã, e imaginei que o propósito era pegar água para minha cerimônia de graduação, mas suspeitava que havia algo mais. Se não fosse o caso, ele não teria me pedido para acompanhá-lo. Coloquei uma roupa normal, vesti botas de caminhada e comi o mingau de milharina que meu pai tinha deixado para mim na mesa da cozinha. Enchi um pequeno cantil, pendurei-o no ombro e enfiei uns bolinhos de semente de girassol no bolso. Peguei o capuz antimosquito do cabide que ficava na entrada da casa e saí.

Encontrei meu pai remexendo no jardim de pedra. Os pedreiros e jardineiros que ele havia contratado tinham feito um trabalho surpreendentemente bom. Restavam apenas algumas poucas marcas que denunciavam que a grama fora corrompida. O jardim de pedras estava exatamente como antes, salvo pela falta da presença constante da areia, que tinha sido varrida.

A casa de chá fora a mais danificada. Parte do piso teve que ser substituído por um tipo diferente de madeira, e o contraste entre as tábuas novas e antigas era perceptível. Ainda assim, o chalé estava pronto e podia ser usado novamente. Lembrei a meu pai de que a imperfeição e a mudança faziam parte da arte do chá e que tinham, para essa arte, o mesmo valor que a perfeição e a permanência. Ele olhou fixamente para mim, e dava para notar que estava surpreso.

— Você vai ser uma mestre do chá melhor do que eu poderia ser daqui para a frente.

Ele se afastou do jardim de pedras e limpou as próprias pegadas. A areia se acumulava entre as pedras, como se o jardim fosse o fundo de um oceano sem água.

— Vamos — disse ele. — Temos um longo dia pela frente.

Meu pai se dirigiu à colina pelo mesmo caminho que trilhamos da primeira vez, quando me levou para conhecer a nascente. Mas já ao pé do morro, pouco antes de chegarmos ao jardim de pedras, viramos para uma direção diferente. Caminhamos um pouco até ele parar e apontar para algum lugar abaixo do declive. Era uma fenda dividida entre um sulco de pedras desgastadas e areia que se juntavam lá embaixo. As paredes de pedra estavam cobertas de líquen.

— Você sabe o que é isso? — perguntou ele.

Eu sabia, claro. Já tinha visto a fenda muitas vezes antes.

— Uma fenda criada por um córrego, agora seco — respondi. — Há décadas não corre água por aqui, e o líquen cresceu no topo das pedras.

— Você observa a paisagem com atenção. Mas ainda há algumas coisas para aprender. Talvez eu já devesse ter contado sobre a essência secreta do trabalho dos mestres do chá há muito tempo. Mas é costume não passar a sabedoria do mestre para o aprendiz antes que o aprendiz se torne o novo mestre. Quando a gente chegar à nascente, você vai entender do que estou falando.

Voltamos, e meu pai me perguntou se eu podia encontrar o caminho até a caverna com forma de cabeça de gato sozinha, sem ajuda. A rota era familiar para mim desde a infância, então achei com facilidade. Novamente, seguindo a orientação dele, tive que encontrar a alavanca escondida dentro da caverna, abrir o teto e entrar primeiro no túnel que levava à nascente. Ele veio em seguida e me entregou um dos lampiões, que já brilhava no escuro. Enquanto caminhávamos em direção ao barulho da nascente, percebi que havia umidade concentrada nas paredes do túnel.

Chegamos ao centro da caverna, onde a água jorrava em filamentos brilhantes da parede escura para o lago e, dali, para o coração da colina. Parei na margem do lago. Meu pai caminhou até o outro lado e colocou o lampião próximo da água. Percebi nas pedras algumas manchas pálidas das quais tinha uma vaga lembrança desde a primeira visita. Cerca de meio metro abaixo da superfície pulsante, uma robusta faixa de metal, coberta por uma camada de tinta branca já desgastada, adornava a pedra. O metal brilhava debilmente à meia-luz do lampião.

— Esta é a parte do trabalho do mestre do chá que permanece invisível para o resto das pessoas. Desde antigamente, os mestres do chá sempre foram observadores da água. Dizem que no mundo antigo cada mestre tinha uma nascente sob seus cuidados dentro da sua propriedade. As nascentes podem ter características diferentes: produzir água com efeito curativo, ser boas para a longevidade ou oferecer tranquilidade. As nascentes também fornecem águas com sabores diferentes. Antigamente, as pessoas viajavam grandes distâncias para apreciar um chá feito com água de uma determinada nascente. Era dever do mestre do chá assegurar que a água da sua nascente fosse sempre limpa e usada de forma correta. — O rosto do meu pai parecia dividido pela briga entre a luz do lampião e a escuridão da caverna. — Como você bem sabe, no nosso mundo quase todas as nascentes secaram, e as que não secaram foram tomadas pelos militares. É possível que existam nascentes secretas, como esta, em outros lugares, mas se existem, não conheço. Por isso, pode ser também que esta seja a última.

O peso das palavras do meu pai, e toda a responsabilidade imbuída no que acabara de dizer, se interpôs entre nós. Ele colocou o lampião bem perto da superfície da nascente e apontou para a água. Abaixo da superfície, perto do fundo do lago, dava para ver outra pedra pintada de branco, uma mancha quase invisível pela força da água.

— Consegue ver aquela marca? — perguntou.

Eu assenti.

— Se a superfície da água atingir um nível abaixo dessa marca, significa que muita água está sendo usada. A nascente precisará de descanso para renovar suas forças. É da responsabilidade do mestre do chá observar isso.

— Descansar quanto?

— Vários meses — respondeu meu pai — Quanto mais, melhor. Não exigi muito desta nascente durante o tempo em que fui seu guardião. Mas, na época do meu pai, aconteceu duas vezes. Em ambas as ocasiões, ele deixou a nascente descansar por quase um ano antes de considerá-la completamente restabelecida.

— E a outra marca? — perguntei, apontando para o outro extremo da rocha, acima da superfície.

— É igualmente importante, para dizer o mínimo, e também requer um monitoramento constante — explicou meu pai. — Se a água subir mais do que esta marca, é preciso direcionar mais volume para o encanamento, e isso deve ser feito bem rápido, porque existe um grande perigo de a nascente subir demais e jorrar água para a fenda que vimos do lado de fora da caverna. Isso também nunca aconteceu comigo. Mas se não usássemos a água da fonte todos os meses, poderia ter acontecido.

— O que você quer dizer com bem rápido?

— Não sei exatamente, mas acho que levaria um mês ou dois para transbordar.

Agora eu conseguia entender por que ele vinha com tanta frequência à colina.

— Você precisa aprender a controlar os níveis da água e a usar corretamente o encanamento, Noria. Essa tarefa não será integralmente sua por enquanto, porque ainda vamos dividir a responsabilidade de mestres do chá do vilarejo por um tempo. Mas um dia isso tudo estará em suas mãos, por isso estou ensinando desde já.

Meu pai deu alguns passos em direção à parede da caverna. Quando levantou o lampião, percebi que uma das alavancas estava virada completamente para a esquerda. Ele fez um gesto para que eu me aproximasse.

— Esta alavanca controla o fluxo da água para o encanamento que usamos na casa. No momento, está fechada porque ainda temos um pouco da nossa cota mensal e a água da nascente não está especialmente abundante. Mas agora é um bom momento para abrir o encanamento, porque vamos precisar de água fresca para a sua cerimônia de graduação, e já passamos de meados deste mês. Então, você vai fazer isso.

Peguei a alavanca e girei o mecanismo totalmente para a direita. A água no lago se agitava como um animal indomável e, embora não fosse possível notar uma diferença clara no barulho produzido pela fonte, pensei distinguir um novo som que se conjugava ao da nascente.

— A água da colina vai fluir pelo encanamento para nossa casa até que o mecanismo seja fechado de novo. Normalmente, fecho depois de duas semanas e espero mais duas ou três para abrir outra vez. A coisa mais importante é vir aqui toda semana para checar o nível da água e controlar seu consumo. Na semana que vem, será a sua vez.

Meu pai encheu diretamente na nascente os dois cantis que tinha trazido, e cada um de nós se encarregou de levar um deles nas costas.

— O que aconteceria se a nascente secasse e não voltasse ao normal? Se simplesmente parasse de funcionar? — perguntei, depois de sairmos da caverna, quando caminhávamos de volta para casa.

— Viveríamos da cota de água regulamentar, como o resto das pessoas — respondeu meu pai. — Seria o suficiente para nós. O jardim sofreria um pouco, mas nós ficaríamos bem.

Ele ficou em silêncio por um momento. O sol se erguia quente em direção ao céu, ainda que meio apático pela chegada do outono. Desenrolei as mangas da camisa para que os insetos tivessem menos superfície para picar. Meu pai mantinha os olhos fixos no horizonte, e percebi que ele queria me dizer alguma coisa.

— Os mestres do chá do mundo antigo conheciam histórias que já foram quase completamente esquecidas — disse, calmamente. — Uma delas está registrada em todos os livros dos mestres do chá que eu mantinha em casa. É uma história que conta que a água tem sua própria consciência e carrega em si a memória de tudo que já aconteceu no mundo, desde quando não existiam humanos até o dia de hoje, uma memória que vai se gravando conforme o tempo avança. A água entende os movimentos do mundo, sabe quando é necessária e quando é desejada. Algumas vezes, uma nascente ou um poço seca sem razão, sem explicação. É como se a água também fosse escrava dos desejos, se retirando de um lugar para aparecer em outro quando lhe convém. Os mestres do chá acreditam que há momentos em que a água não deseja ser encontrada, porque sabe que será manipulada de formas antinaturais. Nem tudo que existe no mundo pertence aos humanos. Nós somos os observadores da água, mas, antes de mais nada, somos seus servos.

Caminhamos em silêncio. Seixos iam se quebrando sob meus pés. O cheiro de uma queimada avançava da direção do vilarejo.

— Você parece feliz — disse meu pai, quando chegamos em casa. — Isso é bom. Hoje é um dia para se ficar feliz. — Ele sorriu para mim. — Parece que o entregador do padeiro deixou as tortas no portão enquanto estávamos fora. Você pode ir até lá pegá-las e trazê-las para a cozinha, por favor?

Assenti e fui caminhando em direção ao portão, onde podia ver uma pilha com três tortas. Quando me virei para a casa, vi meu pai parado e encurvado. Havia algo de rígido e doído em sua postura, mas o dia estava lindo, minha cabeça estava em outro lugar e as tortas tinham um cheiro delicioso. Então, logo desviei o olhar.

CAPÍTULO OITO

A memória tem sua própria versão dos fatos. Quando penso em retrospectiva, olho para aquele dia em busca de um presságio do que estava por vir e às vezes acredito que houve sinais. É um conforto estranho e oco, que nunca dura muito tempo. Os videntes do mundo antigo costumavam ler a sorte em folhas de chá. Mas eram apenas folhas de chá, resíduos escuros de coisas passadas, que não implicavam nada além de um padrão próprio. A memória é lisa, escorregadia e quebradiça. Não é prudente confiar em seus padrões.

Lembro-me de estar parada no meu quarto, o cabelo ainda pingando do banho recente, a água escorrendo pelo peito e pelas costas como pequenos córregos. A roupa da graduação, que eu usaria nas cerimônias de chá até que a costura cedesse, estava na cama, vazia como uma pele nova ou como uma capa, aguardando ser preenchida de sentido e movimento, ou abandonada de vez. A parte mais nítida dessa memória é o quanto o dia estava radiante do lado de fora: um sol ardente jorrava luz para todo lado, brilhando mais do que qualquer dia antes ou depois deste, como se o céu estivesse crescendo em chamas até que o entardecer o acalmasse. Até que meu mundo mudasse.

Sei que isso não faz sentido. Vi dias radiantes antes e depois deste, e o brilho de que me lembro tem um quê de artificial. Mas este dia da minha vida agora tem a forma que minha memória empresta a ele, é o dia que consigo conjurar. A verdade é que a versão real do dia, como ocorreu, não está mais ao meu alcance.

Lembro-me de ter vestido a roupa de mestre do chá. Estava com aquele jeito de roupa nova, meio engomada.

Lembro-me de prender o cabelo para trás com um palito enorme. Ele estava pesado por causa da umidade dos fios.

Não me lembro de ter caminhado até a casa de chá, mas devo ter feito isso. Não havia mais nada a fazer.

Alguma coisa estava preocupando meu pai. Percebi assim que ele entrou ajoelhado na casa de chá pela porta dos visitantes e olhou ao redor. Achei que eu tivesse cometido algum erro sem perceber, mas a cerimônia já tinha se iniciado e não podia mais ser interrompida. Mestre Niiramo, nosso convidado de Kuusamo, tinha tomado seu lugar em uma almofada perto da parede e estava sem o capuz antimosquito. Eu não tinha escolha. Precisava aguardar meu pai se sentar ao lado dele e seguir em frente.

Niiramo tinha sido convidado por razões protocolares. Era necessária a presença de dois mestres do chá em uma cerimônia de graduação: o professor do aprendiz e outro mestre, alguém de fora. Niiramo realizava cerimônias do chá em Kuusamo e tinha boas relações com o regime dos militares. Meu pai não o tinha em grande conta, mas era difícil convencer mestres do chá a deixar a cidade durante a Festa da Lua, que era tradicionalmente uma época popular para cerimônias, e Niiramo se deixara persuadir facilmente, com a ajuda de Bolin.

A luz oblíqua que entrava pela claraboia acima da lareira lançava uma sombra no rosto do meu pai. Eu sentia o cheiro da fumaça, da madeira e da água. Dava para ver a marca de suor onde meus joelhos tocaram o chão: ao lado de uma prateleira de pinho gasta e escurecida havia uma mais pálida e mais nova, não tão maltratada pelo tempo. Eu sabia que as atenções do meu pai e de Niiramo estavam concentradas em mim. Não eram convidados, ainda não, estavam lá como juízes. Niiramo pareceu surpreso quando me viu pela primeira vez, e me olhava com uma expressão que eu só conseguiria designar como leve desaprovação.

Meus movimentos pareciam seguros quando comecei a preparar o Primeiro Chá.

Olhei para o conjunto de chá que tinha escolhido para a ocasião: xícaras e pratos usados e desgastados com pequenas lascas e nenhum tipo de decoração. Era um dos conjuntos mais antigos da casa do mestre do chá, remanescente do mundo antigo, possivelmente usado por alguns de nossos predecessores em tempo distantes, muito antes de o mar engolir costas e ilhas. A cor do conjunto lembrava folhas caídas e me dava uma sensação de conforto, que me colocava em contato com algo muito mais antigo e mais forte do que eu. Ocupava agora o posto de uma tradição que atravessara séculos sem mudar, que se mantivera em sintonia com as transformações da vida, firme como as batidas de um coração ou a respiração.

Ecos dos mestres do chá que viveram antes de mim cresciam ao redor enquanto eu contava as bolhas no fundo do caldeirão e derramava água nas xícaras e nos bules. Pensei na marca que esses mestres deixaram na memória do mundo: a fluidez de seus movimentos se refletia em meus movimentos, suas citações invadiam minhas palavras, a água que corria pela terra e pelo ar enquanto eles caminhavam por nossas pedras e campinas era a mesma que empurrara areia para as costas dos continentes e que pintara o céu nos dias chuvosos. Era um redemoinho que embaralhava tudo, o tempo e a memória, criando círculos de influência ao redor, repetindo o mesmo padrão eternamente. Essa sensação curiosa me transportava para longe e me confinava em mim mesma ao mesmo tempo.

Apanhei minha bandeja e me ajoelhei diante do mestre Niiramo. Quando ele se aproximou para pegar a xícara, senti um forte aroma de perfume misturado a suor. Sua pele era bem cuidada. Sua roupa era simples, mas o tecido era caro e os botões, feitos de metal trabalhado; não era peça fácil de se ver por aí. Ele estava um pouco acima do peso. Fiz uma reverência e ofereci a xícara seguinte ao meu pai.

Corri o olhar pelo canto vazio onde minha mãe certamente se sentaria se estivesse presente. Ela havia enviado uma mensagem de voz mais cedo, desejando boa sorte e dizendo que seu trem logo atravessaria a Baía Aral. Tentei imaginar a paisagem que ela estava vendo e, por um momento, foi como se eu pudesse sentir o cheiro embolorado dos assentos do trem, ouvir as vozes e os passos das crianças correndo pelo corredor estreito e sentir o constante movimento do chão aos meus pés. Mas quando tentei imaginar a paisagem fora do trem, a cor da planície não era identificável e as formas no horizonte se mesclavam em uma visão estranha. A paisagem permaneceu inexplorada, portanto, mas o lugar vazio na casa de chá tomou a forma da minha mãe, persistente como uma sombra.

A cerimônia de graduação era mais longa que o normal. Além do chá e dos doces, também era necessário oferecer uma refeição leve — o que podia demorar várias horas. Praticamente não havia conversa. Entrei num ritmo estranho, sem pressa, como o que um afogado deve sentir quando o mar finalmente vence o peso dos seus pulmões.

Era como se a sala estivesse tomada por um gotejar de água que ralentasse todos os movimentos e embaralhasse os sons, deixando-me limpa por dentro e por fora e fazendo com que as coisas exteriores se desvanecessem.

O rosto do meu pai era como um pedaço de madeira encharcado, e o de Niiramo, uma pedra se dissolvendo em areia. O meu próprio corpo era como uma haste de alga se movimentando ao sabor das ondas. E tudo isso acontecia sem que eu pudesse controlar, sem que pudesse fazer parar.

Então me deixei levar.

Lentamente, como a lua que mexe com as marés, meus músculos relaxaram, a tensão abandonou o rosto e a respiração começou a fluir mais livremente. A tensão ainda estava lá, porém, mais distante. Ela não esticava mais a pele, não mais me prendia.

A sala fervia por causa do calor que irradiava do fogo e do vapor do caldeirão. O ar estava denso. Meu cabelo estava úmido e ou podia sentir a roupa da cerimônia colar nos braços e nas coxas. O suor brilhava em gotas na testa de Niiramo. O rosto do meu pai estava afogueado. Eu tinha deixado a pequena janela da entrada aberta antes de começar a cerimônia, mas o ar fresco lá de fora parecia ter se compactado de tal forma que não conseguia entrar. Levantei da almofada e abri uma janela um pouco maior que ficava na parede oposta. Mesmo com o dia seco, uma brisa entrou imediatamente e o ar começou a circular na sala novamente.

Niiramo largou a xícara e olhou para mim.

— Senhorita Kaitio, tem certeza de que é necessário abrir as duas janelas?

Com o canto do olho percebi que meu pai se mexia, inquieto.

— A sala fica muito mais agradável com um pouco de ar fresco, o senhor não acha?

— Noria, o mestre Niiramo expressou o desejo de que a janela fosse fechada —observou meu pai. A sombra que atravessava sua face se moveu um pouco e naquele momento recaía sobre seu pescoço.

Niiramo olhou para mim. Não soube se devia interpretar a expressão do seu rosto como um sorriso.

— A senhorita Kaitio pode fazer como achar melhor.

Deixei a janela aberta, cumprimentei Niiramo com a cabeça e voltei ao meu lugar, perto do caldeirão. Ele não disse mais nada, mas agora eu estava segura sobre a natureza do seu sorriso: era o tipo de sorriso que um rico comerciante deixa escapar quando descobre um garoto de recados roubando suas mercadorias. O clima pesado que percebi no rosto do meu pai não passou durante a refeição, e eu tinha a impressão de que ele lançava olhares secretos na direção do mestre Niiramo.

Aguardei até os dois terminarem de comer e recolhi os pratos. Levei tudo para a sala da água, retirei um pano que cobria uma tigela de doces e voltei para a sala principal. Servi ainda uma nova rodada de chá.

Não havia mais água no caldeirão.

Eu sabia que tinha chegado a hora da avaliação.

— Noria Kaitio — disse Niiramo, fazendo uma reverência. — Tome seu lugar, por favor.

Eu o cumprimentei, caminhei até a sala de água e puxei a porta de correr.

A sala não tinha janelas. Era usada para estocar água, bandejas, conchas, caldeirões e bules. Se esticasse o braço em qualquer direção, tocaria a parede, ou algum dos utensílios. Fios de luz finos como um cabelo desenhavam formas na porta da entrada do mestre do chá, na parede oposta. Dentro do lampião, pendurado no teto, vaga-lumes se debatiam de forma débil contra a prisão de vidro. Sombras pairavam nas paredes, desenhando teias flutuantes que se abriam e se fechavam. Dava para ouvir Niiramo e meu pai conversando em voz baixa.

Pensei novamente na minha mãe, em sua jornada que poderia ter sido também minha: outra vida na qual eu teria abandonado a roupa de mestre do chá em vez de aceitá-la como minha segunda pele. De forma clara, como um reflexo no espelho, eu podia enxergar a mim mesma, caminhando e aprendendo os cheiros e desenhos das ruas estranhas que corriam entre os prédios de uma cidade desconhecida, como se aprende uma nova língua. Uma nova paisagem minha, que eu poderia construir sozinha.

Ouvi alguns ruídos na casa de chá. Depois, passos na varanda, do lado de fora. E, em seguida, o barulho suave da porta de correr da entrada dos visitantes sendo fechada. Imaginei que Niiramo ou meu pai — ou ambos — tinham saído para buscar algo na varanda.

A cidade grande e sua paisagem se estilhaçaram. Havia apenas uma escuridão no fundo do espelho, nenhuma alternativa de vida a não ser esta.

Um suave sino soou de dentro da casa de chá. Era hora de voltar. Ajeitei meu cabelo e abri a porta de correr. Eu estava certa, um deles tinha ido até a varanda. Niiramo estava segurando um rolo de pergaminho e meu pai tinha nas mãos um livro grosso de capa de couro.

— Noria Kaitio — disse Niiramo.

Fiz uma reverência.

— Como mestre do chá responsável por sua avaliação, devo apontar os erros cometidos durante a cerimônia. — Tentei ficar tranquila e esperei. O suave vapor de água tinha abandonado a sala, que agora estava seca como um deserto de pedras, o ar tão quente que mal dava para respirar. — Percebi claramente que você conhece a etiqueta da cerimônia — continuou. — Mas também percebi que a mudou deliberadamente de acordo com sua vontade em momentos em que este tipo de mudança não é aconselhável.

Ele olhou para meu pai e abriu seu sorriso de comerciante rico.

— Presumo que você conheça a regra que diz que numa casa de chá apenas uma janela deve ser aberta durante a cerimônia.

— Sim, mestre Niiramo, conheço a regra.

— Você poderia fazer a gentileza de nos recordar por que essa regra existe?

Respondi exatamente como tinha aprendido:

— Para que os convidados aproveitem o prazer do aroma do chá e a umidade do ar. Ar seco na casa de chá leva o aroma e a umidade embora.

— Estou curioso para saber por que você tomou a liberdade de quebrar essa regra.

Fiz uma nova reverência, apesar de estar irritada por ter que responder a uma pergunta tão estúpida.

— Por razões práticas, mestre. O calor na casa de chá estava sufocante. Como anfitriã, pensei no conforto dos convidados.

Niiramo olhou com firmeza para mim. Não desviei o olhar.

— Qualquer que tenha sido a razão, ainda assim foi uma exceção à regra e, como tal, um erro.

Fiz um esforço para permanecer calada. Niiramo continuou:

— Outro deslize, e tenho certeza de que seu pai concorda comigo, foi sua escolha do conjunto de chá.

Pensei no conjunto de xícaras e pratos, em sua superfície lascada pelo tempo, suas formas firmes em minhas mãos, conectando-me ao mundo antigo.

— Por que considera minha escolha um erro? — perguntei.

O sorriso de Niiramo contraiu os músculos da cara gorda e lisa. E me fez pensar em uma larva enorme rastejando em direção a um pedaço de fruta podre.

— Você certamente compreende que um mestre do chá se prepara para uma ocasião como esta escolhendo o conjunto de chá mais valioso que possui. Isso demonstra respeito pelos convidados e pela natureza privilegiada da profissão. Sei por acaso — e nesse momento ele lançou um olhar para meu pai —, que seu pai aprecia a companhia do major Bolin, e dá para saber pelo estilo desta casa de chá e pelo jardim que vocês não são pobres. Tenho certeza de que possuem um conjunto de chá melhor e sei que poderiam até mesmo ter encomendado um exclusivamente para a ocasião. Teria sido uma atitude sábia.

— Mas, mestre Niiramo. — As sobrancelhas de Niiramo se ergueram em sua testa suada quando me dirigi a ele sem permissão. Meu pai parecia horrorizado. Não continuei a falar e fiz uma reverência, a forma correta de pedir permissão para falar, de acordo com a hierarquia entre mestre e aprendiz. Nirramo assentiu. — Mestre Niiramo, a cerimônia não se trata de demonstração de riqueza, mas sim de aceitação da mudança e da natureza efêmera do mundo. Minha intenção era honrar esse princípio.

O sorriso de Niiramo não desapareceu. Uma gota de suor escapou por sua bochecha em direção ao colarinho.

— *Você* está tentando *me* ensinar, *menina*, o que é a cerimônia do chá?

A ira agora fervia em minha garganta como fogo.

— O senhor deveria saber disso sem que eu precisasse ensinar — falei, sem conseguir me controlar.

— Noria! — repreendeu meu pai.

Niiramo começou a dar um riso lento e baixo. A gota de suor caiu do seu rosto no colarinho da camisa, e o tecido a absorveu.

— Você me diverte, senhorita Kaitio. Ainda tem muito a aprender, sobre a cerimônia e sobre o mundo. Vou deixar isso por conta do tempo e da experiência. Em trinta anos, a senhorita estará avaliando um jovem aprendiz em sua cerimônia de graduação, e quando ele disser que a cerimônia não se trata de ostentar riqueza, você é quem vai rir.

Nunca. Não nessa vida. Nem em nenhuma outra.

A risada do mestre Niiramo foi morrendo lentamente. Ele olhou para mim.

— Há também, claro, o infeliz fato do seu gênero. Seu pai fez bem em não mencionar isso para mim anteriormente. Gostaria de saber o que leva a senhorita a imaginar que uma mulher pode desempenhar a profissão de mestre do chá de forma satisfatória.

Entendi por que Niiramo parecera tão surpreso ao me ver pela primeira vez. Teria o major Bolin deixado de mencionar de propósito que eu não era um homem? Olhei para meu pai, mas ele não podia me ajudar. Era uma batalha que eu precisava lutar sozinha.

— Mestre Niiramo, me permitiria propor ao senhor a mesma questão? Por que uma mulher não pode ser um bom mestre do chá?

— Está nas antigas escrituras — respondeu Niiramo. — Li Song escreveu: "Uma mulher não deve cruzar o caminho de uma casa de chá, a não ser que esteja pronta para abandonar sua vida como mulher."

Eu não via em nenhuma parte da citação um prelúdio contra o direito das mulheres a ser mestres do chá, mas em vez de discutir, falei:

— Acredito que seja possível mudar a superfície das coisas e ainda assim manter o centro delas intacto. Da mesma forma que é possível manter as aparências, mas cultivar o centro oco.

Niiramo ficou calado. Achei que tivesse ido longe demais. A sala estava em silêncio. Do lado de fora, o sino do vento tocou uma, duas, três vezes.

Por fim, Niiramo falou:

— Quero que entenda uma coisa. Se você for candidata em uma das cidades grandes, vou pedir que seja testada novamente. Compreendo que não posso esperar de uma pessoa de vilarejo, e ainda mais de uma mulher, o mesmo padrão de excelência. Você aprendeu sua profissão unicamente com seu pai, nunca teve a chance de conhecer os costumes e sabedorias de outros mestres do chá. Não vejo obstáculos para dar o título de mestre do chá pela cerimônia de hoje, mesmo que não tenha atingido os critérios exigidos em outras circunstâncias ou por um mestre do chá menos benevolente. No entanto, no futuro, você precisa estar mais atenta à etiqueta, principalmente se receber convidados das cidades ou do corpo militar.

Eu queria falar mais algumas coisas, mas vi a expressão do meu pai, agora mais próxima do desespero do que da irritação, e fiquei em silêncio.

— Você está pronta? — perguntou o mestre Niiramo.

Eu assenti.

— Noria Kaitio — leu Niiramo em seu pergaminho —, hoje, no décimo quinto dia do oitavo mês, no ano Koi Fish da era do Novo Qian, você foi graduada com o título de mestre do chá.

Niiramo me entregou o documento. Ao lado do texto estavam a assinatura do meu pai e a dele. Mestre Niiramo se afastou um pouco e meu pai se aproximou. Aceitei o livro de capa de couro que ele me deu e li o juramento que já sabia de cor:

— Sou uma observadora da água. Uma serva do chá. Dou as boas-vindas à mudança. E não tentarei impedir o movimento daquilo que cresce. Não me apegarei ao que pode desmoronar. A vida pelo chá é a minha vida.

Fiz uma reverência, e meu pai também abaixou a cabeça. Quando olhei para cima, vi que seus olhos estavam marejados. Ele abriu a boca para falar, mas não conseguiu dizer nada.

— Quase esqueci. — Niiramo rompeu o silêncio. — O comandante Taro mandou felicitações. Ele estava certo: sua água tem um aroma realmente extraordinário.

— Eu deveria ter avisado sobre o conjunto de chá — disse meu pai quando estávamos na cozinha, embrulhando duas xícaras usadas na cerimônia para dar de presente ao mestre Niiramo, como era o costume. — Eu sabia que ele ia ser meticuloso a respeito disso. Não gostei do jeito como falou com você, mas não precisamos vê-lo nunca mais. — Eu achava que meu pai ia me chamar atenção pelo meu comportamento, mas estava enganada.

— O senhor vai participar da Festa da Lua?

Ele balançou a cabeça, negando.

— Já vi muitas Festas da Lua. No momento, dormir é mais convidativo para mim do que qualquer festa.

Antes de deixar a casa de chá, levei o pergaminho e o livro do mestre do chá para meu quarto e coloquei tudo na cama. Olhei minha imagem no espelho. Meu rosto ainda estava corado da cerimônia, e a túnica que era parte da vestimenta estava manchada de suor nas axilas. Coloquei roupas limpas e arrumei o traje da cerimônia na cama, perto do livro.

Quando me virei para colocar o livro na escrivaninha, vi um pacote branco fino que brilhava como lua cheia em noite escura. Reconheci a letra da minha mãe. Meu pai devia ter deixado no quarto pouco antes da cerimônia.

O envelope era grande. Não era como os malotes normais, feitos de algas marinhas, mas sim de papel de verdade. Dentro encontrei um enorme e fino xale de lã. Sabia que minha mãe jamais poderia encontrar um desses em nosso vilarejo, e talvez nem mesmo na União Escandinávia. Com exceção dos tecidos mais grosseiros, qualquer outra coisa era muito difícil de encontrar. Ela devia ter encomendado em alguma cidade distante. Procurei algum bilhete e logo encontrei um pequeno pedaço de papel dentro do envelope. Puxei o papel e li:

Para Noria, a nova mestre do chá, de sua mãe orgulhosa. Seja feliz!

Coloquei o xale perto do rosto. Queria que ele carregasse o cheiro de sabão para cabelo e óleo aromático dela, mas os únicos cheiros distinguíveis eram o da lã e do papel. Não havia nenhum rastro da minha mãe.

Enrolei o xale no corpo.

Arrumei a roupa de mestre do chá num cabide e a pendurei no lastro da cortina. Ao fazer isso, olhei de relance para fora e vi Niiramo parado no gramado, esperando seu helicarro chegar. Seu rosto parecia cansado. Ele estava com os olhos fechados, e percebi que usava um lenço para limpar o suor do rosto. Seus ombros estavam caídos, como se uma exaustão extrema, que se forçara a esconder, tivesse tomado seu corpo.

Enchi um cantil de água e o pendurei no ombro. Depois, peguei um lampião e uma das caixas de tortas da mesa e saí.

Quando cheguei à casa da família de Sanja, minha amiga já estava me esperando, sentada do lado de fora em uma poltrona que já vira dias melhores. Minja estava quase dormindo em seus braços, chupando um pedaço de pano cheio de sementes. Sanja se espreguiçou assim que me viu e Minja despertou.

— Como foi?

— Você é uma convidada honorária das minhas cerimônias de chá.

— Parabéns! — exclamou ela, com um sorriso irônico. — No entanto, vou recusar o convite. Nunca estive em uma dessas cerimônias e não saberia o que fazer. — Sanja me deu um abraço, deixando Minja pendurada no outro braço. A pequena ficou presa em nosso abraço e logo protestou. — Espera, volto num minuto.

Sanja desapareceu dentro da casa e, depois de um momento, ressurgiu segurando uma cesta coberta por um pano. Ela tinha deixado Minja lá dentro, provavelmente com a mãe.

— Isso é pra você.

Peguei a cesta e levantei o pano. Dentro havia uma caixa artesanal que certamente tinha sido feita por Sanja. Não foi a primeira vez que me admirei com a habilidade da minha amiga em criar coisas que eu nunca teria conseguido fazer. Eu sabia citar textos e me mover de forma graciosa e cumprimentar os convidados, mas ela sabia arregaçar as mangas e desmontar coisas e montá-las novamente de um jeito diferente, reformulando-as até que algo novo e incrível surgisse. Sanja tinha feito uma caixa retangular colorida com peças de metal, plástico e madeira. A superfície era irregular e brilhante e ela criara um padrão que parecia o desenho de uma videira subindo pela lateral da caixa, com galhos entrelaçados.

— Gostou? — perguntou ela, e seu rosto parecia ainda mais pálido do que o habitual. Era estranho perceber Sanja tão estranhamente tímida. — É para o chá.

— É linda. Obrigada! — Dei um abraço nela, coloquei a caixa na bolsa e entreguei a cesta de volta. — Vamos?

Sanja concordou. Começamos a caminhar em direção à praça central do vilarejo. Algumas estrelas brilhavam cristalinas e logo a lua cheia apareceu pálida e bem definida, subindo decidida no céu azulado do final da tarde.

— Olha! — Ela apontou para o céu.

A princípio não consegui entender do que estava falando, mas logo vi. Ao lado da lua, o brilho de partículas no céu varria os contornos negros da colina. O movimento das luzes ondulava na colina, como um pano jogado sobre a água.

— Está começando — observou Sanja.

Os sons e aromas da Festa da Lua nos rodeavam enquanto caminhávamos pelo vilarejo. Os quintais das casas por onde passávamos estavam decorados com lampiões coloridos, e o estrondo de fogos de artifício ocasionais lançava brilhos por trás dos telhados. Cheiro de peixe frito, vegetais e tortas tomava o ar. Pessoas carregavam comidas e bebidas para as mesas, e dos quintais dava para ouvir músicas e murmúrios.

De longe era possível observar a parada da Festa da Lua abrindo caminho até a praça do vilarejo. O Dragão-Marinho feito de restos de plástico, junco e madeira descartada reluzia em sua armadura prateada e branca, se remexendo no ritmo dos tambores e cantos, enquanto dançarinos o carregavam. Um grupo de crianças vestidas de peixes e outras criaturas marinhas seguia os movimentos do dragão — um cardume cujos trajes de plástico reluziam na escuridão da noite que caía aos poucos. Achei divertido pensar que o espetáculo das partículas coloridas no céu parecia até um truque produzido pelas crianças, como numa história antiga em que o reflexo de um peixe nadando junto com o Dragão-Marinho lançava luzes que chegavam até o céu. No meio da praça, uma lua cheia pintada em madeira tinha sido pendurada em um palco, como cenário para o espetáculo. Quando chegamos mais perto, vi os olhos do dragão iluminados por luzes amarelas. Levei um segundo para me dar conta de que deviam ser lampiões dentro da cabeça do bicho. Na neblina, a figura estreita e pálida do dragão era como um fantasma passando — flutuando mudo em contraponto com todo aquele som e movimento.

Eu estava começando a me divertir. Sentia a Festa da Lua entrando em mim. Sanja me puxou pela multidão até uma venda de comida. Compramos amêndoas torradas e algas secas como petiscos. Enquanto eu pagava, pressentia Sanja ansiosa ao meu lado. E já sabia aonde ela queria ir em seguida.

— Vamos tentar aquela ali — disse, apontado para a barraquinha que ficava na esquina de uma das ruas que levava para longe da praça. Enquanto abríamos caminho pela multidão, passamos por um grupo de pessoas do vilarejo conversando sobre algo sério, cochichando. Uma das pessoas estava ouvindo um message-pod.

— Deve ser invenção — ouvi alguém dizer. — Não falaram nada no noticiário.

— Você sabe como é o noticiário — respondeu outra pessoa. — E isso não passaria pelos sindicalistas. Meu cunhado diz que conhece alguns deles e...

— Meu primo viu isso, pelo menos foi o que me contou — disse o homem que segurava o message-pod. — Ele estava lá e falou que está um caos completo.

Eu me lembraria dessa conversa mais tarde; no entanto, naquele momento tinha outras coisas na cabeça.

A barraquinha que Sanja escolhera tinha a figura de uma ninfa azul pintada no canto do toldo de lona. Todo mundo sabia o que isso queria dizer e, embora não fosse estritamente ilegal, a maior parte dos comerciantes de respeito se recusava a participar desse tipo de transação.

— Queremos quatro bolinhos de lótus-azul, por favor — pediu Sanja à vendedora, uma mulher de idade com uma marca de nascença escura no rosto.

— Vocês não são muito jovens para isso? — perguntou a vendedora. Mas quando Sanja estendeu o dinheiro, a mulher não questionou mais nada, apenas colocou os bolinhos na sacola de pano que minha amiga estendeu para ela.

Olhei para ao céu. O fenômeno das luzes no céu tinha acabado, espalhando seu brilho pelo véu da noite.

— Vamos ao Pico — sugeriu Sanja. — É o lugar com a melhor vista.

O Pico era um penhasco que se projetava colado à colina mais próxima do lixão dos plásticos. Uma escada estreita ligava seu cume aos limites da aldeia. Era o melhor lugar para ver as luzes, a não ser que voltássemos caminhando para a casa de chá e, de lá, até a colina.

Quando chegamos ao Pico, percebemos que não tínhamos sido as únicas a ter essa ideia. Uma dúzia de pessoas já estava acomodada por lá, em grupos pequenos e isolados. A gente conhecia alguns rostos da escola do vilarejo e paramos para dizer olá, mas Sanja sussurrou:

— Vamos tentar subir ainda mais, deve ter um lugar mais reservado lá em cima.

Depois de um tempo caminhando, achamos uma pedra larga de onde dava para ver o céu claramente. Sanja abriu seu xale enorme no chão. Colocamos os lampiões nos cantos e ajeitamos nosso piquenique, prendendo as bordas do xale com as tortas de amêndoa. As luzes se espalhavam pelo céu, ondulando calmamente como se, na verdade, estivessem no mar.

Não falamos muito. Mas o silêncio que se impunha entre nós não era do tipo vazio, que faz com que a gente sinta um distanciamento, e sim um silêncio de conexão, que me dava uma sensação de paz. Sanja começou a mexer numa fita colorida feita de algas trançadas que enfeitava o punho da sua blusa. Eu já tinha visto aquela fita antes. Uma imagem da mãe da minha amiga costurando as bordas de uma toalha de mesa antes da celebração do vestibular de Sanja apareceu diante dos meus olhos. A fita já parecia meio desbotada naquela época. E agora, mais gasta ainda, adornava as mangas de Sanja para esconder sua aparência de roupa rota.

Mordi meu bolinho de lótus-azul e esperei a languidez tomar meu corpo.

— Quando é possível ver um Dragão-Marinho se formando com o fenômeno das partículas no céu, isso significa que o mundo está mudando — falei.

Sanja mastigou as amêndoas tostadas e bebeu água do cantil.

— É apenas uma história, Noria. As luzes que se formam são apenas partículas que colidem umas com as outras, e a causa disso é a proximidade com o Polo Norte. É uma reação eletromagnética, tão pouco interessante quanto uma lâmpada ou um vaga-lume. Não existem dragões vivendo no mar, nem cardumes de peixes seguindo-os. — Ela pegou um dos bolinhos de lótus-azul e o provou. — Os do ano passado eram melhores.

— Eu sei o que forma esse fenômeno de luzes. Mas ainda assim consigo ver dragões, você não?

Sanja ficou olhando para o céu um tempão, e eu, olhando para ela. Naquela luz meio esverdeada, seu rosto parecia diferente, como uma concha de textura suave envolta em algas. Suas mãos eram como duas estrelas-do-mar no abismo da noite. Dava para imaginá-las se afastando em direção a redutos rochosos aonde a luz nunca chegava, onde criaturas cegas e translúcidas não ouviam sons e sequer imaginavam que outro mundo era possível longe dali.

— Sim — respondeu ela, depois de um longo silêncio. — Consigo ver, sim.

Sanja segurou o meu braço. Eu senti seu calor atravessar o tecido da túnica, cada um dos seus dedos como um raio de sol. Os vaga-lumes brilhavam silenciosos nos lampiões, Dragões-Marinhos apareciam no céu e o mundo girava lentamente, sem parar, sem se fazer notar.

Na fixidez da noite, caminhei para casa com meu novo xale nos ombros. A estrada que ligava a vila até a casa do mestre do chá não parecia comprida, assim como as sombras das árvores. Ao atravessar o portão, passei a ponta dos dedos levemente pelos sinos de ventos pendurados no pinheiro. Ainda tinha na boca o gosto da minha última refeição e do piquenique da noite, e queria mastigar umas folhas de hortelã. Por isso, me dirigi ao jardim de pedras em vez de ir diretamente para casa.

Lembro-me da sensação da grama alta roçando meus tornozelos, a umidade fria da manhã entrando na pele.

A memória é escorregadia e lisa, não se pode confiar nela, mas eu me lembro.

Eu parei assim que a vi.

Aquela presença sombria e esguia nos limites do jardim de pedras, perto das ervas aromáticas. Ela estava à espera.

Minha carne e meus ossos congelaram ao redor do coração, e eu não consegui dar nem mais um passo.

A presença se virou e fugiu, até ter desaparecido atrás das ervas aromáticas. O mato ainda se moveu por um segundo pelo deslocamento do ar, mas em seguida as plantas ficaram novamente silenciosas e imóveis.

Sentindo pernas e braços pesados como nunca, corri para a casa.

Não havia luz ou movimento no lampião pendurado no teto da varanda, e demorou um segundo para que meus olhos se acostumassem com a penumbra.

Meu pai estava deitado no chão, o rosto contorcido de dor e a respiração pesada. Havia um cantil quebrado perto dele. A água tinha se esparramado pelo chão e molhado suas roupas.

— O que aconteceu? — perguntei, enquanto tentava erguê-lo. Com grande dificuldade, ele ficou em pé, mas não conseguiu permanecer ereto.

— Nada — respondeu ele. — Só estou um pouquinho cansado.

— Vou chamar um médico.

Ajudei meu pai a chegar até o quarto e o coloquei embaixo dos cobertores. Depois de um instante, ele começou a ficar inquieto.

— Preciso pegar água na cozinha. Minha boca está seca.

— Eu pego — falei, mas ele insistiu em ficar de pé e ir até lá para se servir sozinho.

Foi a última vez que vi meu pai se levantar da cama sem ajuda.

PARTE DOIS

O espaço do silêncio

Um único grão de areia é a mudança em todos os contornos do universo: mude uma coisa e você estará mudando tudo.

Wei Wulong, "O caminho do chá"
Século VII do antigo Qian

CAPÍTULO NOVE

Somos filhos da água, e a água é amiga próxima da morte. Não dá para separá-las, porque somos feitos da versatilidade da água e da opressão da morte. Elas estão sempre juntas, no mundo e dentro de nós mesmos. E um dia a água secará.

Vai acontecer assim:

A terra tomará conta do que antes era água, assumirá seu lugar na pele humana, nas folhas verdes, e se espalhará como poeira. A folha, a pele, o pelo do animal lentamente tomarão a forma e a cor da terra, até que se tornará impossível dizer onde começa um e termina o outro.

Coisas mortas e secas se tornam terra.

A terra se torna coisas secas e mortas.

A maior parte do solo por onde caminhamos um dia foi verde, vivo, pulsante. Um dia, alguém, que não se lembrará de nós, caminhará sobre nossa pele, carne e ossos, no pouco pó do que nos restará.

A única coisa que nos separa do pó é a água — e a água não pode ser represada. Ela desliza por nossos dedos e poros e abandona nossos corpos e, quanto mais velhos ficamos, mais ansiosa ela fica em nos abandonar.

Quando a água seca, somos apenas terra.

* * *

Escolhi um lugar próximo ao jardim de pedras, à sombra das ervas aromáticas. O céu estava encoberto, e a pálida luz cinzenta do sol se acomodava na grama seca do inverno, confortável como o mar no oceano. A pouca luz perpassava meu corpo e recaía sobre a terra. Pensei no silêncio da terra, mas a água e o ar ainda faziam barulho em mim, e eu precisava fazer uso das poucas horas de luz do dia.

Tirei o casaco, coloquei-o ao lado da pá e peguei a enxada.

Tomei todo o cuidado para não machucar a raiz das ervas aromáticas. Cavei até que os músculos doessem e a boca estivesse seca. Quando os primeiros vaga-lumes começaram a brilhar nos arbustos de groselha, o buraco a meus pés estava suficientemente grande.

Fui ao banheiro me lavar com água fria e ouvi a mensagem que minha mãe tinha deixado no message-pod. Sua voz estava encharcada de pesar:

— Não tive notícias do escritório de vistos de viagem. Todas as conexões de trem entre Xinjing e Ural estão suspensas e ninguém está conseguindo autorização para chegar nem perto dessas cidades. Noria, a única coisa que posso fazer é tentar um visto para que você venha, assim que as conexões de trem forem autorizadas. Só espero conseguir arranjar um jeito seguro de mandar o visto até você. Daria qualquer coisa para estar ao seu lado.

O bip do pod soou e ficou em silêncio novamente.

Ouvi a mensagem mais uma, duas vezes. Eu sabia que só precisava escolher o nome da minha mãe na lista de contatos do pod e ligar, mas minha boca estava tão plena de silêncio que não havia lugar para palavras. Finalmente, apertei o botão verde. *Gravando*, anunciou a tela.

— Estou bem — falei, tentando fazer a voz soar verdadeira. — Escrevo para você amanhã.

Enviei a gravação e coloquei o message-pod de volta na parede.

Fui para a cama, mas fiquei encarando a escuridão com os olhos abertos até conseguir distinguir os contornos dos móveis na pálida luz do dia que começava.

Quando finalmente me levantei e fui até a varanda, não conseguia saber se o clima estava mais frio do que o normal ou se eu estava sentindo calafrios por conta da falta de sono. Voltei para o quarto e vesti o casaco, as calças e o xale mais quentes que achei. Coloquei dois pares de meia antes de calçar as sandálias. No caminho para fora de casa, meu olhos encontraram o capuz antimosquito do meu pai. Estava dobrado dentro de um saco de tecido, na prateleira ao lado da porta do meu quarto. Peguei o capuz, levei até o escritório da minha mãe e fechei a porta.

Os convidados começaram a chegar perto das dez horas da manhã. Os primeiros foram Jukara, o artesão de plásticos, sua esposa, Ninia, sua irmã, Tamara, e o major Bolin, com seu motorista. Logo depois, quatro mestres do chá amigos do meu pai vieram me cumprimentar no portão, seguidos por alguns primos de primeiro e segundo graus que viviam nos vilarejos próximos. Eu fora obrigada a compilar a lista de convidados quase na base da adivinhação, porque a família da minha mãe morava perto de New Piterburg, e ela não tinha parentes ou primos ao norte. Já meu pai, pouco mantivera contato com membros da família. Eu só conseguia me lembrar de ter encontrado parentes uma ou duas vezes, quando criança, em casamentos ou batizados em que meu pai havia sido chamado para fazer a cerimônia do chá. Essas pessoas eram estranhas para mim, não tínhamos memórias em comum. Eu me sentia sozinha entre elas.

As três carpideiras do vilarejo se aproximaram. Eram as mesmas de sempre. Quando criança, eu sentia medo delas. As três vestiam roupas largas e pretas e tinham a cabeça coberta por lenços. As expressões nos rostos enrugados se alternavam como as marés. Algumas pessoas diziam que elas viam coisas que os outros não podiam ver. Elas falavam pouco e seguiam a morte aonde quer que fosse. Quando lamentavam a partida de alguém, até as pedras pareciam sofrer.

Eu não me lembrava de tê-las convidado para a cerimônia, mas não as mandei embora. Alguém precisava chorar em um dia como esse, pensei, e eu não tinha nada além de um silêncio entorpecido dentro de mim.

Sanja e o pai, Jan, foram os últimos a chegar. Ela me abraçou, e tenho certeza de que podia sentir o quanto eu estava tremendo.

— Minha mãe teve que ficar em casa. Minja não está bem — sussurrou minha amiga, antes de voltar para a companhia de Jan, no jardim, onde os outros convidados já se posicionavam ao redor do caixão. Fechei a porta e segui os passos dos outros.

O caixão de bambu descansava num banco de pedra onde os homens do serviço funerário oficial o tinham colocado no dia anterior. Numa das pontas do banco estava a urna de água. Para mim, o caixão ainda parecia pequeno demais. Era pouco maior que o fogareiro que ficava no chão da casa de chá, e pensei, pela primeira vez, no quanto a morte é escorregadia, impossível de compreender e de tocar. Meu pai não estava lá, nem no caixão nem na urna. Aquele era apenas um corpo ao qual o espírito dele tinha se ligado, e o espírito pertencia àquela carne tanto quanto a luz pertence a uma flor murcha que um dia ajudou a criar.

Pedi a Bolin que cuidasse dos discursos formais. Ele deu as boas-vindas aos convidados e falou brevemente sobre meu pai. Então abriu o livro de capa de couro que segurava nas mãos e leu uma passagem. Era óbvio que estava falando alguma coisa que fazia sentido, mas as palavras não ficavam comigo, eram ecos estranhos que se perdiam no ar.

Ele fechou o livro, posicionou-o cuidadosamente no chão e fez um sinal a Jukara. Juntos, levantaram o caixão do banco e o carregaram até a sepultura, baixando-o lentamente. Como parente mais próxima, fui a primeira a me despedir. O ano ainda estava no início, portanto, não havia flores, e as folhas das árvores tinham caído havia meses. Então peguei um ramo de folhas de sempre-viva e deixei cair no caixão. Em pouco tempo seu verde-escuro se dissolveu no bambu. Somente os botões frágeis e raquíticos das flores ainda brilhavam como estrelas espalhadas na terra escura.

A maior parte dos convidados deixou um seixo ou uma concha encontrada no leito de um dos rios, secos havia muito, como símbolo da despedida. Ao bater no bambu, os objetos produziam o som semelhante ao de uma chuva suave. Bolin espalhou algumas folhas prateadas de chá sobre o caixão.

Quando as despedidas terminaram, veio o momento da urna de água.

As carpideiras começaram a cantar.

A canção era silenciosa, mas foi crescendo de forma gradual, uma música bonita e horrenda ao mesmo tempo, um som que era como um choro em melodia que envolvia tudo que estivesse ao alcance. A linguagem era antiga e desconhecida. As palavras soavam como feitiços ou maldições, mas eu sabia que eram expressões do mundo antigo, quase perdidas, mantidas vivas apenas por canções de lamento que cada vez menos pessoas conheciam.

O lamento das carpideiras tecia uma teia ao meu redor, uma teia de inúmeros fatos que iam se afastando como estrelas brilhantes e de coisas que eu lembrava, mas que logo estariam perdidas e esquecidas. Ergui a urna de água e caminhei até a beirada da sepultura. A canção das carpideiras crescia e fenecia, fazia brotar galhos e raízes em minha pele e abaixo dela, e os contornos do meu corpo pareciam se perder, porque o que eu carregava dentro de mim não podia ser represado: eu era uma floresta que crescia em direção ao céu e ao centro da terra, eu era o céu e o mar, a respiração dos seres vivos e o sono dos mortos. Aquelas palavras desconhecidas me carregavam para longe — uma língua perdida que abria o caminho para os meus pés.

Fiz uma reverência antes de derramar a água nas raízes das ervas aromáticas.

Quando a urna ficou vazia, levei-a novamente para o banco de pedra. A música ondulava como o vento.

A cerimônia termina quando a água acaba.

Os convidados começaram a caminhar em direção à casa. Permaneci de pé no gramado pálido embaixo das árvores por um bom tempo, olhando para as ervas aromáticas, e elas não estavam crescendo mais rápido ou mais devagar. Foi só quando Sanja parou diante de mim e colocou o braço nos meus ombros que senti meu corpo de novo e saí do transe.

— Eles estão esperando você.

— Acho que ele gostaria que eu ficasse mais um pouco — respondi.

— Não é preciso agradar os mortos, Noria.

Se alguma outra pessoa tivesse me dito isso, ou se Sanja tivesse falado num tom diferente, eu teria fugido em direção à colina, abandonando os convidados na casa, e só retornaria quando todos tivessem ido embora. Mas a mão de Sanja pesava sólida no meu ombro, e sua voz nunca fora tão suave.

Ela me olhou nos olhos e arrumou um cacho de cabelo que caía em meu rosto sem que eu tivesse notado. Então a segui.

A sala da casa estava bastante escura, porque eu tinha me esquecido completamente de providenciar alguma luz. O equinócio da primavera ainda estava a um mês e meio de distância, e o dia por trás da janela não estava suficientemente claro. Parentes que eu talvez nunca tivesse visto na vida fizeram discursos curtos. Ninia e Tamara cuidaram de servir a comida. Eu tinha prometido repassar a elas meu suprimento de água de duas semanas em troca do serviço e, como todos os canos da vila estavam bloqueados, ninguém poderia recusar uma oferta como essa. As carpideiras comeram e beberam mais do que qualquer outra pessoa, mas eu não as julguei. Sanja ficou sentada perto de mim o tempo todo.

Olhava em volta, tentando lembrar se conhecia aquelas pessoas. Havia uma que eu não conseguia reconhecer: um homem loiro sentado num canto, que não conversava e parecia não conhecer ninguém. Eu tinha quase certeza de que ele não era da família e também estava certa de que não era do vilarejo. Ainda assim, havia alguma coisa familiar nele.

— Você conhece aquele ali? — perguntei a Sanja.

Ela olhou para o homem.

— Nunca vi mais gordo.

Ele estava vestido com roupas de civil, mas havia algo nos gestos e na forma com que observava as pessoas que me fazia supor que era um guarda. Logo que as patrulhas semanais de água se tornaram obrigatórias para todos e que as punições para os crimes de água ficaram mais rígidas, soldados começaram a aparecer em encontros públicos, de uniforme ou disfarçados de civis. Eu não tinha acreditado nessas histórias quando as ouvi pela primeira vez, mas havia comentado com meu pai a respeito, quando ele já estava doente demais para ir ao centro do vilarejo, e ele me dissera: "Eles estão observando a todos de perto. Não querem correr o risco de uma resistência organizada depois da Festa da Lua. Estão apertando o cerco e vão apertar cada vez mais até que ninguém tenha coragem de se levantar contra eles. O processo já se iniciou e não vai acabar tão cedo."

Um arrepio inesperado sacudiu meu corpo e uma onda de raiva enlaçou minha garganta, como se fosse uma corda em brasa. Lágrimas começaram a escorrer pelo rosto e não fiz nada para impedi-las. Depois de um tempo, as lágrimas secaram, mas eu ainda podia senti-las nos cantos dos olhos.

Os convidados pouco a pouco foram indo embora. Quando quase todos tinham saído, Bolin veio até mim.

— Posso falar com você um minuto, Noria? — pediu.

Notei que ele me chamou pelo primeiro nome, em vez de optar por srta. Kaitio, como era usual. Bolin conhecia meu pai havia muito tempo e tinha ajudado bem mais do que o necessário com as providências do funeral. Achei que ele queria falar sobre uma próxima visita para o chá.

— Vejo você depois de amanhã — falei para Sanja. — Obrigada por vir.

Ela apertou minha mão.

— Mande uma mensagem ou apareça quando quiser — disse minha amiga.

Jan também se despediu de mim e os dois foram embora.

— Você pode buscar o baú no helicarro? — Bolin pediu ao motorista, que fez uma breve reverência e saiu imediatamente, com as botas estalando no chão.

Estávamos a sós na sala escura, onde apenas dois lampiões indecisos separavam a luz das sombras. Bolin tinha participado de cerimônias do meu pai desde que eu tinha 6 ou 7 anos e sempre me tratara com respeito, mesmo antes de eu ter qualquer habilidade como mestre do chá. Tinha sido amigo do meu pai, dentre os tão poucos, e eu confiava nele o suficiente para não ter medo. Ofereci uma xícara de chá, mas ele balançou a cabeça, recusando.

— Noria...

Eu esperei. Bolin parecia ainda estar escolhendo as palavras. Um vaga-lume solitário zumbia suavemente perto da janela e me fazia divagar sobre ter deixado um lampião aberto em algum lugar. Se fosse o caso, mais tarde ia ter que varrer um monte de vaga-lumes mortos nos cantos da sala.

Finalmente Bolin prosseguiu:

— Algumas pessoas acreditam que existe água nesse terreno. Não sei se é verdade, mas...

— Não é verdade.

— Não estou aqui para tentar pescar informações — falou, com uma expressão séria. — Não sei se seu pai mencionou com você, mas nós crescemos juntos, e houve um tempo em que eu arriscaria minha vida por ele. Seu pai não entendeu minha escolha por uma carreira no exército, mas tentamos salvaguardar o que foi possível da nossa amizade. Por isso, sei que ele aprovaria que eu tivesse essa conversa com você. — Bolin ficou em silêncio por um tempo. — O poder não está mais nas minhas mãos. Formalmente, ainda tenho algum, mas na rotina diária ele flutua de uma pessoa para a outra. Logo não vai haver nada que eu possa fazer por você. O poder que eu tinha antigamente agora é de Taro. Você precisa ser o mais cuidadosa possível, Noria.

Fiquei tentando pensar nas coisas que Bolin fizera por mim e pelos meus pais. Lembrava ter ouvido meu pai dizer que ele nos protegia. E agora começava a entender o que isso realmente significava. Proteção... do quê? A imagem do estranho convidado loiro no funeral cruzou minha mente, junto com a lembrança dos soldados investigando o jardim.

Havia rotineiramente em nossa cozinha um tipo de comida que os outros habitantes do vilarejo só viam nas celebrações da Festa da Lua e do Solstício de Inverno, e quase ninguém mais na área possuía um freezer. Teria Bolin alguma coisa a ver com isso? Será que alguns dos livros que chegaram até nossa casa vieram por suas mãos? Será que ele vinha mantendo os patrulheiros da água afastados para que meu pai praticasse sua arte em paz? O quanto disso tudo era obra de Bolin? E, mais importante, o que aconteceria se sua proteção acabasse?

— Vou tomar cuidado.

Passos pesados cruzaram a varanda e ouvimos uma batida na porta.

— Deve ser meu motorista — falou Bolin. — Trouxe uma coisa para você. Entre! — gritou para o homem.

Ouvi um barulho surdo, como se alguma coisa pesada tivesse sido colocada no chão. Depois escutei a porta se abrir, e então o som de madeira se arrastando na madeira. Um segundo depois, lá estava o motorista. Seu rosto estava muito corado, e ele carregava um grande baú de madeira, que colocou no chão bem diante de mim.

— Abra — ordenou-me Bolin.

Eu levantei a tampa. Dentro estavam dezenas de livros antigos de capa de couro.

— Tenho certeza de que Taro não encontrou nada de útil neles ou eu não teria conseguido reavê-los — continuou. — Teriam sido destruídos se eu não tivesse mexido alguns pauzinhos enquanto ainda posso. Aceite como meu último favor ao seu pai. Sei o quanto estes livros eram importantes para ele.

Lágrimas embaçaram meus olhos de novo enquanto eu acariciava as lombadas dos livros dos mestres do chá. Entre tantos, reconheci o do meu pai. Ele não havia comprado nenhum livro novo depois que os guardas levaram a coleção. E eu tinha tão pouco dele agora.

— Obrigada. Obrigada.

O rosto de Bolin assumiu uma expressão cansada que só consegui interpretar como pura tristeza. Os lampiões brilhavam suavemente e nada parecia diferente, mas tudo estava mudado.

— Ainda vou participar das cerimônias do chá e tenho certeza de que você vai conseguir manter o nível do trabalho do seu pai — disse Bolin. Ele ficou meio sem jeito e me tocou de leve no ombro.

— Eu só gostaria de perguntar uma coisa — falei. — Por que você trouxe Taro aqui no verão passado?

Eu sabia que a acusação estava clara por trás das minhas palavras. E a resposta de Bolin me surpreendeu:

— Não havia nada que eu pudesse fazer. Não há poder que dure para sempre, Noria. Mesmo as montanhas um dia acabam sendo desgastadas pelo vento e pela chuva. — Ele parecia velho e vulnerável, e eu não sabia mais o que dizer. Percebi que ficou sem jeito, como um minuto antes. — Eu também tenho uma coisa que gostaria de perguntar antes de ir embora. Sei que você pode preferir não falar a respeito, mas eu gostaria de saber. Como Mikoa morreu?

Fiquei em silêncio. O dia escurecia, o ano cambaleava lentamente para a primavera, a água fluía dentro da sua concha de pedra na colina, e meu corpo estava frio como se os ossos tivessem virado gelo.

— Prefiro não falar sobre isso — respondi, enfim.

Bolin fez uma reverência demorada e foi embora.

Aconteceu assim:

Na noite da Festa da Lua, meu pai teve um colapso e caiu no chão, onde ficou deitado, silencioso e imóvel enquanto a água e a escuridão invadiam suas roupas, seu cabelo e sua pele.

Enquanto isso, três unionistas derramam óleo em suas próprias roupas, cabelo e corpo, para depois escalar as escadarias do quartel-general do regime militar em Kuusamo e atear fogo ao próprio corpo.

No dia seguinte, um casal de velhos do nosso vilarejo é levado por homens de uniforme azul, e, ao final da tarde, todo mundo já sabe que foi o filho deles, junto a outras duas pessoas, que atearam fogo ao próprio corpo para protestar contra a ocupação qianesa.

A canção lamentosa das carpideiras varre o vilarejo por três dias.

Primeiro, há o aumento no número de guardas da água a cada mês. Em seguida, pouco antes das celebrações do Solstício de Inverno, fecham os canos de água do vilarejo, e a única alternativa para se conseguir as cotas de água é formar filas na praça central.

O pod-news falou em varrer o terrorismo para fora da União Escandinávia, em prisões sem muita importância realizadas em áreas distantes, na contenção de motins pouco representativos nas cidades, como se a guerra fosse algo disperso, incidental, insignificante. No entanto, paralelamente, há cada vez menos comida nos mercados, fica mais e mais difícil conseguir pass-pods e aumentam notificações sobre voluntários mortos em batalhas.

Então a lua ficou negra, marcando o começo de um novo ano, e minha mãe não pode voltar para casa porque todas as conexões de trens foram suspensas.

Assisto a tudo isso durante a doença do meu pai e, enquanto observo esses acontecimentos, vejo a estrutura da minha vida desabar. Meu pai está no centro dela, mantendo-a firme, a dor maltratando-o sem que eu possa ajudar, sua vida vacilando diante dos meus olhos nos confins do mundo. Deixo todo o resto de lado, mesmo sabendo que em algum momento teria que encarar os fatos.

Meu pai fica deitado na cama de casal, grande demais para ele sozinho, a pele fina como papel e cada dia mais frágil. É possível ver os ângulos e arcos dos seus ossos através da pele.

Bolin tenta arrumar alguns remédios, mas encontrá-los está ficando difícil até mesmo para os oficiais militares. O médico vem e balança a cabeça, espeta meu pai com agulhas. Vai embora e volta, não sabe o que pode estar errado.

Acho que a ausência da minha mãe é que corrói o corpo do meu pai, e ele não tem mais força para viver.

De repente, para de comer.

De repente, para de beber.

Ele sabe. É como num sonho em que uma pessoa desconhecida lhe parece familiar.

Ele me pede para preparar o último ritual.

Ele é meu convidado, só essa vez na vida, e um mestre do chá nunca deve revelar seus sentimentos diante de um convidado.

Depois de terminar o chá, ele espera até a morte pousar a mão pesada em seu coração e a água em seu sangue secar.

Quando Bolin é informado da morte do meu pai, arruma um médico do hospital militar para vir tirar os órgãos, porque não há muitos à disposição. Quando o médico acaba, manda um helicarro para buscar o que restou do corpo.

Na funerária oficial, escolho um caixão de bambu, que parece pequeno, e uma urna prateada, na qual a água do meu pai será guardada. O diretor da funerária diz que tudo estará pronto em dois dias. Volto para o helicarro e vou até a padaria encomendar a comida para o funeral.

Minha mãe não está perto e deveria estar. Não há nenhum trem no qual ela possa embarcar e não pode mais enviar cartas que cheguem até mim — então, todo dia, acordo torcendo para que ela ainda esteja viva, mesmo que eu não possa ter certeza.

Meu pai não está perto e deveria estar. A água que um dia fluiu em seu corpo o deixou para sempre. Em dois dias, ele não será mais do que pó num caixão de bambu e água numa urna prateada.

E eu estou aqui, e todas as palavras se desmancham como poeira em minha boca, e não há água que possa aplacar minha sede.

CAPÍTULO DEZ

A fila se arrastava num ritmo lento e agonizante. O sol ardia nos olhos e meu rosto nu estava coberto da areia fina que o forte vento do final do inverno levantava. Estava arrependida de não ter pegado meu capuz antimosquito de manhã. Não havia muitas mutucas, mas as rajadas de poeira e areia eram tão ruins quanto os insetos. Não tirava os olhos do posto de fornecimento de água, mas ele se mantinha distante. Eu tinha outros planos para o dia e não queria gastar meu tempo esperando na fila, mas sabia que precisava mostrar a cara no vilarejo pelo menos duas vezes por semana para evitar suspeitas.

A primeira coisa que fiz naquela manhã foi caminhar até a colina para checar o nível da nascente. Tinha gasto todo o dia anterior podando os arbustos de groselha no jardim ainda sem vida e plantando as sementes de vegetais em vasilhas de barro. Tentar manter a casa do jeito que era quando meu pai ainda estava vivo e minha mãe ainda morava comigo era como querer capturar o vento com as mãos. A poeira se amontoava, cinzenta e teimosa, e as teias de aranha cresciam em todos os cantos. Insetos de pernas longas e asas curtas, que tinham a cor das folhas mortas, vinham atraídos pela luz vacilante de dentro da casa e se perdiam na confusão de paredes e espaços fechados. Ao entrar nos cômodos escuros, meus pés esmagavam os insetos mortos e suas asas se espalhavam pela casa. Nem sempre eu conseguia reunir energia ou tempo suficiente para varrer tudo: pernas para um lado, asinhas para o outro, cabeças sem antena condenadas ao silêncio eterno. A mudança era mais forte e mais rápida do que eu. A casa estava diferente, minha vida estava diferente, e eu tinha que aceitar isso, mesmo desejando de todo coração negar a situação.

Havia se passado apenas uma lua cheia desde que eu cavara a sepultura do meu pai. A grama que cobria a cova estava irregular e montes de terra preta se acumulavam no local. Mesmo tendo de encará-la todos os dias, a morte dele continuava insondável e estranha para mim. Era difícil encaixá-la em todos os lugares que ele tinha passado e aos quais pertencia. A marca do meu pai era tão forte que, para mim, era como se ele ainda estivesse vagando pelo terreno, sem saber como ir embora, caminhando fora de vista e deixando a casa pouco antes de eu abrir a porta. Era uma presença sutil e triste, mas nunca assustadora. Eu chamava o nome deles às vezes, ainda que soubesse que ele não responderia mesmo se pudesse ouvir, ainda que soubesse que não colocaria mais sua mão no meu ombro. Nós habitávamos mundos diferentes agora, e o escuro rio que nos separava só podia ser cruzado em uma única direção.

A fila andou e Sanja empurrou o carrinho no qual estavam as embalagens vazias da sua família e os meus cantis. A poeira se agitou nas rodinhas. Ainda havia pelo menos uma dúzia de pessoas na frente.

— Achei que a encontraria aqui — disse uma voz às minhas costas, enquanto uma mão de dedos miúdos e unhas roídas tocava meu ombro.

Ao me virar, me deparei com Ninia, esposa de Jukara, que acabava de entrar na fila. Ela era uma das poucas pessoas a usar um capuz antimosquito àquela hora da manhã. Por trás da redinha transparente, o rosto redondo parecia cada vez mais pálido e a pele perdia a firmeza. Ninia estava com os lábios pintados num vermelho mais forte do que o habitual. E eu me perguntava onde ela teria encontrado aquele batom e o quanto ele teria custado.

— Oi, Ninia — cumprimentei.

— Sorte que você só precisa de água para você mesma agora — continuou, e suas sobrancelhas esbranquiçadas se arquearam numa expressão aflita. Então Ninia segurou meu braço. Senti um calor crescendo dentro de mim. — Tem notícias da sua mãe?

— As pod-networks não estão funcionando direito — respondi, mas minha voz não parecia segura nem mesmo aos meus ouvidos. Eu vinha mandando muitas mensagens para minha mãe nas últimas semanas, mas só tinha recebido resposta uma vez, logo após o funeral. As notícias que chegavam de Xinjing não eram boas, quando chegavam, e o silêncio dela me assustava mais do que eu estava disposta a admitir. — Como você está?

— Os pequenos estão sofrendo — respondeu Ninia. Ela se referia aos netos. — Fazer a cota de água servir para toda a família não é tarefa fácil. Ainda assim, temos sorte. Jukara tem trabalhado regularmente fazendo reparos em campo, e os oficiais pagam um pouco mais, se é que você me entende. — Ninia pareceu se dar conta de que tinha falado demais. — É duro, é duro. Mas deve ser mais difícil ainda para você, pobrezinha, sem seus pais e só com as cerimônias de chá para gerar renda.

Sanja deve ter antecipado minha reação, porque deu um jeito de interromper a conversa.

— Desculpe, tem uma coisa no seu rosto. Embaixo do olho esquerdo. Não, do outro lado — disse ela para Ninia, que levantou o capuz e passou a mão na bochecha.

— Saiu?

Sanja a observou mais de perto e levantou as sobrancelhas.

— Acho que me enganei. Era apenas uma ruga. Ou talvez tenha sido uma sombra projetada pelo seu novo capuz — acrescentou ela para Ninia, cujas narinas se abriram de indignação.

— Tem razão, hoje em dia é difícil achar um tecido decente para fazer capuzes — respondeu, apertando os lábios.

Olhei para o lado a fim de que Ninia não visse o sorriso que se desenhou no meu rosto apesar da tristeza que apertava meu peito. Eu sabia que o capuz antimosquito de Ninia não era novo. Havia uma mancha de batom permanente na bainha, que ela tentava disfarçar com uma echarpe.

— Como vai sua família, Sanja? — Ninia puxou conversa de novo, embora o tom da sua voz tivesse se tornado vários graus mais frio.

A expressão de Sanja se tornou sombria. Minja estava doente havia semanas e Sanja estava preocupada. A água fornecida aos moradores na praça parecia limpa, mas havia rumores de que nas cidades e outros vilarejos as pessoas tinham ficado doentes depois de bebê-la. Sanja tinha me contado que seus pais sugeriram, entre dentes, que os militares estavam deixando as pessoas doentes de propósito, distribuindo água contaminada. Eu não queria acreditar, mas preferia usar minha cota para lavar a casa ou regar as plantas, e não para matar a sede.

— Nada mal — respondeu ela. — Meu pai tem bastante trabalho, já que foi contratado para transformar aquelas antigas construções nos arredores do vilarejo em moradias para os novos guardas da água.

— E sua mãe e sua irmã?

— Tão bem quanto a senhora — respondeu Sanja.

Ninia ficou em silêncio por um instante.

— Mande lembranças — disse e, em seguida, a expressão de Ninia deixou claro que a conversa tinha terminado.

— Que verme — murmurou Sanja, baixinho.

Enfim chegou nossa vez. Tirei meu message-pod do bolso e coloquei um dos dedos na tela. Meu código de identificação e meu nome apareceram. Entreguei o pod para uma das guardas que administrava as cotas. Ela conectou meu message-pod em seu multi-pod e encheu os cantis. Fiquei observando-a inserir a informação de que minha cota de água da semana fora usada. *Cidadã: Noria Kaitio. Próxima cota: dentro de três dias*, dava para ler na tela. A guarda me devolveu o message-pod. Eu o desliguei e guardei no bolso.

Coloquei os cantis cheios no carrinho de Sanja enquanto esperava os recipientes dela serem completados e a informação sobre sua família ser checada. Os recipientes de Sanja pareciam terrivelmente pequenos. Eu usava aquele mesmo tanto de água todos os dias sozinha. Só para lavar a louça usava metade do que ela estava levando.

Quando os recipientes já estavam cheios e Sanja tinha recebido seu message-pod de volta, cobriu tudo com as respectivas tampas e começamos a empurrar o carrinho juntas pela praça. Passamos por algumas tendas nas quais as pessoas colocavam utensílios de cozinha, móveis e outros objetos em exibição. Uma senhora de idade estava tentando trocar um par de sapatos por um saco de farinha. O dia estava surpreendentemente frio, dada a época do ano, e eu tremia, apesar do esforço de manobrar o carrinho nas pedras irregulares do chão. Uma parede de nuvens escuras se apresentava no horizonte, como um enorme xale de lã.

— Espero que chova hoje à noite — disse Sanja. — Já coloquei uns barris e uma caixa d'água para fora.

Eu também esperava que chovesse, uma torrente purificadora e apaziguante que pudesse lavar a terra e a mim e que pintasse o mundo de uma cor diferente, ainda que apenas por um breve instante. Mas tinha a impressão de que as nuvens não resultariam em mais do que um chuvisco, e não disse nada.

Havia guardas da água de uniforme azul passando e algumas pessoas voltando para casa com suas cotas, mas, fora isso, as ruas estavam vazias. Após a Festa da Lua, os moradores do vilarejo tinham começado a conversar em tom de voz baixo, enquanto o número de soldados aumentava e cada vez mais moradias eram erguidas para eles nos arredores. Conforme a cota de água ia apertando, o mau cheiro vindo das pessoas e das casas invadia as ruas, se espalhando por todas as partes e grudando no ar como o líquen que cobre as rochas do leito de um rio seco. Toda vez que andava até o centro do vilarejo, eu tinha que tampar o nariz, quase sufocando, até me acostumar com o cheiro.

O fedor parecia se intensificar nas proximidades do centro médico. O antigo prédio tinha uma sala de espera pequena, sempre abarrotada de gente, e dessa vez umas dez mulheres estavam esperando do lado de fora com suas crianças. Dois bebês estavam berrando o mais alto que podiam, enquanto outras crianças mais velhas pareciam cansadas demais até mesmo para protestar. Uma jovem, que não parecia mais velha do que eu, tentava fazer um bebê de lábios rachados e olhos inchados beber de uma garrafa. Uma garota de cabelo escuro e pele clara, de talvez 3 anos, havia se sujado inteira e a mãe estava desesperada tentando limpá-la. Quando nos viu, apanhou um caneco de plástico que estava pendurado em seu cinto e disse:

— Você poderia nos dar um pouco de água? Minha criança está com sede e doente, estamos esperando há horas.

Sanja olhou para mim. Isso era novidade. O vilarejo já havia enfrentado falta de água antes, mas ninguém jamais tinha sido visto mendigando água. A menina tinha um rosto magro e olhos grandes.

— Vamos parar — falei para Sanja.

A mulher estava segurando o caneco. Peguei o cantil e despejei um pouco de água. Ela agarrou meu braço com a mão que lhe sobrava e me apertou.

— Muito obrigada, senhorita! Você é uma pessoa boa. Obrigada, obrigada, que águas limpas lhe sejam ofertadas! — Ela continuou a murmurar agradecimentos, e eu comecei a me sentir constrangida. Tinha acabado de fechar o cantil e colocá-lo de volta no carrinho quando outra mulher se aproximou. Duas crianças pequenas estavam segurando as mãos dela.

— Você teria um pouquinho para nós também, por favor?

Sanja me lançou um olhar firme.

— Temos que ir, Noria.

Minha amiga estava certa. Eu já pressentia todas as pessoas que estavam do lado de fora do centro médico olhando para mim esperançosas, pesando as chances de conseguir alguma coisa. Se eu ficasse, acabaria com a água dos cantis.

— Sinto muito — falei. — Realmente sinto muito, mas não posso. Isso é tudo o que tenho para mim.

Ela me encarou com um olhar de descrença e, em seguida, de algo pior.

— Você é a filha do mestre do chá, não é?

— Vamos, Noria — chamou Sanja.

— Eu devia saber. Os mestres do chá sempre se acharam melhores do que os outros moradores — continuou a mulher.

Senti o sangue subir para o rosto enquanto me afastava, empurrando o carrinho pela superfície rugosa das ruas. Ouvi a multidão praguejando e cheguei a pescar uma palavra que parecia ser meu nome. Não queria ouvir mais nada.

— Simplesmente ignore essa gente — disse Sanja. — Não é sua culpa não poder ajudar todo mundo.

Eu estava com o rosto queimando e a garganta apertada. Não sabia o que dizer. Queria sumir dali. Tentei me concentrar no que me aguardava mais adiante, no real motivo de eu ter ido até o vilarejo. E assim, mesmo em meio ao sentimento de humilhação e confusão, consegui sentir um lampejo de animação.

Viramos uma esquina para fazer um caminho diferente. Mas ainda tive tempo de olhar para a casa cinzenta de teto baixo, com janelas escuras escancaradas e sem nenhum movimento ou sinal de vida por trás delas, a casa em cuja porta um círculo azul tinha sido pintado quatro semanas antes. Nossos pés se afastaram quase que por instinto. Minhas caminhadas pelo vilarejo eram sempre tortuosas porque, conforme as marcas de crimes da água iam reivindicando espaço nas ruas, novos caminhos nasciam dos pactos silenciosos que lentamente substituíam os antigos. Havia dúzias de novas casas carregando o círculo azul. A cinzenta de teto baixo era apenas a mais recente. As formas espectrais mudas dessas residências se impunham na paisagem do vilarejo, cercando tudo em volta de silêncio e fazendo com que todos desviassem a rota sempre que possível. Os moradores das casas vizinhas continuavam com suas vidas, e era como se no lugar da casa marcada houvesse um buraco gravitacional que pudesse atraí-los para dentro, caso ousassem dar sequer uma olhada na direção errada.

Havia rumores no vilarejo de que pessoas que viviam nas casas marcadas pelo crime tinham sido vistas, vez ou outra, apanhando algo na soleira da porta ou paradas em silêncio do lado de fora, jamais indo mais longe do que o jardim e, via de regra, bem cedo de manhã ou com a noite já avançada. Essas histórias eram ouvidas como se fossem lendas sobre fantasmas: com uma mistura de medo e curiosidade que se desvanecia ao amanhecer.

A verdade era que ninguém sabia com certeza o que acontecia com os moradores das casas marcadas. E era fácil não questionar.

Não há necessidade de pedir silêncio a respeito de coisas vergonhosas.

Um forte vento frio que fazia tremer os beirais dos telhados fez com que nos entrincheirássemos num terreno entre as casas em busca de abrigo. Lá, vi um homem miúdo — o reconheci como um professor na escola do vilarejo — que estava esfregando o couro cabeludo com um pó marrom, uma mistura de argila e farinha de casca de árvore, produto vendido nos mercados locais como sabão para ser usado a seco. Eu só conhecia a saponária, uma flor que crescia atrás da casa de chá em tufos grossos e que produzia espuma quando misturada com a água do banho. Pela primeira vez me ocorreu que alguém podia questionar porque eu nunca comprava sabões para lavagem a seco. Eu não fazia ideia de quantas mudanças teria que providenciar para que minha vida parecesse semelhante a dos outros moradores do vilarejo.

Quando estávamos quase chegando à casa de Sanja, não pude me conter.

— Vou escavar. Quer vir comigo?

Sanja suspirou.

— Não posso. Tenho muita coisa para fazer em casa. — Minha amiga olhou de relance para os cantis. — Quer deixar isso lá em casa e pegar mais tarde? Você não vai conseguir ir e voltar do lixão dos plásticos com isso nas costas.

— Pode ficar com eles.

Sanja olhou para mim como se eu tivesse oferecido um voo nas costas de um Dragão-Marinho.

— Não seja tola! Você não vai conseguir pegar água novamente até a próxima semana. Claro que não posso ficar com eles.

— Não preciso dos cantis — insisti. — Tenho água em casa para o resto da semana. Por favor, fique com eles.

Sanja fez uma cara de quem ia recusar, mas deixou as palavras morrerem num profundo suspiro. Depois acrescentou:

— Dessa vez vou aceitar, mas não ouse me oferecer uma coisa dessas novamente.

O cheiro pungente do lixão dos plásticos já se fazia sentir. Quase chegando lá, passei por um local onde algumas pessoas tentavam encher cantis e baldes — um riachinho barrento que corria perto dos limites do lixão. Meus pais tinham me alertado para nunca beber daquele riacho. Diziam que a água era contaminada por toxinas que me fariam ficar doente. As pessoas do vilarejo tinham evitado o riacho no passado, mas, agora, toda vez que eu passava por ali via alguém tentando coletar água. Uma vez alertei uma senhora de que a água não era adequada para beber.

— O que você quer que eu beba, então? — retrucou ela. — Ar ou areia?

Essa foi a última vez que tentei convencer alguém sobre o riacho.

Mas quase parei, contrariando minhas regras, ao reconhecer entre os que buscavam água no riacho um rosto de lábios vermelhos por trás de um capuz. Ninia estava agachada em uma das margens, enchendo um cantil transparente com a água barrenta. Havia um quê de verme na figura atarracada de Ninia, aquelas roupas escuras e aqueles movimentos ensaiados, mas tão logo esse pensamento passou pela minha cabeça, senti uma pontada de vergonha. *Ela está apenas tentando sobreviver da melhor forma possível. E não é o que todos estamos fazendo?* Imaginei que os empregadores de Jukara não deviam estar pagando tão bem quanto ela havia sugerido. Ninia virou o rosto na direção oposta quando passei. Ou não me viu ou fingiu não me ver.

Passei adiante sem parar.

Como o terreno do lixão de plástico estava sempre mudando, era difícil distinguir pontos de referência, mas eu conhecia a área. Na parte central havia postes de concreto com quase duas vezes a minha altura enfiados na montanha de resíduos. Parei perto dos postes e dei uma olhada geral até localizar a carcaça enferrujada de um veículo do mundo antigo. O lugar onde as rodas tinham estado ainda era visível, assim como o painel do carro, mas os assentos e as partes de metal reaproveitáveis tinham sido levados. Era o tipo de peso morto pelo qual ninguém ia se interessar, até porque seria necessária a força de pelo menos cinco pessoas para mover o carro do lugar, e não parecia haver nada de interessante a ser encontrado por ali. Caminhei até o esqueleto do veículo.

Sem pensar muito, enfiei a mão num dos buracos do painel e fui tateando até tocar a superfície suave de uma caixa de plástico do tamanho de uma tigela. Não era necessário puxá-la para fora: só de tocar já dava para saber que estava ali. Era uma das cápsulas do tempo que Sanja e eu tínhamos escondido num dos nossos lugares favoritos quando éramos crianças. Elas continham coisas como pedrinhas, flores secas, pulseiras de alga feitas à mão e tesouros encontrados no lixão. A gente sempre escrevia a data dentro da tampa de cada uma das cápsulas, depois mergulhávamos os dedos na tinta e deixávamos nossas digitais. Na parte de fora, escrevíamos a data em que a gente poderia abrir a cápsula novamente, em geral, pelo menos dez anos mais tarde. Essa era a última que a gente tinha feito e, por muitos anos, sempre que vínhamos ao lixão, checávamos se ela ainda estava no lugar.

Puxei a mão de volta, limpando-a na calça, e continuei a caminhar a partir de onde estava o carro. Depois de dar vinte passos, cheguei a um buraco raso que eu tinha cavado alguns dias antes. Parecia que ninguém estivera ali desde então.

Peguei na bolsa umas luvas grossas e comecei a remexer nas coisas.

Eu não tinha contado para ninguém, mas o que havia me atraído até o lixão era o disco prateado. Depois da morte do meu pai, a quietude da casa parecia me envolver em sono pesado, como se a terra estivesse me convidando ao descanso eterno. O silêncio não era apenas dos espaços vazios que meus pais tinham deixado, da falta de passos, respiração, palavras. Era também o silêncio de tudo o que não tinha sido dito, tudo o que eu tinha que aprender sozinha, sem eles. Sentia que apenas começava a compreender que sabia muito pouco: a respeito da nascente, dos outros mestres do chá, das estranhas leis que ameaçavam o equilíbrio de secretas alianças, da propina envolvida em tudo, de todas essas coisas do mundo adulto que se estendiam como um deserto sem fim para qualquer direção que eu olhasse, embaralhando o contorno das coisas que eu pensava conhecer. Eu estava irritada por terem me deixado sozinha sem saber de coisas que eu devia saber. *Por que vocês não me contaram?* Mas meus pais não estavam mais aqui. Agora havia apenas a terra e o vento, e eles não falam por meio de palavras.

Eu não tinha compreendido totalmente por que o disco prateado era tão importante para mim. Ainda não havia conectado as pontas soltas. Se por um lado eu tinha medo de um dia descobrir que a superfície da nascente estava rasa demais que soldados de farda azul tinham invadido a caverna com seus sabres na mão, por outro, tinha uma crescente suspeita, ou talvez uma esperança meio vã, de que houvesse mais a se descobrir da vida fora do vilarejo — em algum lugar sob o céu devia haver razões para acreditar que o mundo não estava tão seco, chamuscado, moribundo e desesperador. Então comecei a ligar as coisas na minha mente e, embora eu ainda não soubesse como colocar meus pensamentos em palavras, sentia a urgência de fazer o possível para recuperar a história toda do disco prateado. Procurei por possíveis conexões nos livros do escritório da minha mãe e nos escombros do passado abandonados no lixão. Sabia que a tarefa poderia ser inglória, mas servia para distrair minha mente do silêncio irreversível da casa e, além disso, tinha um efeito calmante: uma promessa de mudança possível, uma chance de que um segredo enterrado ainda pudesse ver a luz do dia.

O buraco largo e raso que eu vinha cavando havia semanas, desde a morte do meu pai, tinha muitos resíduos de tecnologias do mundo antigo. Eu levara dias para achar o ponto certo, mas agora estava convencida de ter achado o lugar exato onde havia encontrado o disco prateado alguns anos antes. Reconheci alguns equipamentos jogados por ali e lembrei que Sanja tinha dispensado vários deles porque estavam muito quebrados e não poderiam ser consertados. Todas as peças essenciais estavam faltando, não seriam úteis para os experimentos da minha amiga. Até onde me lembrava, eu tinha encontrado o disco perto da superfície, mas o lixão sofrera inúmeras modificações desde então, e se houvesse outros discos, eles poderiam estar bem mais enterrados — ou separados de onde eu tinha encontrado o primeiro. Ainda assim, não havia lugar mais promissor para iniciar a busca.

A sombra dos postes de concreto ia aumentando. As primeiras mutucas da primavera sobrevoavam ao redor com seus corpos gorduchos para depois pousar em alguma pilha de lixo para descansar. Logo eu ia precisar do meu capuz antimosquito.

Meus membros estavam doloridos e as roupas grudavam na pele. E eu não tinha encontrado nada além das porcarias de sempre: partes de utensílios de cozinha, sapatos velhos com saltos quebrados, fragmentos de coisas irreconhecíveis e sacolas plásticas que não acabavam mais. Afastei uma máquina do mundo antigo despedaçada, com alguns fios saindo desencontrados de sua carcaça — uma dessas coisas que Sanja já havia declarado inúteis e que, portanto, eu não fazia ideia de seu propósito original —, e olhei várias sacolas de plástico amarradas. Decidi só ir para casa depois de retirá-las da pilha de resíduos, mesmo sem ter esperança de encontrar nada de interessante.

As sacolas estavam amarradas formando uma longa corda de plástico e com nós muito apertados. O material frágil com que eram feitas se desfazia nas minhas mãos e eu tentava segurar com cuidado. Finalmente, senti o nó principal soltar suavemente e fui puxando os plásticos. Juntei tudo numa enorme bola e joguei para o lado.

No buraco que restava só dava para ver mais sacolas plásticas.

Fechei os olhos. Os músculos do pescoço estavam tensos e eu sentia uma forte dor na parte de trás da cabeça. Era como se a dor puxasse o couro cabeludo para trás, como quando a gente faz um rabo de cavalo apertado demais.

Era hora de ir para casa depois de mais uma busca infrutífera.

Abri os olhos. A máquina quebrada que eu tinha afastado ainda estava perto de mim. Não era grande. Sua carcaça de plástico duro estava quebrada em várias partes, como se tivesse sido destruída de propósito. Na lateral havia vidros circulares que pareciam o fundo de um lampião. O vidro estava rachado. Parte dele tinha caído.

Devo ter visto o mesmo tipo de carcaça de equipamento uma dezena de vezes nas minhas caças ao tesouro. Devo ter segurado um desses nas mãos uma dezena de vezes. Se eu tivesse prestado mais atenção, anos antes, quando Sanja concluiu que não prestava e eu levei o disco para casa, não teria achado nada que valesse a pena.

Mas agora o sol refletia em uma pequena chapa de metal, que não era maior do que metade do meu dedo mindinho, cravada na lateral da máquina.

Olhei com atenção para o que estava gravado, e a palavra fez o tempo parar ao meu redor.

Eu li de novo, e mais outra vez.

M. Jansson.

A máquina quase se desfez na minha mão quando a envolvi com um pano, guardei na bolsa e saí do buraco de lixo. O plástico crepitava, se agitava e murmurava em meus pés enquanto eu atravessava o lixão o mais rápido que podia.

Mesmo que a história do mundo antigo gravada no disco prateado realmente estivesse no lixão de plástico, minhas chances de encontrá-la pareciam inexistentes. Agora, pela primeira vez, eu ousava pensar que havia uma possibilidade real, não importava o quanto fosse pequena, de descobrir a continuação da história do disco. Esse pensamento foi se avolumando em minha cabeça como um galho verde em busca de luz.

Quando voltei para casa, fui direto para o escritório da minha mãe e peguei a máquina na bolsa. Tirei o pano que a envolvia e a coloquei no único canto da mesa que não estava coberto por livros e anotações. Fechei as persianas, porque o sol tinha voltado seus raios para esse lado da casa. Uma sombra azul-acinzentada tomou o cômodo.

Sentei na cadeira e olhei para a pilha de livros. Olhei também para os papéis, nos quais eu tinha escrito em todos os detalhes o que conseguia me lembrar do que estava gravado no disco prateado. Olhei para a máquina do mundo antigo. Muda como um inseto morto. As cores do fim da tarde ardiam entre as frestas da persiana.

Expedição Jansson. Século do Crepúsculo. Terras Perdidas. M. Jansson.

Eu sabia que não tinha todas as peças e que talvez nunca viesse a tê-las. Mas também sabia que ainda sobrava um lugar onde eu não tinha procurado.

A casa estava silenciosa e calma, e a casa de chá, vazia e tranquila. Não havia ninguém lá fora. Se o espírito do meu pai ainda vagava pelos cômodos ou entre as árvores, era um espírito pacífico guardando a terra em que vivera. A luz do message-pod não piscava. Formigas desenhavam caminhos nas pedras do jardim e nos cantos da casa, a madeira das paredes se desgastava, a poeira teimava nas estantes, sem ser notada, e não havia ninguém para me dizer o que fazer. Não havia para quem perguntar o que fazer.

A sala de estar estava sombria. Consegui levantar a tampa do baú com facilidade quando a forcei contra a parede, e um fraco odor de papel antigo e tinta seca invadiu o ar.

As lombadas dos livros não estavam datadas nem traziam o nome dos mestres do chá, então tive que procurar pelo livro certo por um tempo, folheando as primeiras páginas dos volumes encadernados em couro. Finalmente, encontrei o que correspondia aos anos que eu estava buscando, e as informações estavam escritas em uma letra desconhecida

Virei a página e comecei a ler.

CAPÍTULO ONZE

Terminei de tomar o restinho de chá da xícara e a coloquei no chão, perto de uma pilha de livros. Meu pescoço doía. Uma nuvem de poeira salpicada era iluminada por uma fresta de luz que atravessava a janela. Afastei os livros que já tinha consultado e as anotações que tinha trazido até o escritório da minha mãe, deitei de costas no vazio da sala de estar e fechei os olhos. Um vinco que se formou na camisa pressionou minha pele. Meus pensamentos se embaralhavam como num novelo, e toda vez que eu agarrava uma ponta, com a intenção de desembaralhar os fios, acabava com um nó ainda mais apertado.

Tinha passado os dois últimos dias lendo os livros dos mestres do chá e já tinha folheado vários do Século do Crepúsculo. Na última metade do século, quatro mestres do chá tinham vivido na casa. O primeiro deles, Leo Kaitio, não era muito de escrever. Preenchera apenas um livro de couro durante toda a vida. As observações eram breves e o conteúdo, seco. "Choveu nesta manhã. A visita do segundo-tenente Salo e sua esposa ocorreu como o esperado. Lembrar-me de mandar arrumar os sapatos." "Um janeiro ainda mais quente do que o do último ano. Apareceu uma lasca no bule artesanal." Tive de checar nos livros antigos da minha mãe para lembrar qual janeiro tinha sido aquele: janeiro era usualmente o nome dado ao primeiro mês do antigo calendário do ano solar. Apesar dessa complicação, passei os olhos pelas notas de Leo rapidamente. Perto do final do livro, a letra cursiva mudou, e levei um tempinho para me dar conta da razão. Para ter certeza, abri o livro seguinte, que tinha o nome Miro Kaitio escrito na primeira página. Ele era, possivelmente, filho do Leo. Uma rápida olhada na letra cursiva de Miro confirmou minha suspeita: quem escrevera nas páginas finais do livro de Leo fora Miro.

Miro não tinha herdado do pai a concisão e claramente gastava muito do seu tempo livre escrevendo. Eram seis livros com sua letra cursiva miúda, e entre as páginas ainda havia pedaços de papel soltos com anotações. Algumas das observações não estavam datadas. As páginas finais do livro de Leo tinham esse problema. Miro devia ter sofrido o início do racionamento de tinta e papel nessa época. Provavelmente, havia adotado o livro do pai em um momento de desespero, quando se deparara com a escassez de papel.

A escrita de Miro era completamente diferente da de Leo. Ele escrevia mais sobre seus pensamentos e sonhos, sobre sentimentos durante a cerimônia de chá e fora dela. Escrevia coisas como uma lista de situações que o faziam sorrir (um gato se enrolando no colo de alguém, a primeira mordida em uma maçã fresquinha, colocar o pé descalço na grama) e coisas que o deixavam irritado (um sapato apertado, lentes de óculos tão velhas que não se podia mais enxergar com elas, ficar sem tinta quando mais precisava).

Abri os olhos e fiquei de pé. Mas levantei rápido demais: o quarto ficou escuro e tive que me apoiar na parede até a tontura passar. Fui até a cozinha e me servi de outra xícara de chá, agora já morno. Voltei e me sentei numa almofada. Peguei o último dos livros de Miro, que eu só tinha lido até a metade. As páginas pareciam frágeis ao toque dos dedos, como se fossem se desintegrar, espalhando as palavras escuras pelo chão para que o vento as levasse embora. Minha ligação com o passado era muito frágil e delicada, como uma ponte gasta demais para que se possa atravessar em segurança. Ainda assim, as palavras tinham força. Elas me arrastavam por caminhos próprios até que perdi a noção do tempo e tive que parar para lembrar o que estava procurando. Eu me sentia ligada à forma como esse mestre do chá, que tinha vivido muito antes do meu tempo, descrevia seus dias, suas noites de lua cheia passadas em claro, os grãos de areia deixados no chão da casa de chá por seus visitantes, a neve que derretia imediatamente e que, por vezes, nem chegava a cair. Essas histórias e fragmentos de uma vida havia muito perdida chegavam a mim por páginas amareladas tão luminosas, tão detalhadas e coloridas que eu não conseguia tirar mais os olhos delas. Os ossos desse homem e a água em seu sangue tinham retornado à terra e ao céu havia muito tempo, mas suas palavras e suas histórias estavam vivas e respirando. Era como se eu mesma estivesse mais viva e respirasse mais forte enquanto lia.

As sombras mudaram de posição lá fora. Observei o farfalhar das páginas em minhas mãos.

Não fechei o livro até que praticamente não houvesse mais luz para enxergar. As pontes, então, se romperam e o passado era novamente não mais do que uma rede de palavras indistinguíveis escondidas por uma tela opaca, e o silêncio da casa me enclausurava. Mais um dia havia passado e eu não havia encontrado o que estava buscando.

Antes de ir para a cama, fui limpar o jardim de pedras.

As linhas fracas na areia tinham se tornado quase invisíveis pelo adiantado da hora. Quando já estava acabando, olhei de relance para a estrada que levava ao vilarejo e pensei distinguir duas formas humanas no limite da floresta olhando para a casa.

Congelei. O coração parecia que ia sair da boca.

O rastelo escapou da minha mão. Eu me abaixei para apanhá-lo na areia e, quando me ergui novamente, não havia mais ninguém na floresta.

Na manhã seguinte, fui procurar pistas, mas o solo duro e o tapete formado pelas sementes dos pinheiros não ajudava. Na penumbra, era possível que as sombras das árvores tivessem parecido duas figuras humanas que me observavam incansavelmente.

Dias mais tarde, recebi uma mensagem inesperada da minha mãe. Entrei em casa com dois cantis de água, pelos quais tinha enfrentado uma fila no vilarejo, e vi a luz do message-pod piscando. Quase derrubei os cantis no chão, tamanha pressa de chegar ao pod. O equipamento acendeu, e pude reconhecer a letra redonda da minha mãe.

Querida Noria, sinto muito por não estar conseguindo dar notícias com mais frequência. Sinto sua falta e espero que em breve você possa se juntar a mim. Estou fazendo tudo que está a meu alcance para que isso seja possível. Enquanto isso você poderia, por favor, me mandar alguma coisa sua? Nada grande, mas alguma coisa que use com frequência, como uma colher da casa de chá ou uma das canetas com as quais escreve no livro do mestre do chá. Queria ter algo concreto que me faça sentir mais próxima de você enquanto não podemos estar juntas. Não me mande nada polido ou limpo, quero da forma como você usa. Meu pod está ficando sem bateria e não posso recarregá-lo até amanhã, à luz do dia, então preciso ser breve. Amo você, Lian.

Praticamente me larguei no chão. O alívio era enorme. Minha mãe estava viva. Eu não tivera notícias dela por praticamente um mês. Peguei minha pod-pen e escrevi: *Você está bem? Estou com saudade.* Mandei imediatamente, mas não houve resposta.

Então reli a mensagem, porque sentia que alguma coisa ali estava me incomodando.

E quanto mais lia, mais estranho o pedido da minha mãe parecia. Eu sabia que ela me amava, mas ela nunca dera importância para coisas materiais. Quando se mudara para Xinjing, havia abandonado a maior parte dos seus livros sem pensar duas vezes. Tinha a tendência de reciclar tudo que pudesse ser reciclado, sem se apegar. Eu a tinha assistido doar todos os meus brinquedos, transformar minhas roupas de bebê em toalhinhas para os móveis ou tapetinhos e jogar fora minha coleção de pedrinhas — antes enfileiradas na janela do seu escritório. Até onde eu sabia, ela nunca tinha guardado sequer um desenho meu, e o xale que eu ganhara no dia da minha graduação havia sido a única peça de roupa que comprou para mim que não tivesse um valor puramente funcional.

Era estranho querer algo meu assim de repente. Outra coisa que me preocupava era que minha mãe não tinha dito como estavam as coisas em Xinjing. Era possível que ela não tivesse recebido todas as minhas mensagens. Também era possível que eu não tivesse recebido as dela. As conexões estavam fracas por conta da guerra, e os serviços de mensagem estavam, provavelmente, sendo monitorados. Eu havia tentado escrever as mensagens no tom mais neutro possível e não via razão para que fossem censuradas, mas era impossível prever as ações dos militares.

Embora não conseguisse compreender o pedido, coloquei o message-pod em seu lugar na parede, fui até a cozinha e peguei da pia uma colher que tinha sido usada naquela manhã. Havia uma mancha marrom marcando o metal no lugar onde as gotas de chá tinham secado. Embrulhei a colher em um pedaço de pano, procurei na gaveta por um malote de algas usado para mandar correspondências e joguei a colher dentro. Peguei meu livro de mestre do chá no quarto, rasguei uma página e escrevi algumas linhas: *Querida mãe, aqui vai uma lembrança minha até que a gente se reencontre. Com amor, N.* Dobrei o papel e o coloquei junto com a colher no envelope, depois fechei tudo com um pedaço de cordão. Eu poderia enviar a correspondência no dia seguinte. E só esperava que ela chegasse até Xinjing.

Os dias foram ficando rapidamente mais longos nas duas semanas seguintes, quando a primavera começou a dar lugar ao verão. A água fluía na escuridão, protegida por pedras que se banhavam ao sol. Quando não estava pensando nos livros, na expedição ou nos meus pais, pensava em Sanja. Queria falar com ela, contar como estava batalhando para achar um caminho desde a morte do meu pai, mas nunca parecia achar o momento adequado. Ultimamente ela andava cansada e quieta, e eu achava que estava me escondendo algo. Minha amiga quase nunca tinha tempo de ir escavar comigo. E quando eu perguntava o motivo, ela sempre evitava responder.

Eu ainda estava me infiltrando nos escritos de Miro, tentando colocar suas histórias em alguma ordem, embora soubesse que seria uma ordem imaginária. A tarefa tinha ficado mais difícil pelo fato de que, durante o tempo dele, houve dois outros mestres do chá na casa. Miro havia assumido o título quando seu pai morreu, mas como não tinha filhos, aceitara um primo, Niko Kaitio, como aprendiz. O problema é que Niko morreu jovem, poucos meses após a graduação, então seu filho, Tomio, herdou o posto de aprendiz e o título. Nem Niko nem Tomio tinham a aptidão de Miro para as letras e, por isso, sem hesitar, Miro se apossou das páginas em branco dos cadernos dos dois para escrever suas próprias histórias.

O livro que eu estava folheando tinha sido escrito bem antes do tempo de Miro. Mas eu já tinha observado que ele também fizera anotações ao final, em sua letra miúda. O texto estava datado como sendo do último ano do Século do Crepúsculo, que eu já sabia, pelas anotações de Tomio, que tinha sido também o último ano de vida de Miro.

Sei que a hora da minha última cerimônia está próxima e quero deixar isso registrado antes que meu coração pare. Não escrevi a respeito antes porque não considerava seguro. Mas agora quatro décadas se passaram desde que os eventos aconteceram e acredito que o conhecimento dos fatos não pode mais fazer mal a ninguém. Há de vir um tempo em que a água não será a única a ter memória, porque muitas histórias vêm se perdendo e poucas das que restam são verdadeiras.

Contei rapidamente quarenta anos para trás. Estava de acordo com o ano mencionado no disco prateado. Cruzei minhas pernas na almofada, coloquei o livro no colo e continuei a ler.

Eu vinha trabalhando como mestre do chá havia poucos anos e meu pai tinha morrido no ano anterior, quando, um dia, depois de anoitecer, ouvi uma batida na porta. Quando abri, encontrei dois homens e uma mulher parados na varanda. Eles me disseram seus nomes e perguntaram se poderiam fazer algum trabalho na casa ou no jardim em troca de água e comida.

Isso não era uma coisa fora do comum na época. Muitas pessoas tinham perdido seus lares e seus pertences nas guerras e, para muitos, a única forma de conseguir água e abrigo era viajar de vilarejo em vilarejo em busca de trabalho. Porém, essas pessoas não pareciam mendigos. Suas roupas eram novas, e eles tinham a aparência de fugitivos. Um dos homens estava ferido. Uma tipoia suspendia seu braço e a pele estava bastante machucada. Por baixo do pano dava para ver uma tatuagem: um pequeno dragão-marinho que carregava um floco de neve nas mandíbulas. A forma como eles falaram seus nomes — um, rápido demais, outro, gaguejando — me fez pensar que eram falsos. Mas estavam claramente exaustos, como se estivessem viajando havia dias sem descanso, e não carregavam nada além de uma pequena mala feita de material impermeável. Concluí que não pareciam perigosos e os acomodei na casa de chá por uma noite. Não mantinha nada de valor lá, então não fiquei preocupado em ser roubado e, como sempre tive sono leve, sabia que ouviria se eles tentassem invadir a casa durante a noite. Havia uma fechadura forte na porta, que não podia ser aberta sem fazer bastante barulho. Dei a eles um pouco de chá e pão, além de uma lanterna, cobertores e travesseiros e indiquei o caminho através do jardim. Depois, fui preparar um curativo para a ferida do homem, mas quando voltei para a casa de chá, encontrei todos em sono pesado. Deixei os curativos do lado de fora.

Na manhã seguinte, enquanto eles ainda dormiam, o entregador do padeiro trouxe, junto com o pão, uma fofoca. Ele me disse que soldados estavam fazendo turno no vilarejo na noite anterior, batendo nas portas das casas à procura de três criminosos de guerra. Quando meus hóspedes acordaram, eu os convidei para tomar café da manhã e os observei atentamente. Não era fácil adivinhar quem eram de verdade. Eles tinham bons mo-

dos e eram razoavelmente formais, como se tivessem sido muito bem-educados. Isso abria a possibilidade de que tivessem sido criados gozando de privilégios comuns aos militares. Ao mesmo tempo, algumas das observações que faziam me pareceram estranhas, talvez até inapropriadas para alguém que houvesse crescido no meio militar. Cheguei à conclusão de que eu não tinha condição de saber quem eram. Precisava descobrir mais.

Enquanto tomávamos mais uma xícara de chá, mencionei o que tinha ouvido naquela manhã. Os hóspedes escutaram em silêncio, seus rostos ficaram lívidos — e eu soube imediatamente que era atrás deles que os soldados estavam. Pedi que me dessem um motivo para não denunciá-los.

Um dos homens fez menção de protestar, mas a mulher o silenciou com um movimento de sua mão. Quando a mão parou no ar, notei que ela também tinha uma tatuagem de dragão no pulso, parecida com a que eu tinha visto no braço ferido de um dos homens.

Ela me disse que estavam vindo das Terras Perdidas, onde investigavam a possibilidade de água potável e a recuperação das águas atingidas pela catástrofe. Fiquei surpreso, porque achava que era ilegal ir às Terras Perdidas. Quando disse isso em voz alta, a mulher admitiu que a expedição deles era ilegal. Percebi, pela expressão dos companheiros, que preferiam que ela tivesse mantido essa informação em segredo, mas a mulher tomou mais um gole de chá, se endireitou na cadeira e continuou a falar.

O exército do Novo Qian descobriu, de alguma forma, sobre a expedição e começou a persegui-los. O líder da expedição foi morto perto de Kolari, e eles vinham fugindo desde então. Alguns dias antes, outro companheiro desapareceu e levou com ele alguns backups das gravações em vídeo que tinham feito. O resto dos backups estava com eles, e não queriam que o exército pusesse as mãos naquele material. Não sabiam se o companheiro desaparecido estava vivo ou morto. A intenção dos três era se esconder no vilarejo por alguns dias na esperança de despistar os soldados.

Os três agora estavam olhando para mim. O mais baixo, um homem de cabelo castanho, estava com uma das mãos sobre o ferimento, que parecia causar muita dor. O suor brilhava em sua face. A expressão do rosto do homem mais alto era impenetrável.

A mulher pediu que eu não os entregasse.

Perguntei por que tinham vindo à casa do mestre do chá e por que achavam que eu iria ajudá-los.

"Meu pai foi um mestre do chá", ela respondeu. Ele tinha sido morto durante as guerras da água, quando ela era muito jovem, mas a mulher lembrava-se das histórias que seu pai contava a respeito de como os mestres do chá entendiam a água.

Perguntei se existia de fato água pura e potável nas Terras Perdidas.

Ela olhou para os companheiros. Percebi que o mais alto suspirou antes de consentir que a amiga falasse, com um silencioso gesto de cabeça.

"Existe. E nós gostaríamos que ela fosse de todo mundo, não só dos militares."

Pensei sobre a história toda. Não havia razão para mentirem a respeito. O destino de todos eles estava em minhas mãos. As recompensas por entregar criminosos da água eram boas e, se decidisse denunciá-los, tudo o que precisava era telefonar para a polícia do vilarejo. É verdade que eram três, e eu, apenas um, mas eu estava em plena forma, enquanto meus hóspedes estavam fracos. Eu poderia sair correndo da casa e fugir do alcance deles com facilidade. Eles pareciam entender isso também.

Falei que os ajudaria.

Se o alívio não foi genuíno, foi a melhor atuação que vi na vida.

Levei os três para o único local que considerava seguro. Era importante que eles mesmos não soubessem o caminho para lá, então levei-os um a um, com vendas nos olhos e seguindo um caminho tortuoso. Essa foi a condição que impus para minha oferta de asilo e, após uma rápida conversa de negociação, aceitaram sem reclamar. Eu sabia que existia uma possibilidade de conseguirem combinar seu conhecimento e adivinhar a localização para refazer o caminho mais tarde, mas era um risco que eu precisava correr. Quando eles já estavam seguros no local, voltei para buscar comida e roupas limpas.

Eles ficaram durante duas semanas. Eu ia checar como estavam a cada dois dias e, todas às vezes, levava notícias do vilarejo. Eles não me falaram muito sobre si próprios, mas fiquei sabendo de algumas coisas: eram todos acadêmicos e pareciam fazer parte de uma enorme organização clandestina que lutava para acabar com as restrições à água. Depois de quinze dias, decidiram partir porque o local estava começando a ficar meio limitado, e eles estavam preocupados (ou assim fizeram crer) com a possibilidade de me colocar em risco se ficassem por muito tempo. Até onde eu sabia, os soldados tinham levado suas patrulhas para outros vilarejos, então eu acreditava que era seguro partirem. Desenhei um mapa mostrando uma rota para fora do vilarejo que provavelmente não estaria sendo vigiada e lhes dei água e comida. Eles desejavam chegar a Kuoloyarvi primeiro, depois seguir para New Piterburg. Levei um de cada vez até o pé da colina, onde já tinha deixado os pacotes de comida. Era uma noite de primavera e o céu já começava a se preparar para a chegada da manhã.

Eles agradeceram minha bondade e disseram que não tinham como retribuir. Disse-lhes que algumas coisas não precisam de retribuição.

A mulher sorriu. Seus olhos estavam sombrios na luz da madrugada.

"Você compreende que provavelmente nenhum de nós vai viver para ver o tempo em que a água será um bem de todos novamente?", perguntou.

"Sim, mas não quero abandonar a esperança de que isso venha a acontecer algum dia."

"Vai acontecer", disse ela.

Eles se foram. Fiquei observando suas silhuetas estreitas até que desaparecessem nas curvas da colina.

Não sei o que aconteceu com eles. Nunca mais ouvi falar a respeito. Não sei seus verdadeiros nomes ou se conseguiram salvar o conhecimento que carregavam. Talvez o conhecimento é que os tenha salvado. Nunca vou saber se me disseram a verdade e se fiz a coisa certa. Mas essa é minha última história, e depois de ter deixado isso registrado nessas páginas, minha água já pode secar.

Fechei o livro do mestre do chá e fiquei olhando para o chão forrado de folhas de papel. As peças do quebra-cabeça estavam começando a se encaixar, ameaçando formar uma imagem. Pertenceriam esses viajantes à expedição Jansson? Parecia uma possibilidade remota. Por outro lado, poderia explicar por que o disco prateado acabou parando no lixão dos plásticos do vilarejo. Se tivessem se sentido ameaçados e quisessem impedir que suas informações sobre as Terras Perdidas caíssem nas mãos dos militares, faria sentido que tivessem jogado tudo no lixão.

O que me deixava mais curiosa era a possibilidade de Miro ter escondido os três na colina — ou talvez até mesmo na nascente. Eu nunca teria ficado sabendo. As palavras e atos do meu pai sempre deixaram claro que apenas o mestre do chá e seu aprendiz — depois de ter aprendido o suficiente — podiam entrar lá. No entanto, Miro poderia ter violado toda a tradição das leis não escritas se tivesse escondido estranhos não confiáveis na caverna. Mas em que outro lugar poderia tê-los escondido? Ele não tinha dito que levava água para eles, apenas comida. Era também estranho não ter descrito o lugar. Isso era pouco característico do seu estilo, parecia ter sido uma escolha deliberada.

O message-pod apitou na entrada da casa. Eu esperava que fosse minha mãe. Não tinha notícias dela desde que enviara a colher, algumas semanas antes. Os músculos da minha perna formigavam por ter ficado sentada tempo demais.

A mensagem era de Sanja.

Você pode me vender alguns cantis em parcelas? Depressa!!! Hoje, se for possível, ela escreveu. Senti um aperto no estômago. Sanja nunca tinha pedido água antes. Pensei imediatamente em Minja. Ainda haveria luz do dia por várias horas e dava tempo de eu voltar do vilarejo antes do toque de recolher.

Estou a caminho, respondi. Deixei os livros espalhados na mesa da sala de estar, enchi três cantis grandes, coloquei todos no heliciclo e peguei o caminho do vilarejo.

CAPÍTULO DOZE

A porta da frente estava trancada. Eu bati, mas não ouvi nenhum barulho vindo de dentro da casa. Bati novamente. Silêncio. Tirei meu casaco e joguei em cima dos cantis, para que eles não ficassem à vista. Andei ao redor da casa até a oficina de Sanja. Tentei abrir a porta, mas estava trancada por dentro. Olhei pelas paredes de tela. Havia uma máquina do passado perto da mesa, um pedaço de torta de sementes de girassol pela metade e um pequeno ventilador à luz solar que tentava refrescar o ambiente. Sanja não estava em nenhum lugar.

Pensei nas histórias do mundo antigo que tinha ouvido. Histórias sobre navios piratas cujas tripulações evaporavam sem deixar rastro: havia sempre uma caneta abandonada em cima de uma carta pela metade, água fervendo na chaleira, ou chá ainda quente nas xícaras quando o resgate chegava.

— Sanja? — Não houve resposta. — Sanja! — gritei mais alto. — Kira? Jan?

Não havia sinal de Sanja ou dos pais. Nem mesmo a voz de Minja podia ser ouvida na casa. Quando ia voltar para o jardim, ouvi um clique ao meu lado. Quando olhei na direção do ruído, vi Sanja agachada no chão da oficina. Seu rosto estava vermelho.

— Está tudo bem?

Sanja veio na minha direção, limpando o suor da testa com as costas da mão.

— Você veio rápido. — Ela desligou o ventilador, abriu a porta e saiu da oficina.

— Não vi você — falei. — Achei que não tivesse ninguém em casa.

— Ah, eu estava procurando uma coisa embaixo da mesa — respondeu, evitando meus olhos. Mas eu tinha certeza de que não havia nada embaixo da mesa.

— Está tudo bem? — repeti. Os ombros de Sanja caíram.

— Não — respondeu ela. Vi que havia lágrimas se acumulando em seus olhos. — É a Minja... — A voz da minha amiga estava grave e fraca. — Ela não está bem. Minha mãe foi com ela no médico, de novo, mas da última vez também não adiantou nada. — Ela engoliu em seco e levantou os olhos. — Os remédios precisam ser dissolvidos em água.

Dei um passo em direção a Sanja, depois outro, e ela não se afastou. Eu não a via chorar desde que tínhamos 10 anos, quando ela levou um tombo na colina e torceu o tornozelo. Sanja soluçou abraçada em mim, depois ficou em silêncio. Ficamos quietas por algum tempo, o sol ardendo ao fim da tarde. Finalmente, Sanja se soltou do meu abraço e fungou.

— Desculpe.

— Não seja boba — falei, segurando seu braço. — Eu trouxe água.

Fiquei aliviada de ver que ela ainda podia sorrir.

— Vou remendar cantis para você até o fim dos tempos se não puder pagar de outro jeito — avisou. Abri a boca para responder, mas Sanja me interrompeu. — É justo. Sei que você não tem um poço no jardim.

Virei o rosto para não ter que encará-la. Não tinha certeza do que Sanja poderia ler na minha expressão.

— Deixei os cantis no jardim — falei. — Vamos logo, antes que alguém passe a mão neles.

Pegamos os cantis e os carregamos para dentro de casa. Quando Sanja abriu a porta, um fedor terrível que parecia uma mistura de cabelo sujo com leite azedo veio dos cômodos. Havia xícaras vazias e pratos engordurados com restos de comida em cima e embaixo da mesa da sala de estar. Vi algumas roupas de criança de molho numa água lamacenta no canto da lavanderia. Algumas tinham manchas escuras. A poeira levantava conforme a gente ia passando.

Sanja olhou para mim e depois ao redor, como se percebesse pela primeira vez a situação da casa.

— Está uma bagunça terrível. Minja não consegue manter a comida no estômago e a gente não consegue nem lavar suas fraldas.

Vi que Sanja estava constrangida por ter me feito testemunhar os traços da doença.

— Agora vocês vão poder fazer isso — falei, tentando sorrir.

Levamos os cantis até a cozinha. Ajudei Sanja a jogar um pouco de água limpa na mamadeira. Ela ensaboou e encheu novamente de água, depois pegou um saco de pano do armário, de onde mediu duas colheradas de pó branco e colocou na água. Ela agitou o recipiente um pouco para dissolver o pó. Uma leve espuma flutuava em cima do líquido.

Ouvimos passos na varanda. Sanja foi até a porta com a mamadeira nas mãos. Kira entrou em casa, segurando Minja nos braços. Fazia algumas semanas que eu não via Minja, e meu estômago revirou quando coloquei os olhos nela. A criança estava magra, frágil, e seus olhos, sempre tão brilhantes, eram como dois buracos opacos num rosto ossudo. Kira estava pálida e encurvada.

— Eles não estão aceitando mais pacientes — disse ela. — O hospital mais próximo com leitos vagos é em Kuusamo.

— O que esperam que a gente faça? — perguntou Sanja.

— Disseram para dar o remédio para Minja e esperar a febre baixar.

— Mas é isso que a gente vem fazendo nas duas últimas semanas! Você explicou que a gente não tem água suficiente?

— Sanja, o centro médico está cheio de pacientes ainda mais doentes do que Minja. — A voz de Kira era cansada e frágil. — Eles têm dois médicos, três enfermeiras e uns poucos voluntários do vilarejo. Estão devendo três meses de cotas de água para o mercado negro. Não sabem nem mesmo se a clínica vai continuar aberta no próximo mês.

O ar ao nosso redor ficou pesado. Sanja e eu nos demos conta daquilo que Kira já devia saber havia tempos: tudo que os médicos podiam fazer era mandar Minja para morrer em casa.

Sanja entregou a mamadeira com o remédio para Kira.

— A água estava limpa o bastante? — perguntou Kira.

— Sim — respondi.

Tanto Kira quanto Sanja olharam sérias para mim, e uma sombra pairou sobre o rosto de Kira.

— Você sabe que não poderemos pagar por isso, não é? — perguntou. As palavras eram endereçadas tanto a Sanja quanto a mim.

— Não precisa — respondi.

Kira se sentou em uma poltrona gasta, pegou a mamadeira e ofereceu a Minja. A pequena mal tinha forças para abrir a boca, mas depois de insistir bastante, Kira conseguiu que ela lambesse algumas gotas do líquido da mamadeira. Então a levou para o quarto.

— Sanja, você pode vir até aqui?

— Vou esperar — falei para Sanja, que assentiu.

Kira falou em voz baixa e estava com a porta fechada, mas eu conseguia ouvir mesmo assim. Acho que ela queria que eu ouvisse.

— Você não devia ter pedido água.

— O que mais a gente pode fazer? — questionou Sanja, em tom desafiador. — Não consigo terminar o conserto do encanamento. É praticamente impossível encontrar as peças que faltam, e os preços estão nas alturas.

Kira suspirou.

— Eu sei, Sanja. E encontrar água não deveria ser responsabilidade sua. Se Minja estivesse mais saudável, eu talvez pudesse costurar para os vilarejos vizinhos, ou quem sabe tentar encontrar trabalho nas fábricas de botas em Kuusamo. Só não queria ficar devendo favor para ninguém.

Eu tinha ouvido o suficiente. Fui até a varanda e fechei a porta cuidadosamente ao passar. Sentei em um dos degraus e olhei ao redor: brotos moles de girassol vacilando na areia, um guarda-sol feito de algas entrelaçadas protegendo um par de cadeiras empoeiradas e meio gastas em suas armações de madeira. As casas da vizinhança eram todas assim — reflexos cansados e monótonos umas das outras, todas exaustas pelo peso da tarde.

Não saberia dizer quanto tempo se passou até Sanja sair de casa e fechar a porta.

— As duas estão dormindo. E isso é raro nessa casa ultimamente.

Tentei manter a voz baixa, mas as palavras saíram mais ríspidas do que eu esperava.

— Você perdeu o juízo?

Sanja olhou para mim. Meu peito ficou apertado quando percebi o peso das últimas semanas em seu rosto, mas continuei:

— Você se dá conta do perigo que é construir esse encanamento ilegal? Se a patrulha da água descobrir... — Pensei na oficina da minha amiga, no clique que tinha ouvido, na sua aparição repentina. — É embaixo da oficina, né? O encanamento.

Os traços de Sanja pareciam carregados de exaustão, irritação e talvez desespero.

— As cotas de água não são suficientes para nós, e não temos como comprar mais. Meu pai conseguiu fazer um acordo para receber parte do salário em água, mas às vezes ela vem tão suja que parece que lavaram roupas de baixo nela.

Fiz uma careta.

— Não dá para reclamar com alguém? — perguntei.

Sanja bufou.

— Com quem? Com os mesmos oficiais que a repassam para nós de forma ilegal?

Entendi a observação.

— Pare — falei. Ela olhou para mim, incrédula. — Não se aproxime mais desse encanamento.

— Você claramente nunca precisou tomar uma decisão difícil, como entre ir para a cadeia ou deixar sua família morrer de sede.

Fiquei sem fala por um instante, porque minha amiga raramente se dirigia a mim de forma ríspida. A dureza das palavras de Sanja parecia tê-la pego de surpresa também. Ela apertou minha mão.

— Desculpe, Noria. Eu não quis...

— De quanto você precisa?

— Noria...

— De quanto?

Ela me encarou com seus olhos escuros e brilhantes.

— Muito mais do que você pode nos oferecer. Dois cantis por dia.

— Eu trago.

Ela balançou a cabeça.

— Você também precisa de água. Não pode fazer isso.

— Posso, sim.

Achei que Sanja ia perguntar mais alguma coisa. E fiquei agradecida por ela não ter questionado, assim não precisei mentir.

Alguma coisa tinha mudado entre nós, algo que eu não conseguia explicar. Sanja não tinha me contado sobre o encanamento ou sobre a doença de Minja. E eu não contei sobre a nascente.

Os segredos nos desgastam como a água desgasta as pedras. Na superfície, nada parece mudar, mas as coisas secretas nos consomem e, lentamente, nossas vidas passam a se moldar por elas.

Os segredos desgastam os laços entre as pessoas. Outras vezes, podem ajudar a construí-los: se deixamos uma pessoa adentrar o espaço secreto que o silêncio constrói dentro da gente, não ficamos mais solitários.

Comecei a levar água para Sanja regularmente. Ela aceitava sem dizer uma palavra. A bruma negra tinha deixado o rosto de Minja e seus olhos estavam novamente ágeis para captar o que se passava ao redor. As palavras retornaram a seus lábios. Seus membros ainda eram magros e fracos, mas sua vida não estava mais em perigo. O comportamento de Kira comigo era uma mistura de gratidão e constrangimento; ela procurava me evitar. Jan nunca mencionava a água ao me encontrar, o que era bastante raro, mas perguntou algumas vezes se a casa de chá ou o jardim não precisavam de algum reparo ou trabalho de construção que ele pudesse fazer. Eu sempre disse que não.

Enquanto isso, eu tinha chegado a um beco sem saída em minha busca por mais informações da expedição Jansson. Inspirada pelas últimas informações de Miro, eu tinha folheado todos os outros livros dos mestres do chá, mas só havia encontrado observações curtas, nada que eu já não soubesse. O lixão dos plásticos guardava os segredos, se é que os segredos ainda existiam.

No entanto, minhas visitas ao lixão não produziram mais nada além de um ferimento por um pedaço afiado de metal e mais alguns componentes de metal que guardei no bolso para entregar a Sanja. O silêncio erguia paredes ao meu redor. A luz do message-pod permanecia apagada. Uma grama suave começava a se insinuar no jardim, e os restos do meu pai descansavam em silêncio em sua mortalha de terra.

Então, no fim de uma manhã de primavera, quebrei o silêncio.

Era um dia comum do final da estação. O azul nublado se arqueava no céu como metal polido, e pequenos tufos de verde espocavam nos galhos das árvores e arbustos. As ruas estavam silenciosas. Passei por uma casa na qual um casal de idade estava sentado embaixo de um guarda-sol de algas. Percebi algumas lágrimas nas bochechas enrugadas da mulher. O homem a envolvia em um abraço. Virei para não ver mais nada.

Quando cheguei na casa de Sanja com meus cantis, ela estava esperando na porta.

— Você ficou sabendo? — perguntou. Pela expressão no seu rosto, meu coração apertou.

— O que aconteceu? Está tudo bem?

— Sim, quer dizer, não. — Ela fez uma pausa, mas havia certa agitação em seu rosto. — Sabe a casa cinzenta de teto baixo que tinha um círculo na porta? Perto do centro médico?

Pensei nas janelas escuras com as cortinas retorcidas, o jardim vazio, os vizinhos desviando o olhar na rua.

— Os moradores não foram levados, como todo mundo pensava — contou. — Eles foram mantidos lá dentro por quase dois meses, em prisão domiciliar, observados dia e noite. Não podiam ir a lugar nenhum e os soldados traziam apenas a comida e bebida suficiente para mantê-los vivos. Essa manhã eles foram forçados a sair e... — Ela tentava encontrar as palavras. — Foram executados.

— Você tem certeza? — O círculo azul brilhante apareceu diante dos meus olhos, intenso como uma ferida na pele da casa, a cor do céu refletida na água, a cor dos uniformes militares. Eu não conseguia acreditar, mesmo depois de tudo que tinha acontecido desde a Festa da Lua.

— Meu pai viu tudo. Ele estava indo para a praça central. Viu os soldados arrastando as pessoas para fora da casa e abrindo suas jugulares no meio do jardim. Todo mundo que estava passando na rua viu.

Tentei não imaginar a cena, mas minha cabeça me passou a perna: o metal lustroso pressionando a pele frágil, refletindo a cor da terra, o movimento de um braço vestido em uniforme azul, ondas de sangue derramadas na areia pálida do jardim e o sol forte secando tudo.

— Será que as coisas vão ser assim daqui para a frente? — perguntou Sanja, numa voz esganiçada. — Qualquer pessoa pode ser executada em seu próprio jardim ou mantida cativa na própria casa a qualquer momento?

— Isso vai acabar. Tem que acabar.

— E se não acabar? — Sanja olhou firme para mim e não me lembro de ter visto tanto desespero em sua expressão em nenhum outro momento. — A necessidade das pessoas por água não vai parar. Elas vão ter que arriscar suas vidas construindo encanamentos ilegais. Eu...

Então me dei conta do que ela estava tentando me contar.

— Você parou de construir o seu encanamento, né? — perguntei.

Ela olhou para o chão, o cabelo escuro cobrindo o rosto.

— Não podemos ficar dependendo da sua água para sempre, Noria. Você vai precisar dela.

Pensei nos mestres do chá do passado, em suas escolhas, em seus deveres. Pensei em Miro, que tinha feito o que julgava correto, mesmo que fosse contra a tradição. Pensei nos meus pais, que não estavam comigo, e em Sanja, que estava.

— Venha. Quero mostrar uma coisa.

* * *

Caminhamos até a colina como já tínhamos feito inúmeras vezes quando crianças, brincando de aventureiras sábias e destemidas numa terra selvagem e estranha. Nuvens densas como uma parede escura no horizonte gradualmente cercavam o céu. Meus pés conheciam o caminho e não tropeçavam nas pedras. Por trás da paisagem, eu via outra: uma cena onde os caminhos eram mais amplos, o topo das montanhas, mais altos, as encostas, mais largas e mais difíceis de escalar, os leitos dos rios, cicatrizes profundas nas rochas. Comparada à imagem do passado, a paisagem de hoje parecia maçante e domesticada e, no entanto, eu me sentia como se, a cada passo, estivesse avançando para uma paisagem ainda mais impressionante do que a colina era para os meus olhos infantis. Quase podia imaginar as pedras do caminho acenando ao me ver, os contornos escondidos pela areia. Se me virasse, só veria uma paisagem de deserto e, lá longe, no horizonte, as pontas verdes e afiadas das árvores da floresta — a casa e o vilarejo já não estavam mais à vista, todas as estradas tinham desaparecido e não havia escolha a não ser avançar em direção ao buraco negro que se aproximava.

Sanja não perguntou para onde estávamos indo, apenas me seguiu em silêncio.

Quando chegamos à entrada da caverna, ela disse:

— Eu me lembro dessa! Era o quartel-general da Crucial e Importante Sociedade de Exploradores do Novo Qian.

— Siga-me — falei. E fui engatinhando pela caverna até a reentrância que meus dedos já achavam com facilidade.

A pedra era fria, áspera, seca. O alçapão no teto da caverna se abriu. A luz dos lampiões refletiram os olhos de Sanja na escuridão, como se seus pensamentos estivessem brilhando e reluzindo.

— Que lugar é esse?

— Esse lugar não existe.

O ar fresco e familiar recaiu sobre nós enquanto caminhávamos para o coração da colina. Eu ouvia os passos de Sanja atrás de mim. O estranho encantamento que parecia tê-la tomado do lado de fora da caverna não tinha se dispersado. O frágil eco da nascente já brotava em sussurros nas paredes e eu não conseguia parar de pensar que, se olhasse para trás, Sanja teria desaparecido em alguma das reentrâncias da caverna, tornando-se sombra entre as sombras. Nossos movimentos tomavam as paredes, finas como teias de aranha. Não parei até que chegássemos à parte da caverna em que a água saltava da rocha no lago.

Ouvi Sanja arquejar atrás de mim. Ela se aproximou e agarrou meu braço. Dava para sentir que estava tremendo, mas segurava tão forte que suas unhas me arranhavam.

— Isso. Essa água toda. É sua?

— Sim — respondi. Ela apertou meu braço com mais força. — Não — corrigi.

Sanja olhou bem para mim e de repente me dei conta. Ela estava furiosa.

— Como você pôde? — disparou. — Como você pôde esconder isso? As pessoas daquela casa... — A voz dela tremia. — ... Minja. Ela podia ter...

Uma vergonha enorme me fez corar. Não conseguia olhar nos olhos da minha amiga.

— Como você pôde? — repetiu ela.

De repente, um medo começou a brotar dentro de mim. Não sei o que estava esperando... Gratidão? Alívio? Talvez empolgação por ter entregado a Sanja uma parte do meu segredo? Eu sabia que estava me arriscando ao trazer outra pessoa para a nascente, mas nunca tinha pensado que poderia correr perigo por causa de Sanja. Agora, já não estava tão certa.

— Você precisa prometer que não vai contar para ninguém — falei, mais rispidamente do que queria. — Só posso ajudá-la se a nascente continuar sendo segredo.

— Você não tem esse direito — falou ela. E eu ainda não podia olhar nos seus olhos.

— Sanja. — Minha voz era tão fraca que eu mesma mal podia ouvir. — O que você acha que vai acontecer se alguém descobrir sobre a nascente? — Ela ainda estava agarrada em meu braço. Olhei para ela.

O rosto da minha amiga ficou sombrio, e seu corpo se tensionou. Então, algo passou por sua cabeça. Seus ombros relaxaram, sua expressão suavizou e sua voz retomou o tom normal:

— Mesmo assim não é certo.

— Eu sei — respondi.

Estava frio na caverna, como sempre, e a umidade parecia invadir os ossos, mas o rosto de Sanja ainda estava corado do esforço da caminhada. Sua tolerância ao frio sempre fora maior do que a minha.

— O que você está fazendo? — perguntei. Ela estava tirando as roupas. Colocou o cardigã nas pedras, tirou a camisa e desamarrou os sapatos.

— Você sabe quanto tempo faz que não tomo um banho em água limpa? — perguntou.

Tirou o resto das roupas e foi se aproximando cuidadosamente do lago. Encontrou um local onde a pedra estava mais gasta e se inclinou em direção à água. Vi que ela estremeceu quando molhou os pés, mas isso não a impediu de entrar até estar com metade do corpo imerso. Ela foi o mais fundo que pôde e se agachou.

A água a cercou como cercaria uma pedra atirada ali. Sanja voltou à superfície, tremendo, os cabelos pretos colados no crânio, e, à luz vacilante do lampião, parecia tão pálida e magra que era quase como se fosse translúcida: um espírito da água preso à realidade.

— Está fria? — perguntei.

— Venha e experimente.

Os segredos nos desgastam como a água desgasta a pedra.

Se permitimos que uma pessoa adentre o espaço secreto que o silêncio constrói dentro da gente, não ficamos mais tão solitários.

Tirei as roupas e entrei na nascente. Meu corpo enrijeceu por conta da temperatura da água. Logo, o frio invadiu minha pele, abraçando meus membros e pinicando as costas. As pedras no fundo do lago estavam desgastadas e escorregadias e não dava para ver nada. Meu pé escorregou, e Sanja esticou a mão para me dar apoio.

Eu segurei a mão dela. E fechei os olhos.

O tempo passava lá fora da caverna, o vento varria as rochas e a luz do dia ia mudando, mas nós estávamos em silêncio e imóveis.

Na superfície, nada parece mudar, mas as coisas secretas nos consomem e, lentamente, nossas vidas passam a se moldar por elas.

Enfim, Sanja soltou minha mão e se afastou. Primeiro um passo, depois outro. Suas sobrancelhas formando uma expressão de confusão. Ela olhou para baixo, tentando enxergar através da água na meia-luz. Passou o pé no fundo do lago. Eu me aproximei e também senti uma coisa lisa embaixo do pé, como se fosse uma placa de algum material duro e brilhante.

— Noria, o que é isso?

A caixa era feita de madeira polida, e uma fina camada de algas escorregadias e escuras a envolvia. Era da altura de uns três livros dos mestres do chá empilhados, porém, mais estreita. Dois cintos de couro estavam amarrados ao redor, mantendo-a fechada. Não havia fechadura. Colocamos a caixa perto da luz dos lampiões, e comecei a desafivelar um dos cintos.

— Tem certeza de que é seguro abrir isso? — perguntou Sanja.

— Não — admiti. — Mas você não quer saber o que tem dentro?

Sanja assentiu e me ajudou a abrir o outro cinto.

Dentro havia outra caixa, de metal e impermeável, mas não estava trancada. A água tinha encharcado a madeira, no entanto a caixa de metal não deixara a umidade penetrar. Esta continha uma embalagem grossa de plástico, dentro da qual dava para ver um embrulho de pano. Tirei o plástico e abri o pano, que era uma camiseta usada. Ficamos observando o conteúdo do embrulho sem falar nada.

Seis discos prateados brilhantes.

À noite, choveu e choveu até que a poeira da terra se transformasse em barro escuro, pequenos riachos escorressem pelas pedras e jardins, e os troncos das árvores se estufassem. As pessoas abriram as bocas e beberam direto do céu, agradecendo a poderes sem nome. A água tamborilava em baldes, canos e telhados e parecia abrigar a terra com dedos suaves, acariciando o solo, a grama e as árvores.

Sentei com Sanja na varanda da casa do mestre do chá, observando o brilho lânguido dos lampiões nas paredes e no piso. Podia sentir o calor da pele dela perto da minha.

Sete discos prateados brilhavam na mesa de madeira.

A noite veio tranquilamente, e não havia razão para ser de outra forma.

CAPÍTULO TREZE

— Você pode tocar esse último pedaço de novo? — perguntei.

Sanja pressionou o botão que tinha duas flechinhas apontadas para a esquerda na máquina do mundo antigo. Meu pulso estava dolorido de escrever. Chacoalhei a mão enquanto as palavras eram engolidas pelas caixas de som. Sanja tirou o dedo do botão e uma voz disse "... até que tenhamos confirmado todos os resultados. De qualquer forma, já está claro que pelo menos Saltfjellet-Svartisen, Reivo e a maior parte das terras entre Malmberget e Kolari pertencem a áreas em que a água já é parcialmente potável e, de acordo com nossas estimativas, será totalmente potável em menos de cinquenta anos".

— Pare aí — falei.

Sanja pausou o disco e eu escrevi a última sentença no caderno.

Arrumamos tudo num círculo organizado no chão: a máquina do mundo antigo, os discos, os livros que eu tinha trazido do escritório da minha mãe. Estendi a mão para pegar um volume pesado que trazia um mapa das Terras Perdidas do passado e tracei com o dedo os lugares mencionados. Reivo foi o primeiro a me chamar a atenção. Desenhei um círculo ao redor da área e, quando me levantei, os músculos do pescoço e das costas estavam doloridos.

— Acho que preciso fazer uma pausa — falei. Estávamos sentadas havia horas.

Sanja deu de ombros.

— Você que quis escrever tudo. Vou pegar um chá.

Enquanto ela se levantava, continuei a olhar para os lugares mencionados na gravação e a marcá-los no mapa.

— Só não sei o que você pretende fazer com essa informação — observou antes de sair da sala.

— Também não sei — falei, mas isso não era inteiramente verdade.

Os discos prateados estavam arrumados em fileira em cima do pano no qual tinham estado embrulhados. Havia uma numeração, que ia de um a sete, pintada em cada um. Conseguimos determinar a ordem pelas datas mencionadas na começo de cada gravação. Até aquele momento, tínhamos ouvido quatro discos inteiros, e eu havia escrito o conteúdo de cada um para tentar organizar tudo em uma única história coerente. Mas havia um problema: ocasionalmente, as palavras eram difíceis de discernir. O desgaste do tempo tinha prejudicado o som em algumas partes e, em outras, o disco estava tão riscado que fazia a máquina pular. Por isso, estavam faltando dias e às vezes semanas inteiras no diário. Eu suspeitava que, originalmente, deviam ser dez discos ao todo. Talvez mais.

Agora tinha certeza de que todos os discos vieram do mesmo lugar. Havia duas vozes masculinas distintas nas gravações e uma delas era claramente a mesma do primeiro disco. Também estava convencida de que o misterioso grupo de exploradores que Miro havia mantido em segurança durante o Século do Crepúsculo era o que tinha sobrado da expedição

Jansson, e que ele escondera todos na caverna da colina. Não havia outra explicação plausível para os discos teriam ido parar na nascente. Eu ainda esperava conseguir retraçar a rota dos exploradores, mas ouvir os discos enquanto acompanhava no mapa e fazia anotações era uma tarefa terrivelmente lenta, e eu pressentia que a história nunca estaria completa. Muito tempo havia se passado entre nossa realidade e a expedição Jansson, muitos detalhes tinham se obscurecido pelos anos e as imagens tratavam de um mundo que não existia mais. Tudo o que podíamos fazer era tentar montar um mapa cujos contornos e fronteiras não eram claros.

Ainda assim, apesar da passagem do tempo e da decadência de tudo, havia algo ali que me animava e entusiasmava, como se minha pele de repente tivesse se esticado tanto que pudesse abarcar o mundo. A expedição Jansson realmente existira. Essas pessoas tinham vivido e respirado na terra, tinham conseguido encher veículos de comida, água e instrumentos científicos e, de alguma forma, passado pelos guardas de fronteira até as Terras Perdidas. Tinham escalado caminhos pedregosos por onde ninguém se aventurara por décadas, tinham descido as encostas dos fiordes para pesquisar os vilarejos engolidos pela água. Tinham molhado as mãos nos riachos que corriam das falésias e adentrado os lagos congelados e, quando seus equipamentos mostraram que a água podia ser consumida, cada passo do caminho ganhara um novo propósito.

Nos meus sonhos, era como se eu estivesse com eles naquelas terras estranhas, onde as vozes da água eram onipresentes. Ainda assim, não podia ver seus rostos ou conversar. Eles ficavam longe, fora do alcance, quase como se eu fosse apenas um espírito preso a um riacho escuro, proibido de cruzar para a terra dos vivos. Sanja estava ao meu lado, e tudo a nossa volta era claro: os cumes brancos das colinas, o ar puro, a água cristalina refletindo o céu, reluzindo brilhante e incompreensível, como em outro mundo.

A distância entre os sonhos e as palavras é grande, assim como a distância entre as palavras e as intenções. No entanto, quanto mais eu ouvia, menor essa distância parecia.

A porta bateu. Sanja entrou e colocou uma xícara de chá na minha mão. Uma gota derramada na lateral da xícara escorreu entre meus dedos.

— Acho que não consigo fazer mais nada hoje — falei. — Você me acompanha até em casa?

O que significava: "Você vai pegar água lá em casa?" Mas isso nunca era dito dessa forma. Falar sobre água tinha se tornado uma coisa muito constrangedora não apenas entre nós, mas entre todas as pessoas do vilarejo. Era fácil demais cometer o erro de parecer se vangloriar da própria situação ou de parecer implorar pela água dos outros.

— Hoje não vai dar — respondeu Sanja. — Minha mãe vai trabalhar essa semana na cozinha dos militares. Tenho que ficar em casa com a Minja. Vou amanhã.

— Amanhã não dá. Tenho convidados na casa de chá.

Sanja pareceu desapontada, mas eu não tinha como abrir um espaço para ela. O vice-prefeito de Kuoloyarvi era um convidado exigente: suas visitas sempre me tomavam o dia todo, do amanhecer até a noite. Eu não podia me dar ao luxo de perder mais clientes. Muitos dos convidados que vinham regularmente para as cerimônias do meu pai tinham deixado de frequentar a casa depois da sua morte, apesar de terem mandado condolências e oferecido garantias de que continuariam vindo. Na época do meu pai, novos clientes chegavam para as cerimônias por indicação do major Bolin, mas Bolin parecia ter sido sincero quando me disse que seu tempo de benfeitor estava terminado. Eu não tinha mais ouvido falar nele desde a morte do meu pai.

— Você pode vir depois de amanhã? — perguntei, e Sanja assentiu.

Coloquei o capuz antimosquito, peguei o caderno de anotações e a bolsa e atravessei a porta em direção à tarde poeirenta e calorenta.

Ao passar pelo portão da casa de Sanja, vi um soldado se aproximando, vindo de fora do vilarejo. Desviei o olhar. Todo mundo na vizinhança tinha aprendido a fazer isso. Mesmo assim, quando passamos um pelo outro na estrada, ele me cumprimentou. Olhei, surpresa. Levei um minuto para reconhecê-lo: era o mesmo soldado loiro que eu tinha visto conversando com Sanja no verão passado, quando Taro fora com seus homens fazer uma busca em nosso terreno.

Continuei meu caminho para fora do vilarejo. Mas vi de canto de olho que o soldado parou no portão de Sanja.

Essa não era a primeira cerimônia do chá que eu conduzia depois da morte do meu pai. Tinha aprendido a buscar força em sua presença invisível: minhas memórias eram tão solidamente conectadas à casa de chá que sentia como se ele ainda estivesse sentado ali, observando meus movimentos, pronto para me orientar com seus modos severos. No entanto, dessa vez minha mente elaborava meu pai como uma figura séria e sombria, como se ele soubesse. Respondi de forma obediente a todas as perguntas do vice-prefeito sobre os quadros pendurados na parede, ofereci os doces preparados de acordo com instruções muito particulares e deixei o chá ficar mais forte, como era de sua preferência. Ainda assim, não conseguia me sentir focada e em paz.

Uma promessa quebrada não é fácil de suportar. É difícil agradar os mortos, e muitas vezes mais difícil ainda desagradá-los.

A cerimônia me deixou exaurida. Quando finalmente tranquei a casa de chá, tarde da noite, e caminhei até minha casa com o auxílio da luz de um lampião, meus membros pesavam toneladas, mas pareciam frágeis como vidro. Eu estava cansada demais para preparar o jantar. Na fraca luz de uma noite de começo de verão, deitei na cama e dormi.

Uma batida na porta me acordou.

— Noria? — Ouvi a voz de Sanja na varanda. — Você está em casa?

— Só um minuto — gritei, pulando da cama.

Olhei pela janela. O sol estava brilhando forte no jardim. Coloquei as sandálias e caminhei meio cambaleante para abrir a porta. Sanja estava parada na varanda, segurando quatro cantis vazios por uma corda.

— Mandei uma mensagem mais cedo — disse ela. — Achei que talvez você pudesse ter se esquecido de responder, mas vim mesmo assim, como a gente tinha combinado.

Tinha esquecido completamente que ela vinha. Dei uma olhada para o message-pod na parede.

— Não ouvi nada. Que horas são?

— Não é tão tarde — respondeu Sanja. — Acho que nove, no máximo. Eu cheguei meio cedo.

Abri a porta para que ela entrasse. Sanja trouxe seus cantis e tirou o capuz antimosquito. Só nessa hora percebi que ela também estava carregando um malote feito de algas, que logo entregou para mim.

— Passei pelo carteiro do vilarejo. Quando contei que estava vindo aqui, me pediu que trouxesse isso. Disse que economizaria uma caminhada.

Peguei o malote. Tinha certeza de que era da minha mãe. Abri na mesma hora. Dentro estava um message-pod, razoavelmente gasto, mas ainda em boas condições, e mais nada.

— Que estranho — falei, e a expressão no rosto de Sanja revelou que ela pensava a mesma coisa. — Tem certeza de que é para mim?

— Foi o que o carteiro falou.

Tentei ligar o message-pod, mas a tela continuava escura.

— Deve estar sem bateria — disse Sanja.

Meu estômago fez um barulho, como se fosse uma concha vazia, e me dei conta de que não tinha comido nada desde a manhã do dia anterior.

— Quer um pouco de chá?

Sanja assentiu e me seguiu até a cozinha. Coloquei o message-pod no peitoril da janela, onde podia pegar luz natural. Não demoraria muito para carregar. Quando a água já estava quente, e o chá, fumegando nas xícaras sobre a mesa, coloquei o dedo na tela do pod. O botão acendeu. Sanja estava certa. A tela ligou, e o aparelho começou o procedimento de reconhecimento da minha digital. Até aqui nada de estranho: todos os message-pods eram codificados para reconhecer membros de uma conta familiar pela digital e, em teoria, todos os cidadãos registrados poderiam usar suas contas em qualquer aparelho disponível. No entanto, o nome que apareceu na tela não foi o meu. *Aino Vanamo*, anunciou o message-pod. O ano de nascimento era o mesmo que o meu, mas a data estava errada. O local de nascimento estava cadastrado como Xinjing.

— O que foi? — perguntou Sanja, levantando-se para dar uma olhada. Suas sobrancelhas se elevaram quando ela viu a tela.

— Tente você — pedi. Sanja colocou o dedo na tela. *Sanja Valama*, apontou a máquina. Coloquei o dedo no mecanismo novamente e a identificação de Aino Vanamo reapareceu.

— Incrível! — Sanja ficou empolgada. — Um passaporte falso! — Eu conhecia aquela cara da minha amiga: a de quem já estava imaginando como o message-pod tinha sido hackeado e se ela poderia fazer o mesmo. — Foi programado para conectar a identidade falsa a seus dados de registro — continuou. — Mas nas mãos de qualquer outra pessoa é apenas um message-pod completamente comum.

Uma luz vermelha e um número 1 apareceram no canto da tela para indicar que havia uma mensagem. Coloquei o dedo sobre a luzinha. A mensagem dizia:

Se isso chegar a você, é muito importante que siga minhas orientações. Não é seguro ficar onde está. Contate Bolin. Ele vai ajudá-la a comprar uma passagem de trem. Assim que souber quando será a viagem, mande a informação usando este message-pod. Não use o outro. Abandone o outro quando deixar a casa. Espero vê-la em breve.

A mensagem não estava assinada, mas eu conhecia aquela letra: era da minha mãe.

Sanja e eu ficamos em silêncio por um longo período. Finalmente, ela perguntou:

— Você vai?

— Não sei — respondi.

Entendi por que minha mãe tinha pedido que eu mandasse algum objeto. Era preciso ter a minha digital para fazer o falso pass-pod, e ela não podia pedir diretamente por medo que nosso correio estivesse sendo monitorado. Ela deve ter subornado alguém para ter uma garantia de que eu receberia isso.

Eu tinha mandado a colher havia um mês, então o pass-pod provavelmente estivera viajando por semanas.

A oferta deveria ter me empolgado. Se ela estava me chamando, Xinjing devia estar relativamente segura, apesar da guerra. Minha vida seria mais simples sem a constante necessidade de vigilância da nascente, sem ter que encarar os rostos magros das pessoas do vilarejo, sem o medo de me deparar com a próxima casa a ter o círculo azul pintado na porta. Eu não teria que carregar água da colina ou entregá-la a Sanja, nem limpar a casa, manter o jardim e fazer os doces que acompanham o chá. Não estaria sozinha. Poderíamos fazer coisas juntas novamente, como antes da partida dela e da morte do meu pai. A mesma exaustão que tinha me atingido na noite anterior pareceu tomar meus ossos tão subitamente que, de repente, só queria deitar no chão da cozinha e deixar a vida correr ao redor. Queria que outra pessoa assumisse a responsabilidade pela minha vida, por tudo que apenas recentemente tinha se tornado parte da rotina diária. Xinjing brilhava a distância, velada numa névoa suave, simples e acolhedora como um sonho.

No entanto, as mesmas coisas que me faziam desejar ir embora eram as que me mantinham presa onde estava. Quem iria cuidar da nascente? A quem Sanja iria recorrer quando precisasse de água? Se eu deixasse a nascente aos cuidados da minha amiga, não estaria deixando nas mãos dela o risco de ser descoberta e responsabilizada, enquanto eu estaria segura do outro lado do continente? Não podia colocá-la em tamanho perigo.

No centro de todas essas perguntas, uma possibilidade começava a se materializar: a água não estava aqui, estava nas Terras Perdidas. Eu poderia seguir o desejo da minha mãe e viajar para Xinjing ou ser fiel ao meu pai e viver como guardiã da nascente. Ou poderia fazer o que quisesse, escolhendo um caminho desconhecido que não era ditado por nenhum dos dois.

Naquele dia, todas as possibilidades pareciam ter o mesmo peso. Mas, ainda assim, uma delas começava a se destacar em relação a outras, a me atrair.

Bebemos o chá e comemos pão de amaranto molhado no óleo de girassol. Percebi que Sanja tentava se conter para não devorar a comida.

— Sempre me perguntei se não haveria uma possibilidade de quebrar a proteção dos identificadores — disse ela. — Mas não sabia como. Agora talvez eu consiga fazer o mesmo.

Eu sabia que ela adoraria levar o pass-pod falso para sua oficina, mas não tinha coragem de pedir, e eu não estava pronta para oferecer. Ia precisar do pod se decidisse viajar para Xinjing e tinha medo que Sanja pudesse remover a identidade falsa por engano.

Quando terminamos o lanche, Sanja levou os cantis até a torneira da cozinha e os encheu. Eu precisaria ir até a nascente na próxima semana para fechar o encanamento. Levamos juntas os cantis até o carrinho. A gente agora mantinha uma grande caixa de algas no carrinho para levar os cantis escondidos. Por cima deles, colocávamos o fundo falso da caixa que Sanja tinha criado. Quando tudo estava pronto, depositávamos roupas velhas e cantis estragados por cima. Se os guardas da água parassem Sanja para checar o carrinho — o que acontecia vez ou outra —, só iam encontrar roupas para costurar, serviço que a mãe de Sanja fazia para mim.

Fiquei observando as marcas que o carrinho de Sanja deixava na estrada. A manga puída de uma camisa escapava da tampa da caixa como uma chama branca alimentada pelo vento.

* * *

Sanja começou a me acompanhar todas as vezes que eu caminhava até a nascente para checar o nível da água. O clima estava esquentando e, muitas vezes, a colina era o único lugar fresco. Havia dias em que a gente ia até lá só para escapar do calor. Antes, eu ia até a nascente, dava uma olhada na superfície da água e voltava rapidamente. Mas agora nossas idas eram mais frequentes. E a gente gostava de sentar na margem do lago para comer um lanche ou ficar passando o tempo. Algumas vezes eu levava um livro para ler e Sanja ficava desenhando numa caderneta que eu tinha dado para ela. A coisa mais essencial nas visitas, porém, sempre era a nascente e, embora a gente nunca falasse a respeito, acho que Sanja pensava da mesma forma: a ameaça de a nascente secar ou de não podermos mais ter acesso a ela não parecia real, e, quando entrávamos na caverna, era sempre como se entrássemos em um outro mundo. Era um imenso luxo termos a água só para nós duas, e eu não queria que fosse diferente.

O tempo não é confiável. Algumas semanas podem parecer sem fim, e é fácil ficar cego quando a gente acredita que nada precisa mudar.

Naquele dia, tínhamos ficado por uma hora, talvez duas, na nascente: não havia razão para nos preocupar com o horário. O sol estava queimando, os insetos estavam inclementes e as sombras da caverna faziam um contraponto suave ao começo do verão. Meu jardim estava precisando ser semeado e Sanja tinha uma mesa cheia de trabalhos de reparo esperando na oficina, mas estávamos procrastinando. Ela estava de bom humor e tinha começado a empilhar umas pedras na fraca luz dos lampiões.

— O que é isso? — perguntei. Ela havia construído uma pilha de pedras e colocado um monte de bonequinhos de pedra pintada, com caras furiosas, ao redor.

— É uma casa — respondeu ela, apontando para a pilha de pedras no centro do círculo. — Esses aqui são os guardas da água. — E ela indicou os bonecos em volta da casa. — E aqui somos nós duas.

Longe do círculo central estavam mais duas figuras. Ela usara um pedaço de plástico para representar um lago entre elas. As figuras sorriam.

— Os guardas não nos veem? — perguntei.

— Estão procurando no lugar errado — disse Sanja. — Preciso de uma mecha do seu cabelo — anunciou, e começou a medir um cacho que tinha se soltado do meu rabo de cavalo.

— Para quê? — perguntei, empurrando a mão dela.

— Para terminar o boneco.

— Não, prefiro ficar careca mesmo. — E ri, mas ela me perseguiu pela caverna até que, finalmente, deixei que cortasse as pontas de uma mecha com seu canivete.

Ela colocou o cabelo em cima do boneco de pedra e posicionou uma pedrinha miúda em cima, para manter no lugar. Depois, cortou uma mecha do próprio cabelo e fez o mesmo com o outro boneco, que se mexia longe da vista dos guardas.

— Ficou igualzinho — comentou.

Ainda estávamos relaxadas quando começamos a voltar pelo túnel. Não nos preocupávamos em fazer silêncio, e nossos passos e risadas ecoavam, multiplicados pelas paredes. Quando chegamos ao alçapão, Sanja girou a alavanca sem me avisar e, de repente, uma ducha fria saída de um dos canos do teto caiu com tudo em minha cabeça. Eu dei um grito e atingi o rosto dela com meu rabo de cavalo.

— Ah, foi um acidente, mas quando a gente sair você vai ficar é feliz de estar com as roupas frescas e molhadas — disse ela, com o ar mais inocente do mundo.

— É, então tenho certeza de que você não vai se chatear com isso. — Puxei Sanja para debaixo da ducha de água.

Ela se debateu, conseguiu se soltar e fechou a alavanca. Eu ainda estava com as roupas e o cabelo bem molhados quando ela abriu o alçapão com a outra alavanca e desceu pela caverna.

— Encontro você em um segundo — gritei para ela. Sanja não respondeu, e eu não conseguia enxergar nada do outro lado. Pensei ouvir um breve ruído. — Sanja?

Enchi o pequeno cantil que tinha levado e o desci no alçapão. Depois, desci pelo buraco carregando os dois lampiões e meu capuz, completamente encharcado. Quando levantei a cabeça, minha voz sumiu.

Sanja estava parada na entrada da caverna com as costas viradas para mim, segurando um lampião. O outro lampião estava no chão, lançando sombras. Na entrada da caverna pude perceber a figura de um homem, os contornos perfeitamente visíveis contra a luz do dia. Pelo brilho pálido dos lampiões, consegui discernir seu rosto.

— Isso é uma coisa que não se vê todo dia nesse vilarejo — disse Jukara. — Duas jovens saindo de dentro de uma caverna totalmente molhadas.

Ela se virou na minha direção e, na minha cabeça, tentei inúmeras vezes adivinhar a expressão em seu rosto, para tentar compreender o que acontecera em cada detalhe. Mas a memória é uma coisa escorregadia. De duas coisas tive certeza na hora e tenho até hoje. Ela estava tão surpresa quanto eu, porém, havia outro sentimento dividindo sua expressão.

Sanja parecia estar se sentindo culpada.

Não tínhamos nenhuma história combinada previamente. E, mais tarde, esse erro pareceu ridiculamente infantil e descuidado, mas já o havíamos cometido, e não sabíamos como corrigir. Tínhamos confiado tanto na segurança da caverna escondida que nunca pensamos em como explicar nossa presença na colina caso alguém nos encontrasse. Acho que, se a situação fosse outra, poderíamos ter dito que estávamos apenas fazendo um piquenique. Mas Jukara tinha visto o alçapão e a água pingando das roupas. Não tinha como convencê-lo de que não havia água nos arredores.

Ele não perguntou, não ameaçou, não chantageou. Não foi preciso. Era óbvio que se eu não oferecesse água para ele e para sua família, a caverna estaria cheia de soldados da próxima vez que eu aparecesse ali — se chegasse a haver uma próxima vez.

— Foi tudo minha culpa — disse Sanja, mais tarde, quando Jukara já tinha deixado a casa de chá com cinco cantis cheios. — Desculpe. Não imaginei que isso poderia acontecer.

— Do que você está falando?

— Tive que ir até Jukara na semana passada. Fiquei sem remendos de plástico e não sabia de ninguém mais no vilarejo que pudesse ter alguns para vender. Ela me cobrou caro e se comportou de maneira estranha. Perguntou sobre você. — Ela olhou para mim.

— O que ele disse? — perguntei, desconfiada.

— Reclamou que você não contava mais com ele para fazer reparos, mesmo seu pai tendo sido seu melhor cliente.

Era verdade. Mesmo antes da doença do meu pai eu preferia levar os trabalhos de reparo em segredo para Sanja. Nunca tinha pedido um trabalho a Jukara.

— Também falou alguns coisas sobre o seu pai — continuou Sanja. — Disse que sempre se perguntava como ele tinha tantos cantis para fazer reparos se deveria ter a mesma cota de água que todos os outros moradores do vilarejo. Ele... — Uma vermelhidão pintou as bochechas de Sanja, e ela ficou em silêncio.

Eu esperei.

Ela prosseguiu:

— Ele me perguntou se eu achava que a sua família tinha um poço secreto ou alguma fonte de água. — Sanja cobriu os olhos com as mãos. — Noria, eu não quis entregar nada! Só que fiquei tão sem jeito que deixei cair no chão os remendos de plástico que ele tinha me dado, e os remendos se espalharam por todo lado. Eu não disse nada, nem ele. Mas ele deve ter suspeitado de alguma coisa quando viu que fiquei nervosa, deve ter decidido nos seguir pela colina... — A voz de Sanja sumiu.

Eu não sabia o que dizer para minha amiga, então falei:

— Não foi sua culpa. Se ele suspeitava de alguma coisa, tenho certeza de que teria nos seguido de qualquer maneira.

Mais tarde, quando Sanja já tinha ido embora, desembrulhei meus mapas e abri o caderno de anotações no qual tinha transcrito o conteúdo dos discos. Procurei estradas que tinham sido usadas no Século do Crepúsculo, e outras que ainda poderiam estar sendo usadas por viajantes. Comecei a conectar os nomes dos lugares que tinha ouvido nos discos e a traçar rotas da vila até eles.

CAPÍTULO CATORZE

Uma vez que o espaço de silêncio que envolve um segredo foi quebrado, não é possível fazê-lo inteiro outra vez. As lascas vão crescendo e se alargando como as raízes de uma árvore por baixo da terra, até que é impossível dizer como tudo começou e se vai parar de se espalhar.

Ainda não sei ao certo como o boato correu pelo vilarejo. Acho que Jukara não teria interesse em espalhar a notícia. O acesso à nascente era um privilégio grande demais e lhe dava um enorme poder. Ele não teria aberto mão disso voluntariamente. Agora entendo isso, porque em algum lugar, para além das palavras e da luz, em um lugar que eu mesma não podia ver, tinha sentido o mesmo: a nascente era meu privilégio, minha compensação por um dever que, de outra forma, não seria recompensado. Eu ainda não tinha compreendido que uma pessoa não deve esperar recompensas por suas ações.

Talvez Jukara tenha contado a Ninia. Ele deve ter feito isso, porque não poderia enganá-la para sempre com alguma história sobre os oficiais terem de repente se tornado complacentes, e não teria explicações suficientes para suas visitas à casa de chá — não quando se têm uma esposa como Ninia. E contar algo a ela era o equivalente a convocar uma reunião do vilarejo e anunciar as novidades. Sussurros foram crescendo até se tornarem fofocas, que chegavam aos que não estavam presentes nas conversas.

No final das contas, não interessa como todos acabaram descobrindo sobre a nascente. Isso não muda os fatos. Quando uma mulher com cabelo oleoso e roupas sujas apareceu no meu portão com três crianças magricelas perguntando em uma voz frágil se eu poderia vender água a crédito, não havia como dizer não. Depois dela, vieram outros: um garoto de olhos grandes que dizia que seus pais estavam doentes demais para trabalhar, um homem de idade que ficava murmurando sobre o filho que tinha desaparecido na guerra, e mais mulheres — moças com bebês, senhoras de úteros secos e andar vacilante, mulheres de meia-idade pedindo água para pais ou esposos ou crianças.

Coloquei uma braçadeira de couro em Mai Harmaja para manter o cantil bem preso.

— Está apertado demais? — perguntei.

— Não, pode apertar mais um pouquinho — respondeu Mai. Obedeci. — Agora está firme.

O cantil já estava bem preso ao braço dela e parecia que a pele estava ficando meio roxa no lugar da braçadeira. Mas Mai abaixou as mangas e jogou um xale fino sobre os ombros — não dava para imaginar que havia cinco cantis presos por baixo de suas roupas: dois nas coxas, dois nos braços e um no pulso. A água fazia um barulhinho enquanto ela caminhava na varanda. Mai era uma das voluntárias do vilarejo no centro médico, e a terceira pessoa que eu recebia naquele dia.

— Alguém se aproxima — avisou Vesa, filho de Mai, lá do portão.

Seus passos levantaram uma densa nuvem de poeira contra a luz do dia quando ele se aproximou da casa correndo. O menino tinha 9 anos e estava se sentindo importante, porque Mai dera a ele a tarefa de vigiar a estrada principal que levava do vilarejo à casa de chá. Sua tarefa era nos avisar imediatamente se alguém aparecesse.

— Eles estão vindo num helicarro.

— Vá para dentro da casa de chá — falei para Mai. — E me espere lá. — Ela assentiu. — Você também, Vesa. — Mai foi se afastando na direção da casa de chá pela trilha de pedras, e Vesa foi correndo atrás dela.

Eu tinha que ser rápida. Corri para o quarto e coloquei a roupa de cerimônia (que sempre guardava limpa e passada). Depois, dei uma checada na varanda para ver se não tinha deixado nenhum cantil cheio por ali. Fui andando em direção ao portão. Parei num morrinho perto dos sinos de vento pendurados no pinheiro e olhei para a estrada. No helicarro que se aproximava, distingui um motorista e dois homens de uniforme azul, cujos rostos eu não conseguia reconhecer. Sabia que tinha agendado uma visita para quinta-feira, mas ainda era quarta. Será que eu tinha errado a data? Sempre tentava manter a casa de chá limpa para que pudesse realizar uma cerimônia em cima da hora, se necessário, mas detestava visitas para as quais não tinha tempo de me preparar. E eu ainda precisava tirar Mai e Vesa de lá com seus cantis sem que isso parecesse estranho.

Felizmente o encanamento que vinha da colina estava fechado. Eu só ousava deixá-lo aberto um dia na semana, porque se uma patrulha da água viesse inspecionar o terreno, não saberia explicar como tinha água encanada se o fornecimento estava cortado para todo o vilarejo. Assim, estocava o máximo que podia quando o encanamento estava aberto, e normalmente enchia os cantis dos moradores do vilarejo com essas reservas. Fiquei aliviada por ter tomado esse cuidado.

O helicarro passou por entre as árvores e veio se aproximando até parar embaixo do telhado de algas, ao lado do portão. Quando os convidados desceram do banco de trás, observei seus rostos e fiquei assustada. Um dos oficiais era um estranho, mas o outro era o mesmo soldado loiro que eu tinha visto no portão da casa de Sanja algumas semanas antes.

— Bem-vindos à casa do chá — falei, fazendo uma reverência. — Posso perguntar a que devo a honra da visita?

O soldado loiro respondeu meu cumprimento.

— Acredito que ainda não fomos apresentados. Sou o tenente Muromäki e trabalho para o comandante Taro. Este aqui é o capitão Liuhala. — Ao ser apresentado, o capitão balançou a cabeça, me cumprimentando. — Venho aqui por recomendação do major Bolin. Acredito que você estivesse nos esperando para uma cerimônia.

Meus pulmões se contraíram e minha respiração falhou. A cerimônia tinha sido marcada por escrito, como de costume, e quando eu lera o nome Muromäki, não fizera a conexão com seu rosto. Tentei fazer a voz soar firme quando respondi:

— Estava esperando os senhores amanhã, tenente Muromäki. A carta que recebi mencionava a data de amanhã, e confirmei essa data na resposta.

Muromäki assentiu. Parecia um cachorro farejando no vento o cheiro da presa.

— Isso é estranho, senhorita Kaitio — disse ele. — Tenho certeza de que ditei a data certa para o escriba. Amanhã não será possível.

— Tenho convidados neste momento. Mas eles já estão prontos para partir. Se os senhores puderem esperar meia hora, terei tempo de arrumar a casa de chá novamente. Infelizmente, os doces não estão tão frescos. Eu tinha a intenção de preparar uma nova leva amanhã de manhã, antes da chegada dos senhores.

— Se a senhorita tem convidados, por que não está na casa de chá? — perguntou Muromäki.

— Esqueci os doces aqui.

— Voltaremos em meia hora, então — disse Muromäki.

Fiz uma reverência, e ele e o companheiro retornaram para a sombra onde estava o helicarro.

Fui à cozinha e encontrei meia cumbuca de doces antigos em um dos armários. Chequei rapidamente se eles não estavam mofados ou com gosto ruim: estavam secos, mas não rançosos. Teriam que servir. Levei a cumbuca para a casa de chá. Já ia entrando pela porta de correr dos visitantes, mas no último minuto me lembrei de usar a entrada dos mestres do chá, por trás da construção. Mai e Vesa olharam para mim com olhos inquisidores quando entrei na sala.

— Vocês precisam ter cuidado — avisei. — Há dois soldados no portão. Eles acham que vocês são meus convidados. Eu os acompanharei até o portão. Quando saírem, agradeçam pela cerimônia, me chamem de senhorita Kaitio e façam uma reverência. Tem certeza de que consegue carregar todos esses cantis sem dar na vista? — perguntei para Mai.

Seu rosto estava assustado, e ela havia começado a roer a unha do mindinho.

Mai treinou alguns movimentos, como que testando se seus músculos de fato aguentariam o peso.

— Sim — respondeu.

— Vocês estão prontos?

Mai olhou para Vesa. Ele assentiu, mexendo com a cabeça para cima e para baixo várias vezes. Depois disso, ela me confirmou que estavam prontos. Apontei para a porta dos visitantes.

— Quando já estiverem do lado de fora, esperem por mim.

Eu tinha a impressão de que os cantis estavam fazendo muito barulho a cada passo em direção ao portão. Observava os movimentos de Vesa com o canto do olho, com medo de que ele começasse a saltitar ou fazer qualquer outra coisa que o reprovaria como um convidado para a cerimônia.

Quando finalmente chegamos ao portão, fiz uma reverência a Mai. Ela me devolveu um cumprimento tenso, imitado por Vesa.

— Obrigada, mestre Kaitio. Foi um prazer visitá-la.

— Obrigada, senhora Harmaja. Que águas limpas fluam em seus caminhos.

Muromäki tinha saído do helicarro para esticar as pernas. Quando Mai e Vessa já estavam pegando a estrada, ele disse a Vesa:

— Você é meio jovem para participar de uma cerimônia do chá.

Vi de relance o tremor de Mai, mas ela conseguiu se controlar surpreendentemente. A presença de guardas da água e soldados vigiando o vilarejo tinha nos ensinado a dissimular: músculos, rostos e línguas ainda guardavam uma memória de como era viver em circunstâncias normais, e sabíamos lançar mão disso quando necessário.

— Estou tentando ensinar boas maneiras ao rapaz. Ele quer ser um oficial quando crescer.

Muromäki sorriu e me fez pensar num cachorro caçador novamente.

— É mesmo? Boa sorte em sua carreira, parceiro — disse ele, passando a mão no cabelo de Vesa.

Mai fez uma reverência a Muromäki e conduziu Vesa pela estrada.

— Até mais ver, senhora! — disse Muromäki na direção dos dois.

Eles foram andando lentamente, e os passos de Mai eram pesados. Vesa olhava o tempo inteiro por sobre o ombro, com os olhos arregalados, mas Mai o fez andar mais rápido e olhar para a frente. Seus movimentos eram tensos.

— Soarei o sino quando tudo estiver pronto — falei para Muromäki. E a cada passo que dava em direção à casa de chá, me perguntava se ele tinha notado alguma coisa estranha.

As xícaras batiam umas nas outras enquanto eu tentava colocar todas as peças na bandeja, no chão da casa de chá, mas Muromäki não deu sinais de notar o tremor das minhas mãos. Tentei esconder o nervosismo por trás das formalidades da cerimônia: deixei os movimentos que me eram tão familiares fluírem enquanto, ao mesmo tempo, tentava ler os sinais de suspeita no rosto dele. Não vi nenhum. Estranhamente, Muromäki conhecia bem a etiqueta da cerimônia e não fez perguntas incomuns. Ele falava com Liuhala em voz baixa e nada em seus modos sugeriu que sua visita fosse mais do que um breve descanso do trabalho.

O leve borbulhar da água no caldeirão me relaxou. Pensei na ideia que estava no centro das cerimônias de chá: todos são iguais na cerimônia, mesmo que suas vidas jamais se cruzem fora dos limites da casa de chá. Lentamente, fui me convencendo de que ele viera somente para descansar e que não estava sob o comando de Taro — e que a confusão nas datas tinha de fato sido um mal-entendido. Muromäki não mencionou mais o nome de Taro e não falou de nada além da qualidade do chá, do conjunto de chá e de como o último inverno fora mais frio do que o usual. Me peguei pensando: será possível um mundo em que as pessoas não precisem escolher lados, onde todos possam sentar juntos para beber chá sem que um exerça o poder e faça os outros viverem com medo? Esse era o mundo com o qual os mestres do chá sempre sonharam, o mundo que construíram e preservaram — será que esse mundo teria existido um dia? Seria possível um mundo assim?

Nesse mundo, que talvez não fosse o nosso, Muromäki me cumprimentaria e aceitaria o chá oferecido, e eu não precisaria rotulá-lo como amigo ou inimigo.

Nesse mundo, eu o cumprimentaria no final da cerimônia e caminharia com ele até o portão. A ilusão de um espaço em que o poder não existisse se misturava às sombras da casa de chá. Caminhei com Muromäki e Liuhala até o portão, sem saber se acabara de servir um amigo ou um inimigo.

Nas semanas que anteciparam o solstício de verão, quando a água ainda fluía em segredo da colina para a casa de chá e os moradores da vila achavam as formas mais diversas de transportar essa água para suas casas — embaixo das roupas, dentro de compartimentos com fundo falso, embaixo de toras e móveis que fingiam estar vendendo ou mandando para fazer reparos, e assim por diante —, gastei todo o tempo livre fechada no quarto examinando mapas e anotações. Olhava para os nomes dos lugares e depois para as estradas que levavam a eles, estimando se seriam utilizáveis, medindo distâncias, pesquisando o terreno e tentando calcular quanto tempo levaria para viajar de helicarro de um lugar para o outro. Passei uma semana calculando as horas e dias que levaria para chegar às Terras Perdidas e voltar, estimei a quantidade de comida e água que o helicarro poderia acomodar, e o quanto o peso dessas coisas deixaria a viagem mais lenta. Capturei um punhado de vaga-lumes dentro de um lampião e passei um tempo jogando pedaços de frutas para eles com o intuito de checar quanto tempo viveriam e produziriam luz se eu os mantivesse presos.

Enfim, num dia nublado, e com o verão já avançado, contei a Sanja sobre o plano.

Estávamos sentadas em almofadas no chão da oficina dela. Eu estava com meu caderno de anotações no colo. Uma enorme mosca presa dentro da oficina zumbia pelas paredes de tela, indo do chão ao teto sem parar. Sanja estava colocando o disco prateado marcado com o número sete na máquina do mundo antigo. Os outros seis estavam empilhados na caixa onde ficavam guardados. Este tinha sido o único que não havíamos ouvido por inteiro.

— Sanja — falei —, você já pensou como devem ser as Terras Perdidas hoje em dia?

— Por que eu me importaria com isso? — perguntou ela, pressionando a tampa do aparelho. Dei de ombros e não respondi. Ela levantou a cabeça e olhou para mim. Seus olhos se estreitaram. — Você não pode estar falando sério.

— Por que não?

E acho que só então me dei conta do quanto eu estava falando sério. Peguei o mapa que tinha enfiado na bolsa antes de sair de casa.

— Noria, você não tem nada, apenas alguns fragmentos do passado. Mesmo que a expedição tenha sido real, não temos o registro inteiro da jornada. Se havia água potável nas Terras

Perdidas durante o Século do Crepúsculo, nada garante que haja agora. E como você faria para chegar até lá?

— Pelas estradas. — Abri o mapa no qual tinha desenhado as rotas possíveis. — Rovaniemi é na fronteira com as Terras Perdidas. Acho que consigo arranjar um helicarro, e então vai ser fácil chegar. Pesquisei esses mapas, os livros antigos, as anotações e as notícias dos dias atuais também. Tenho praticamente certeza de que existem várias rotas não vigiadas que se cruzam ao norte da fronteira de Rovaniemi. As estradas do mundo antigo eram largas e bem construídas, foram feitas para veículos rápidos. Muitas delas ainda devem estar em condições de uso, porque tem gente que mora nessas áreas, bem do lado das Terras Perdidas. A expedição Jansson usou as estradas do mundo antigo, nós podemos usar a mesma rota...

— Espere — interrompeu ela —, o que quer dizer com "podemos"?

Percebi que tinha falado no plural sem pensar. E corei.

— Achei que talvez você quisesse vir comigo — falei, e depois fiquei muda, constrangida.

Sanja olhou para mim e me dei conta de que eu nunca tinha pensado em fazer a viagem sozinha. Em todos os meus sonhos ela estava comigo, me ajudando a ler os mapas, servindo de navegadora, escalando as montanhas e explorando as cavernas. Eu não tinha considerado a hipótese de ela não querer vir ou de ter que ir sozinha.

— Noria — começou Sanja, e a expressão do seu rosto era suave, apesar das palavras que seguiram. — Como eu poderia ir? Minha mãe, meu pai e a Minja não podem se virar sem mim. Não posso abandoná-los. Além disso, todas as estradas estão sendo vigiadas. Como eu conseguiria chegar a Rovaniemi, ou até mais longe? Eu não tenho um passaporte falso como você.

— Você disse que poderia hackear um.

— Talvez. — Sanja suspirou. — Mas há muitos "talvez" em seu plano. E se, *se* de fato conseguíssemos chegar nas Terras Perdidas e não houvesse nenhuma água lá? Seria uma enorme perda de tempo.

— Eu sei que existe água lá. Tem que existir.

Sanja não se deu por vencida.

— Mesmo que exista. E daí?

Ela estava certa, claro. Mesmo que encontrássemos água — *eu* encontrasse —, não teria como trazê-la para o vilarejo. Quantos moradores estariam dispostos a partir para uma terra estranha apenas pela promessa da água? E mesmo que alguns estivessem desesperados o suficiente para procurar um novo lugar para morar, as Terras Perdidas eram território proibido, inacessível. Uma ou duas pessoas tinham chance de conseguir entrar, mas quanto mais gente fizesse a viagem, mais difícil seria.

Para mim era insuportável pensar em desistir de um plano que tinha me tomado semanas e meses. Eu talvez estivesse disposta a deixar para lá, a enterrá-lo sob o jugo da impossibilidade, não fosse o que aconteceu mais tarde naquele dia.

Sanja ligou a máquina do mundo antigo. O disco começou a girar em seu ritmo e uma voz masculina registrou a data, que eu já tinha anotado. Ele falou sobre resultados da pesquisa e condições climáticas. Fui seguindo minhas anotações e comecei a transcrever o que ele estava falando quando a gravação chegou no ponto que ainda não tínhamos escutado. Depois de mais ou menos meia página de anotações novas, a voz de repente parou no meio de uma palavra. Deu para ouvir um clique, depois alguns sussurros e, então, uma voz feminina: "Nova tentativa. Nils, se você ouvir isso, me desculpe por gravar em cima da sua fala, mas é muito importante." Ela ficou em silêncio por um instante.

Olhei para Sanja e percebi que ela também tinha reconhecido a voz. Ultimamente eu estivera tão preocupada em estudar as rotas de viagem da expedição Jansson que havia quase esquecido a mulher cuja narração fora interrompida no primeiro disco. Não havia nenhuma gravação dela nos outros discos. Mas eu tinha certeza de que essa era a mesma voz, e a empolgação me prendeu a ela como um peixe na rede. O abismo entre o momento atual e o Século do Crepúsculo tinha se fechado. Prendi a respiração, enquanto as palavras da mulher fluíam pela sala.

"É difícil saber por onde começar. A história não tem começo e fim, existem apenas alguns eventos, aos quais as pessoas emprestam o verniz de uma lenda, com o intuito de compreendê-los melhor... E quando se vai contar uma história, o contador deve escolher o que vai deixar de fora..."

Ela continuou a falar, e nós continuamos a ouvir, e todas as outras palavras que não eram dela esmaeceram. Do lado de fora, nuvens estavam cobrindo o céu e, por detrás, ainda dava para distinguir a cor do alto verão. A grama continuava crescendo, as pessoas continuavam respirando, o mundo continuava girando. Mas dentro da oficina da Sanja, as palavras iriam mudar tudo: mudar o que sabíamos, mudar o que sentíamos, mudar tudo como se o mar subisse tanto que engolisse as ruas e casas sem voltar para trás, sem devolver o que tinha conquistado.

Quando, finalmente, só o que saía do disco era o silêncio que enchia a sala, expirei pesadamente. Alguma coisa tinha mudado dentro de mim, dentro de nós. Quando olhei para fora, era como se estivesse abrindo os olhos pela primeira vez.

Podia ver tudo mais claramente: a pedra irregular no meio do quintal, as extremidades pontiagudas de um arbusto seco, uma teia de aranha destruída na dobradiça da porta.

Uma vez que o espaço de silêncio que envolve um segredo foi quebrado, não é possível fazê-lo inteiro outra vez.

— Você acha que é verdade? — perguntou Sanja. Sua voz era frágil e não chegava a abalar o vazio ao redor, que repousava profundo e impossível de banir como um oceano. — Tudo isso?

— Sim. Acho que é.

— Eu também — declarou Sanja.

Ela desligou o aparelho. O disco foi desacelerando até parar. De todos os silêncios que tinha encarado, esse era o mais grave e o mais inevitável: não era o silêncio dos segredos, era o silêncio do saber.

Naquela noite, quando a casa estava vazia, o jardim, serenado, e as estradas, desertas, caminhei até a nascente. O sol estava recostado no horizonte, mas não iria se render completamente — era uma noite de verão, mais iluminada do que muitos dias de inverno.

Meu lampião projetou um feixe de luz nas paredes de pedra da colina. Quando baixei a luz ao nível da superfície da água, vi o que já imaginava que estava para acontecer.

O nível estava baixo. Não no nível de perigo, mas muito mais baixo do que eu já lembrava ter visto.

A marca branca na rocha brilhava por baixo da água como um olho estanhado — mais clara do que nunca.

CAPÍTULO QUINZE

Levantei o capuz antimosquito, sequei a testa com um pano amarrotado e bebi um pequeno gole de água do cantil. Um enxame de mutucas pretas já me rodeava quando abaixei o capuz novamente. Girei o pano várias vezes para afastá-las. O clima pesado colava as roupas na pele. O verão chegava ao auge, e um sol impiedoso e pesado emanava calor por trás das camadas de nuvens. Só tinha conseguido fazer uma troca, apesar de ter ficado na praça do vilarejo por várias horas. O grande ventilador de chão tinha sido um ótimo negócio para o padeiro, que, por sua vez, tinha me pagado com dois sacos grandes de torradas. Eu sabia que o ventilador valia mais, no entanto, esse era provavelmente o maior preço que alguém do vilarejo estaria disposto a pagar no momento. Eu precisava de comida que fosse fácil de carregar e que pudesse ser estocada por bastante tempo, então não fora uma troca tão ruim.

Um homem baixo de ossos largos, cujos cabelos cor de areia já estavam ralos, parou na frente da tenda. Eu podia adivinhar seus pensamentos enquanto ele observava a coleção de objetos que eu tinha recolhido em casa: algumas cadeiras feitas em madeira entalhada, exageradas demais para a sala de estar;

um punhado de livros do mundo antigo que ninguém em sua casa teria tempo de ler; um conjunto de chá e alguns pratos, que ele teria dificuldade de encher. A única coisa na qual se demorou um pouco mais foram as sandálias — dois velhos pares que tinham pertencido ao meu pai e um par que minha mãe tinha deixado. O homem comparou o tamanho das solas com as suas, mas pareceu desistir da troca.

— Este carrinho está à venda? — perguntou, apontando para a carroceria do heliciclo, onde eu tinha acomodado alguns dos itens para trocar.

— Não, é o único que tenho — respondi.

— Que pena. Eu teria oferecido lótus-azul ou fumo de cachimbo em troca — falou, já se despedindo e continuando sua caminhada.

A atmosfera na praça era quase tranquila. Eu tinha visto apenas dois soldados quando cheguei, e eles estavam apoiados em uma mureta num dos cantos da praça, olhando indiferentes para todos e bebendo um líquido cor de âmbar dos cantis. Um grupo de crianças estava jogando mahjong com peças de plástico, uma pessoa tocava acordeão em meio às tendas irregulares da praça e a irmã de Ninia, Tamara, vendia bugigangas e enfeites de cabelo a uma curta distância de mim, do outro lado da rua. Aos meus olhos, era estranho que as mulheres ainda se interessassem em enfeitar o cabelo. Mas quando comentei isso com Sanja, ela disse:

— As pessoas se apegam aos hábitos até o limite. É a única forma de sobreviver.

Percebi um uniforme azul brilhando entre as tendas. Ele foi se aproximando até que consegui distinguir um rosto familiar. O major Bolin me viu assim que entrou na rua em que eu tinha armado a tenda — e veio caminhando diretamente em minha direção. Suas botas pesadas desenhavam padrões na areia.

Bolin parou diante da tenda. Fiz uma reverência, e ele me cumprimentou de volta.

— Noria, eu estava perguntando aos moradores onde poderia encontrar você. — Ele olhou em volta e falou em voz baixa: — Peguei seu recado.

— Gostaria de tomar chá, major Bolin? — perguntei.

Ele assentiu. Fiz um gesto para convidá-lo a entrar na tenda. Joguei um pano sobre os itens que estavam expostos e deixei a cortina de trás levemente aberta, para ver se alguém se aproximava para uma troca. Por trás das cortinas, ofereci um banquinho a Bolin e sentei no outro. Servi um pouco de chá morno do meu cantil e acendi um incenso de cheiro amargo para afastar os insetos, mas as mutucas continuavam zumbindo ao redor quando erguemos os capuzes para tomar o chá.

— Como você tem passado, Noria? — perguntou Bolin, enquanto bebericava o chá. A pele do seu rosto estava ressecada e seus movimentos eram mais lentos do que eu me lembrava.

— Levando — respondi.

Bolin ficou em silêncio, rodopiando o chá na xícara de cerâmica, o olhar perdido em pensamentos. Finalmente, falou:

— Eu posso ajudar, mas não de graça. Helicarros são caros nos dias de hoje, especialmente se você não quer que certas pessoas perguntem para que precisa de um. — Ele levantou o rosto e olhou para mim. Pude ouvir a pergunta silenciosa por trás do olhar.

— Preciso para vender alguns bens fora do vilarejo. Sei que existem bons compradores em Kuusamo e Kuoloyarvi. Um vendedor habilidoso pode conseguir fechar negócios lucrativos.

Bolin me examinou, e minha intenção era que ele pensasse no que eu tinha deliberadamente deixado de fora da explicação: o mercado negro, os itens raros que ele sabia que existiam na casa de chá. Bolin tinha ajudado meus pais a comprar alguns.

— Tem certeza de que vale o risco?

— Tenho recebido poucos convidados, e ainda menos pagam como costumavam pagar.

Bolin considerou minhas palavras e disse:

— Ouvi dizer que a fiscalização do mercado negro é mais leniente em Kuoloyarvi do que em Kuusamo. Não que isso seja do seu interesse, evidentemente.

— Quanto? — perguntei, feliz pelo sucesso do meu intento.

Bolin se inclinou para a frente no banco e desenhou alguns números na areia. Era mais do que eu esperava, mas dava para pagar.

— Feito — falei. — Quando você precisa do pagamento?

— Adiantado. Posso mandar alguém buscar o dinheiro na sua casa amanhã.

— Não. É melhor se eu puder trazê-lo aqui. Tudo bem?

Bolin assentiu.

— Vou cuidar para que ninguém associe o helicarro a mim — disse ele calmamente. — Espero que você faça o mesmo.

Bolin terminou o chá e colocou a xícara na areia ao lado de uma das pernas do banquinho. As linhas do seu rosto eram profundas e pareceram se aprofundar ainda mais quando ele falou:

— Esta é a última coisa que posso fazer por você. Sabe disso, certo?

— Sim.

Bolin esboçou um movimento com a cabeça. Eu respondi o cumprimento. Enquanto caminhávamos para fora da tenda, uma fila de formigas começou a escalar a xícara dele atrás do líquido que tinha sobrado no fundo. Com a ponta da sandália, apaguei os números que Bolin tinha desenhado na areia até que não houvesse mais nada.

A tarde já chegava ao fim e, pouco a pouco, as pessoas começaram a fechar as tendas e juntar as mercadorias. Tirei a cortina das hastes e dobrei. Ajeitei tudo no carrinho, coloquei os sacos de torradas entre eles e, quando cada coisa estava em seu lugar e eu já havia amarrado a carga com algumas tiras, liguei o heliciclo e voltei para a casa do mestre do chá. No caminho, era como se os jardins sem cor estivessem acenando para mim, como se o centro médico me observasse a distância, com as janelas acessas, enquanto as pessoas voltavam para casa. De longe, consegui ver, em uma casa pequena de tijolos à vista, o círculo azul brilhante. Era a mais nova casa do vilarejo a aparecer com a marca de um crime de água. O círculo aparecera na casa havia cinco dias. Fiz um desvio no caminho para não precisar passar em frente.

Mensagens pintadas em placas grandes na estrada chamaram minha atenção. Elas prometiam recompensas a qualquer pessoa que denunciasse criminosos da água. O filho do padeiro, que era um ano mais novo do que eu, estava parado em frente a uma dessas placas. Eu me lembrava do garoto da época da escola básica. Ele era um dos melhores velocistas da escola, estava sempre vestido de forma impecável e tirava notas medíocres. Agora, estava com um uniforme azul e pintava uma nova soma, aumentando a recompensa. A poucos metros de distância, outra placa, com tinta ainda fresca. Se ele estava na folha de pagamento do exército, pensei, explicaria como a família ainda podia se dar ao luxo de trocar pão por ventiladores.

Em casa, fiz uma coisa que vinha evitando havia semanas.

Abri a caixa de madeira, que mantinha na estante do quarto, e peguei o message-pod que minha mãe me enviara. Eu ainda não o tinha usado. Apesar do pedido dela, eu havia escrito poucas vezes, e só do message-pod antigo.

Eu não dissera nem uma palavra sobre o pod hackeado, mas queria que ela soubesse ao menos que eu estava bem, apesar das circunstâncias e da guerra. Não tinha recebido respostas, então não sabia se as mensagens haviam chegado até ela. Mas agora eu precisava lhe informar sobre a minha decisão.

Toquei a tela e esperei até o mecanismo reconhecer a digital e o nome de Aino Vanamo aparecer. Escrevi: *Decidi ficar no vilarejo até a Festa da Lua. Partirei para Xinjing no dia seguinte. Depois informo o dia da minha chegada. Aino.* Enviei a mensagem, desliguei o aparelho e o coloquei novamente na caixa de madeira. Já sabia que essa mentira não era a resposta que ela estava esperando.

Na tarde seguinte, uma mulher com o uniforme de funcionário da cozinha do exército parou na tenda.

— Noria Kaitio?

Eu a cumprimentei. Ela me entregou uma carta selada.

— É do major Bolin. Ele falou que você saberia o que precisa dar em troca.

Puxei da bolsa um malote selado que continha o dinheiro.

— Ele também mandou uma mensagem — acrescentou, chegando mais perto e baixando a voz. — Domingo antes da meia-noite.

— Domingo antes da meia-noite — repeti.

Estávamos numa quinta-feira. A mulher assentiu, virou e foi embora. Quando já tinha se afastado, saí da tenda para checar se ninguém estava prestando atenção em mim. Uma senhora de idade estava descansando recostada a um muro perto da tenda mais próxima; duas crianças que eu tinha visto no dia anterior faziam desenhos na areia. Quebrei o selo e tirei o conteúdo do envelope.

Um mapa dos arredores do vilarejo estava desenhado num pedaço de papel, perto da Floresta Morta. Um local estava marcado com uma cruz.

A mensageira tinha me dito quando, e agora eu sabia também onde.

No domingo, comecei a caminhar na direção da Floresta Morta muito antes da meia-noite, pois a viagem era longa. O brilho noturno do sol ainda pintava o céu cor de água, mas o frio da terra entrava em mim, subindo pelos ossos e me fazendo tremer por dentro. Eu não sabia o que esperar. Não tinha escolha a não ser confiar em Bolin.

O vilarejo estava em silêncio. Tomei a trilha mais longa, que contornava a colina, por medo de encontrar soldados. Enxames de insetos perambulavam no ar como se fossem nuvens sombrias. Quando eu passasse, os insetos iriam se separar e me cercar, depois se juntariam numa massa compacta novamente, como estátuas vivas que escureciam a paisagem, como antigos espíritos que se erguem das tumbas, como memórias enterradas que desejavam se fazer visíveis. As pedras se embolavam na sola dos meus sapatos, se enroscando umas nas outras.

A Floresta Morta um dia tinha se chamado Floresta dos Musgos, um nome que fazia pensar em folhas verdes que se moviam ao vento, num verdejante tão exuberante e úmido que dava para sentir na pele. Antes disso ainda — quando as palavras para tal exuberância verde ainda não tinham sido inventadas, porque o verde era comum na área —, a floresta não tinha nome, assim havia me contado meu pai. Então, tudo o que se podia encontrar eram troncos e galhos retorcidos sob um céu desértico e sem cor. Era como uma enorme teia de aranha sobre a terra, cheia de cascas de insetos vazias. A vida já não circulava por ali; era como se as veias das árvores tivessem sido cortadas, como se suas superfícies fossem cartas escritas em uma língua esquecida, marcas praticamente irreconhecíveis do que um dia existiu. Alguns troncos estavam caídos no chão, onde permaneciam silenciosos, congelados.

Segui o caminho indicado no mapa até chegar ao lugar marcado com uma cruz. Fui cuidadosa ao me aproximar, já que não tinha certeza de que haveria alguém esperando. Coloquei os ouvidos a postos.

Os únicos ruídos audíveis pertenciam à floresta: o vento batendo nos galhos sem folhas e os troncos estalando na terra.

Demorei um pouco para encontrar o que procurava. O helicarro estava habilmente escondido. Eu não o teria encontrado se não soubesse onde procurar. Ele tinha sido estacionado em um buraco raso e estava coberto com pó, galhos secos e algas. Fiquei contente de perceber que a estrada pela qual tinha sido trazido ficava longe. Ou seja, o veículo podia aguentar terrenos mais difíceis. Levantei a cobertura de algas e o examinei. Eu não entendia muito de helicarros, mas esse parecia novo e estava em melhores condições do que o de Jukara. Havia alguns arranhões nas laterais e os pneus estavam meio gastos, mas os painéis solares e os assentos estavam inteiros. A chave, na fechadura. Puxei a cobertura de algas para cima do veículo de novo e fui caminhando por uma trilha estreita até chegar a uma estrada de terra maior, que me levaria de volta ao vilarejo. A estrada tinha sido fechada com um pedaço de madeira meio podre e alguns pedregulhos. Vista de longe, parecia não ser usada fazia anos. Não havia marcas de pneus: Bolin tinha mantido sua promessa de que o veículo seria difícil de rastrear. No entanto, alguém mais sabia onde o helicarro estava, então, quanto antes pudesse tirá-lo dali, melhor.

Eu tinha pensado bastante sobre onde esconder o helicarro. O mais fácil seria mantê-lo na casa de chá, mas não queria arriscar que uma patrulha da água o descobrisse, carregado de comida e água, evidentemente equipado para uma viagem longa. Portanto, tinha decidido escondê-lo perto do lixão dos plásticos, embaixo de uma velha ponte. O lixão estava transbordando de resíduos, e o espaço que sobrava embaixo da ponta era praticamente bloqueado por montes de terra e lixo. De longe, era impossível perceber que havia um espaço livre ali. Sanja e eu tínhamos encontrado o lugar algumas semanas antes. Mesmo se alguém que estivesse passando perto da ponte visse o helicarro, seria impossível associar o veículo a alguém. O pior que poderia acontecer era eu perdê-lo. Transportar comida e água para dentro dele também era uma tarefa difícil, mas se levasse pouco a pouco, daria certo.

Assim que achei a estrada pela qual o veículo tinha sido levado para a floresta — dava para mover o tronco podre —, voltei para o helicarro. Era preciso esperar até de manhã, quando o toque de recolher acabava, e usar as estradas mais remotas. A melhor rota para o lixão era complicada, mas o risco de ser descoberta era menor.

Sentei no chão. Ele estava tão seco que estalava. Fiquei ouvindo o silêncio da noite se fechando ao redor.

* * *

Notei que o message-pod hackeado havia sumido quando voltei para casa de manhã. Abri a caixa de madeira para checar se minha mãe tinha enviado alguma resposta e percebi imediatamente que o aparelho não estava lá, por cima de todas as coisas que eu coletara no lixão de plástico, onde eu o tinha deixado. Meu coração se apertou e meu estômago queimou. Tentei lembrar qual tinha sido a última vez que eu havia ligado e usado o message-pod. Na manhã anterior? Ou antes? Eu não tinha certeza. Vários moradores da vila estiveram na minha casa nos últimos dias para buscar água. Os adultos dificilmente passavam da cozinha, mas uma mulher tinha trazido os filhos, e eles ficaram perambulando pela casa, como crianças fazem. A primeira coisa que pensei é que um dos pequenos tinha entrado no quarto, encontrado a caixa e pegado o message-pod sem pedir permissão. Em teoria, era possível. Fiquei tentando lembrar se havia deixado o aparelho em outro lugar. Procurei na cozinha. Procurei na sala de estar. Procurei nas estantes, embaixo da cama, entre as pilhas de livros, nos bolsos das roupas... sem sucesso.

Eu não queria nem pensar na mais assustadora das possibilidades: que o message-pod não tivesse sido levado por uma criança, e que não tivesse sido nenhum engano.

Sanja apareceu para me visitar à tarde. Eu varria a varanda da casa de chá e não estava com humor para conversar.

— Preciso falar com você — disse ela, olhando ao redor.

— Não tem ninguém aqui — falei, apoiando a vassoura na parede da casa de chá.

Havia coisas sobre as quais só conversávamos quando estávamos sozinhas, e outras sobre as quais simplesmente não falávamos. Uma delas era a voz feminina gravada no último disco prateado. Achei que era sobre isso que ela queria discutir.

Sanja me olhou bem nos olhos.

— Quero ir com você.

— Não vou voltar à nascente por alguns dias — falei, e comecei a andar na direção da casa.

— Não estou me referindo à nascente. — As palavras de Sanja soaram graves. Parei o que estava fazendo e me virei para ela. Seu rosto estava tenso, como se estivesse segurando dentro de si angústia e empolgação ao mesmo tempo. — Estive pensando. Quero ir para as Terras Perdidas com você. Minha mãe, meu pai e Minja estão melhores agora. Minja está mais saudável e minha mãe pode trabalhar de novo. Posso ir?

Eu queria abraçá-la, tão feliz estava por ver minha amiga compartilhar meus sonhos. Finalmente seríamos as verdadeiras exploradoras que gostávamos de fingir ser quando crianças. Mas um problema inesperado complicava os planos.

— Claro que quero que você venha comigo. Mas o message-pod que minha mãe mandou sumiu. Não sei onde coloquei. Acho que alguém pode ter roubado. Não tenho mais um pass-pod hackeado...

Um rubor começou a tomar o rosto pálido de Sanja enquanto ela andava de um lado para o outro.

— Noria, preciso confessar uma coisa. — Ela colocou a mão dentro da bolsa e tirou meu message-pod. — Desculpe por não ter avisado. Queria fazer uma surpresa.

Ela me entregou o pod hackeado, e eu o aceitei sem dizer nada. Estava aliviada porque ninguém na vila tinha roubado o aparelho, mas também irritada por ela ter pegado sem pedir, ainda mais por ter conseguido fazer isso sem que eu me desse conta. Liguei o aparelho.

— Não se preocupe, está tudo exatamente como era. — Ela remexeu a bolsa mais uma vez e pegou outro message-pod, um pouco mais velho e usado. — Olhe. — E aproximou o aparelho de mim, colocando o dedo na tela.

Uma luz branca piscou e, um segundo depois, um nome apareceu: "Lumi Vanamo." O local de nascimento era Rovaniemi, e a data era apenas um ano depois de Aino Vanamo.

— Você nasceu em Xinjing. Mas os nossos pais, Outi e Kai Vanamo decidiram voltar para a cidade de origem deles, perto de Rovaniemi. Eles se mudaram quando você era muito pequena e eu nasci um ano mais tarde. Depois que nossos pais se afogaram num acidente nos campos de algas, completamos os últimos três anos de escola em Kuusamo, onde ficamos com parentes. Estamos agora voltando para um pequeno vilarejo nos arredores de Rovaniemi, para a casa que nossos falecidos pais nos deixaram. — Ela levantou o rosto e abriu um sorriso.

— Nada mal — falei, impressionada.

Sanja deu de ombros.

— Eu já tinha pensado em duas formas de hackear o pod que podiam dar certo. Mas precisava do seu para ver qual das duas ia funcionar melhor. Até que foi rápido, no final das contas. — Ela desligou seu message-pod. — A parte mais difícil foi conseguir arranjar mais um pod de segunda mão.

— Você é genial.

— Que nada. Sou só curiosa e trabalho até meus dedos sangrarem — respondeu. — Bom, quando vamos?

Mais tarde, enquanto Sanja estava checando alguns ajustes que tinha feito no message-pod, fiquei observando os movimentos da mão dela e a expressão concentrada do rosto. Sanja havia tirado o message-pod do meu quarto em segredo e eu precisava colocar uma pedra sobre a suspeita que isso cavara em mim. Tinha contado a Sanja tudo sobre o meu plano, sobre o helicarro e sobre os lugares aonde queria ir. Como se estivesse num sonho, podia sentir a água fazendo meu corpo flutuar, aguardando por nós, limpa e calma, agora quase ao nosso alcance. Nada mais importava.

Não perguntei o que tinha feito Sanja mudar de ideia, e ela também não mencionou o assunto.

CAPÍTULO DEZESSEIS

Os moradores da casa de tijolos foram executados no dia em que tudo estava pronto para a nossa partida, duas semanas depois de eu ter conseguido o helicarro. Eu não vi nada. Só percebi que havia manchas cor de ferrugem no jardim e que a mobília tinha sido tirada da casa. De canto de olho, e de certa distância, vi uma placa pregada à porta, separando em dois o círculo azul.

— Não olhe — disse Sanja, mas olhei mesmo assim, só para depois desejar não ter olhado.

Isso era o que mais se fazia ultimamente: tentar desviar o olhar das coisas que estavam acontecendo e, ao falhar em fazê-lo, tentar levar a vida como se não tivéssemos visto nada. De repente, essas imagens pareciam grudar na gente, colar na pele, se avizinhar do coração. Quando eu caminhava pelas ruas, via pessoas carregando essas marcas dentro de si: enterradas, mas não fundo o suficiente para impedir o aspecto sombrio de seus rostos, se alternando com a luz do dia.

Estávamos a caminho do lixão dos plásticos. O céu se mesclava em branco, cinza e azul, mudando de cor como se fosse o mar. Não era possível dizer se ele estava acinzentando para dar as boas-vindas a uma tempestade ou se estava abrindo para deixar passar a luz. Os discos prateados pesavam na minha bolsa.

— Deveríamos escondê-los — disse Sanja. — Em algum lugar onde ninguém desconfie, mas que possam ser encontrados. Aqueles que gravaram os discos iriam querer que mais gente soubesse. Eles perceberam que podiam mudar tudo se as pessoas soubessem sobre as guerras pelo petróleo no mundo antigo. A gente devia dar essa chance a outras pessoas.

Compreendi o que Sanja estava tentando dizer. Não tínhamos falado a respeito, mas sabíamos que havia um *se não voltarmos*. Isso tinha passado pela minha cabeça e pela dela também.

Caminhamos pelo lixão dos plásticos, onde os restos pontudos das massas de resíduos estalavam sob nossas sandálias. Chegamos à carcaça do veículo do mundo antigo, perto do lugar onde eu tinha encontrado o primeiro disco prateado da expedição Jansson.

Eu havia selado os discos na mesma caixa de metal em que os encontrara na nascente e embrulhado todos no mesmo pedaço de pano e na mesma embalagem de plástico. Tirei a caixa da bolsa. Sanja cavou um buraco onde um dos pneus traseiros tinha estado e colocamos os discos ali. Pensei na voz feminina que narrara a última gravação e silenciosamente agradeci. Ela, a filha de um mestre do chá de outro tempo, tinha apostado numa exploração perigosa muito antes de nós, e tinha nos mostrado que isso era possível. Sem ela, talvez eu nunca tivesse reunido coragem para colocar meu plano em prática. Depositei um pouco de lixo por cima da caixa e cobrimos tudo com um emaranhado de sacolas plásticas. Nada dava a entender que havia alguma coisa importante escondida naquele lugar.

Sanja se virou para ir embora, mas pedi que esperasse.

Escalei o painel do veículo e coloquei a mão no buraco. Tirei dali uma caixa plástica. Não era pesada, e os itens dentro dela se mexiam fazendo ruídos.

— Você se lembra disso? — perguntei.

O rosto de Sanja se iluminou.

— Eu tinha esquecido! — exclamou. — O que colocamos dentro dessa?

Sanja se aproximou e examinou o ano que havíamos pintado na tampa da caixa para marcar quando deveríamos abri-la.

— Ainda faltam uns vinte anos — falei.

— A gente tinha uma cláusula — lembrou ela. — Não abrir antes da data acordada, exceto em circunstâncias extremas.

— Você acha que estamos em circunstâncias extremas?

Sanja sorriu, mas dava para ver que havia certa seriedade em sua voz quando ela respondeu:

— Se essas não são circunstâncias extremas, não faço ideia de quais podem ser.

Olhei para Sanja. Ela também me olhou e assentiu. Segurou a caixa virada para mim. Eu abri a tampa, depois de quebrar o selo. Dentro estava pintada a data de dez anos antes. Tínhamos 8 quando coletamos os tesouros e os fechamos na cápsula do tempo. Aproximamos as cabeças para examinar o conteúdo. Havia um cadeado de metal gasto e uma chave que não servia nele, uma página amarela cheia de letras miúdas — devo ter arrancado de algum dos livros da minha mãe —, algumas pedras lisas e um par de óculos rachado, com uma das hastes quebrada. As lentes eram de cores diferentes: uma azul e a outra vermelha.

— Me lembro desse — comentou Sanja. — Os óculos mágicos.

Eu me lembrava de um jogo que fazíamos com os óculos: como exploradoras-espiãs, nos revezávamos com os óculos, olhando através das paredes e descrevendo lugares secretos uma para a outra.

— Você acha que a gente deveria levar alguma coisa? — perguntei. — Pra dar sorte?

— Cada grama de peso a mais pode nos atrasar um pouco — observou Sanja. Ela estava certa, claro. Coloquei os óculos de novo na caixa e já ia fechar a tampa quando ela disse: — Espera aí.

Sanja me entregou a caixa, desfez o nó da pulseira gasta de algas que trazia no pulso e a colocou junto com os outros itens.

— Você também — disse ela.

— Você está com o seu canivete? — perguntei.

Sanja me entregou o canivete que estava no bolso. Apoiei a caixa no painel do carro, preparei a lâmina e cortei uma mecha do meu cabelo.

— É tudo o que tenho — falei, devolvendo o canivete.

Enrolei a mecha num dos dedos, dei um nó frouxo e a coloquei ao lado da pulseira. O nó soltou um pouco e a mecha se moldou à pulseira em um enrolado desajeitado: meu cabelo escuro e a pulseira que Sanja carregava no pulso, juntos num círculo que não podia ser quebrado, sem começo e sem fim. Sanja fechou a tampa, cuidando para encaixar as partes do selo que tinham sido quebradas para abrir a caixa.

Era como se estivéssemos tomando precauções contra a mortalidade, como se estivéssemos lançando um feitiço que não podia ser desfeito. Se não voltássemos, teríamos deixado algo nosso — mesmo que fosse uma coisa infantil, sem nome nem valor, mas uma coisa escolhida para ser preservada, uma marca das nossas vidas deixada para trás.

Foi o que pensei.

E acredito que Sanja também.

Eu ainda quero acreditar nisso.

Quando deixamos o lixão dos plásticos, minha amiga disse:

— Vejo você de noite. — Seu corpo parecia magro e anguloso nas roupas de tecido bruto. A sombra do capuz antimosquito recaía levemente no rosto. Ela saiu andando e não olhou para trás.

Depois que Sanja saiu, caminhei com certa dificuldade sobre os resíduos até chegar no helicarro, para checar se tudo estava em ordem. A parte de baixo da ponte cheirava a terra remexida e lixo. Chequei os itens que estavam estocados na parte de trás do helicarro. Tinha calculado cuidadosamente a quantidade de comida e água e colocado porções extras por segurança, mas pouca coisa. Não sabia se minhas estimativas seriam precisas e qual a velocidade que conseguiríamos atingir; também não sabia quais seriam as condições das estradas uma vez que tivéssemos cruzado a fronteira. Embora estivesse com grandes expectativas, não havia garantias de que encontraríamos água, então havia um espaço reservado para carregar água potável.

Ajeitei os sacos de frutas secas, sementes de girassol e amêndoas, com o intuito de reservar espaço para mais um cantil de água que tinha trazido comigo. Transportar água era nossa principal dor de cabeça, porque sabíamos que os soldados iriam nos parar para revistar o veículo. No entanto, depois de ter acompanhado os esforços dos moradores do vilarejo para levar água da casa do mestre do chá para as próprias residências, conhecíamos todos os mecanismos possíveis para fraudar e contrabandear água. Sanja tinha feito alguns ajustes cuidadosamente planejados no helicarro e o resultado era uma obra de arte: havia removido os assentos e criado um espaço vazio fechado à chave embaixo — e fizera isso com tal maestria que era difícil suspeitar que o veículo tivesse sido modificado. Sob o fundo falso do veículo, era possível acomodar cantis suficientes para uma semana, e, além disso, tínhamos construído outros compartimentos secretos dentro das embalagens de comida. Para cobrir os produtos no helicarro, havíamos produzido uma cobertura feita de lona e plástico, embaixo da qual também poderíamos dormir.

Uma das minhas preocupações eram os vaga-lumes. Eu não sabia quantos conseguiríamos encontrar no caminho — e os que levaríamos conosco não viveriam até a volta. Ainda era verão, e a luz do dia se estendia, infinita. Ainda assim, em apenas poucas semanas, a escuridão começaria a aumentar gradativamente e, antes que duas luas cheias tivessem passado, a Festa da Lua marcaria a virada da estação e o começo do inverno. Embora nosso plano fosse voltar ao vilarejo bem antes, ficar sem lampiões poderia ser um problema e atrasar a viagem. Esse pensamento também me preocupava por outra razão: não sabíamos o quão profundamente a água estava escondida nas veias da terra, nem o tipo de escuridão que teríamos de enfrentar para encontrá-la. Sanja tinha consertado duas lanternas solares, mas a luz era mais fraca que a dos lampiões, e uma delas estava sempre produzindo ruídos e piscando. Ela havia me dito, decepcionada, que não conseguira encontrar fios decentes. Teríamos que ir com essas mesmo.

Sanja não havia contado a ninguém sobre nossos planos, nem mesmo aos pais. Disse que não queria preocupá-los. Acho que não teria conseguido se manter firme na decisão de ir comigo se eles tivessem pedido para ela ficar.

Estiquei a lona de plástico por cima do helicarro e empilhei alguns galhos secos e resíduos do lixão por cima. Quando fiquei satisfeita com a camuflagem, saí caminhando sob a forte luz do dia. Tínhamos fechado a entrada para o local com um monte de resíduos, e eu espalhei mais um pouco de lixo para que a passagem ficasse impedida.

O céu estava da cor de líquen nas rochas ou de feridas abertas. As primeiras gotas de chuva caíram no tecido da minha camisa quando eu já estava saindo do vilarejo e foram engrossando até ensopar totalmente minha pele. Quando cheguei à estrada que desembocava no portão de casa, minhas calças pingavam e uma placa de lama se agarrava ao tecido. O cheiro fresco de madeira e grama molhada tomava o ar.

Por puro hábito, eu tinha colocado caixas vazias no jardim na manhã anterior depois de checar o céu — fazia isso mesmo que não houvesse esperança de chuva. Pensei em deixar os recipientes onde estavam, para que os moradores do vilarejo pudessem levar a água da chuva para suas casas quando percebessem que não havia ninguém em casa. Seria a última coisa que poderia oferecer por um tempo. Jukara os levaria à caverna antes de eu retornar, eu sabia. Suspeitava até que ele já tinha ido até lá secretamente algumas vezes, mesmo que eu tivesse pedido que evitasse fazê-lo, porque um aumento no número de moradores andando pela colina não passaria despercebido aos soldados.

Fechei os olhos e fiquei na chuva. Tirei as sandálias para pisar na grama escorregadia, que parecia se mexer, desenhando formas secretas nas minhas solas. A água escorria do meu cabelo para o pescoço, molhando minhas costas e braços, pingando na ponta do nariz. Tirei as roupas como se fossem uma pele antiga e me senti renovada e pronta.

O recipiente de madeira que eu tinha colocado nos degraus da varanda estava quase cheio.

Entrei em casa, coloquei roupas secas e me sentei no chão.

Até então eu tinha tentado manter a casa, pelo menos superficialmente, como era na época dos meus pais — apesar de saber que ela passara a ter um movimento próprio, uma vontade de mudança. Eu ainda faria um esforço para fazer tudo igual por mais um tempo, mas minhas razões mudaram. Queria ter certeza de que, quando os moradores viessem até a casa, depois de termos viajado, nada nos cômodos denunciaria que eu havia me afastado bastante e que ficaria fora por um bom tempo. Deixei roupas nas cadeiras, como se só tivesse as colocado para tomar um ar. Deixei um livro, que não tinha intenção de levar comigo, aberto e virado para baixo no sofá da sala de estar. Deixei uma meia xícara de chá na mesa da cozinha. Não limpei mais nada. Queria deixar para trás uma impressão de que a vida continuava por ali, a ilusão de imobilidade para mascarar uma grande mudança. Queria atrasar as suspeitas dos moradores pelo maior tempo que fosse possível.

Até a noite ou a manhã seguinte.

Tudo estava pronto.

Tranquei a porta e varri o caminho de pedras que levava à casa de chá. As folhas ensopadas de chuva e a grama molhada se agarravam às cerdas da vassoura. Deixei-a recostada na parede da varanda da casa de chá.

Caminhei até o jardim de pedras, onde havia três tipos de ervas. A chuva tinha parado e as gotas de água brilhavam nas folhas estreitas. A sepultura do meu pai estava coberta de grama e nada mais a distinguia do resto do gramado. Queria dizer alguma coisa para ele, mas minha boca se selara em silêncio.

A areia do jardim de pedra estava irregular por causa da chuva. Peguei o rastelo e trabalhei até que ficasse lisa. As marcas dos dentes de metal ondulavam entre as pedras como a água flui na escuridão da terra, sem aumentar ou diminuir o ritmo. Minha bolsa pesava nos ombros e, no jardim, as sombras já começavam a se alongar. Passei pelo portão.

Quando cheguei à ponte, tudo parecia em ordem. A passagem estava coberta de lixo e não havia nada que sugerisse que o lugar tinha sido visitado depois de eu tê-lo deixado. Sanja ainda não havia chegado. Retirei uma cadeira quebrada e uns rolos de cabo para manobrar para fora do esconderijo.

Não consegui apreender o que vi, a princípio. Levou um tempo para que meus olhos se ajustassem ao espaço vazio embaixo da ponte. E levou ainda mais tempo para eu entender o que isso queria dizer.

O helicarro e o carrinho acoplado a ele tinham sumido.

Fiquei sem ar, senti um soco no estômago. Era como se eu tivesse engolido um enorme bloco de gelo.

Enviei uma mensagem ao message-pod de Sanja e, em seguida, ao aparelho da família dela. Não houve resposta. Sem saber o que fazer, comecei a caminhar na direção da casa dela. Peguei um atalho pelo lixão dos plásticos. Meus pés escorregavam na superfície molhada e em fissuras sombrias que tinham se aberto nos resíduos do passado. Passei por algumas pessoas que procuravam água barrenta no riacho nos limites do lixão. Algumas delas tentavam pegar água da chuva diretamente em seus cantis e baldes. Passei por várias casas onde as pessoas deixavam que a água que caía do céu lavasse seus rostos, corpos e mãos sedentos.

Virei na rua da casa da Sanja e parei.

Havia soldados de uniforme azul do lado de fora da casa.

A porta estava aberta, e tenho certeza de uma coisa: não havia círculo azul naquela porta, era apenas o mesmo cinza desbotado de sempre. Não vi Sanja nem seus pais, mas os soldados continuavam entrando e saindo da casa e percebi que dois deles caminhavam em direção à oficina de Sanja.

Um guarda alto estava parado no jardim e, quando se virou, pude reconhecê-lo, apesar da distância. Era Muromäki. O homem loiro que estava logo abaixo de Taro na hierarquia do exército.

Virei rapidamente e tive que me controlar para não correr. Meus pés estavam pesados e a lama cobria a rua. As nuvens estavam baixas, cobrindo o topo da colina e desaguando seu peso sobre nós.

Diante das novas circunstâncias, caminhei de volta para a casa do mestre do chá e esperei.

Ninguém apareceu na estrada. As luzes dos meus message-pods não piscaram. O mundo não girou mais rápido nem mais devagar.

Depois da meia-noite, fui para o meu quarto e deitei na cama, sob o crepúsculo cinzento da noite nublada. Não podia dormir, mas também não conseguia me mexer. Perto do amanhecer, caí no sono por algum tempo e, quando acordei, não podia respirar. Fui até a varanda tentar recuperar o fôlego com ar puro.

As nuvens tinha ido embora. O brilho da manhã machucava meus olhos. Caminhei pela grama molhada até o laguinho que havia se formado no meio do jardim. Quando me inclinei para beber daquela água, vi meu próprio reflexo por um instante, antes de ele se desintegrar.

Ouvi a porta se fechar sozinha com um leve rangido das dobradiças.

Olhei para a casa.

A tinta que dava vida ao círculo azul pintado na porta ainda estava fresca, brilhando na manhã luminosa, como um pedaço do céu.

PARTE TRÊS

O círculo azul

O círculo só conhece sua própria forma. Se você perguntar onde ele começa ou termina, o círculo se manterá em silêncio e, ainda assim, não será quebrado.

Wei Wulong, "O caminho do chá"
Século VII do antigo Qian

CAPÍTULO DEZESSETE

A água é o mais versátil de todos os elementos. Não tem medo de morrer no fogo ou viver no ar, não hesita em se chocar com rochas afiadas durante as tempestades ou de penetrar na escura mortalha da terra. A água existe para além de qualquer começo e fim. Na superfície, nada parece mudar, mas dentro do silêncio subterrâneo do mundo, a água se esconde e cava novos canais e caminhos com dedos macios. Insiste até as pedras desistirem e, lentamente, se moldarem em lugares secretos.

A morte é amiga próxima da água. Não dá para separá-las, e também não é possível afastá-las das nossas vidas, porque representam, no sentido último, aquilo de que somos feitos: a versatilidade da água e a opressão da morte. A água não nos pertence, mas nós pertencemos a ela: quando escorrega por nossos dedos e poros, quando abandona nossos corpos, nada pode nos separar da terra.

Vejo claramente agora a presença esguia e sombria parada perto do jardim de pedras, perto das ervas aromáticas ou caminhando entre as árvores. Seu rosto é paciente, familiar. É o mesmo rosto desde o começo. Acho que ela deve ter esperado por mim por muito tempo, só que eu ainda não tinha compreendido.

Já posso sentir a água deixando meu corpo. Posso sentir o peso do meu próprio pó.

Alguns dias se passaram até que eu compreendesse minha situação.

Naquela primeira manhã, depois de ter me virado e encontrado o círculo azul na porta de casa, fiquei imóvel por um bom tempo. A água da chuva, que eu tinha tomado direto da poça, descia pelo meu queixo e pelo meu pescoço, pingando para dentro da gola da túnica. Sequei as gotas com as costas da mão. Três folhas se agitavam na brisa mansa, e elas me faziam pensar nas asas dos vaga-lumes se agitando contra as paredes de vidro de um lampião. Fiquei olhando para o traço sem pontas soltas daquele círculo — ele não apresentava possibilidade de saída. O chão ainda estava firme sob os meus pés, e o céu continuava onde deveria estar. A vida seguia no mundo, para além da barreira invisível que se ergueu ao meu redor: as pessoas estão pensando sobre si mesmas, caminhando pelas estradas, falando com aqueles que lhes são caros. Por um momento, a realidade acenou para mim, obscura, suas fronteiras se esfarelando e dividindo-a em duas. Uma parte de mim ainda estava caminhando fora desses limites, pensei, vivendo a vida que era pra ser. Ela ainda está a caminho das Terras Perdidas e é quase tão real quanto eu. Em alguns momentos até mais, talvez, porém naquele momento eu estava olhando para outro caminho, e aquela realidade que se foi nunca iria voltar.

O pensamento se quebrou e se dispersou.

Eu estava ali e nada podia mudar o que tinha visto na porta de casa.

Galhos balançavam ao vento. A luz coloria o escuro esverdeado da grama, onde o mato se erguia irregular. A única sombra no chão era a minha e, na quietude da manhã, não conseguia discernir nenhum som de passos ou de respiração, nenhuma palavra carregada pelo vento. Caminhei até a porta e toquei o círculo. Um pouco de tinta grudou na ponta dos dedos. Limpei a mão na calça e o tecido ficou manchado com três pontos azuis. Eu sabia que não ia poder lavar a calça. E esse pensamento me foi indiferente.

O piso de madeira estalou quando entrei em casa. Minha garganta estava seca, doída. Parei na cozinha, abri a torneira e lembrei imediatamente que eu tinha ido à colina para fechar o encanamento poucos dias antes. Não haveria água.

Havia água.

Enchi uma xícara e tomei tudo. Tomei outra xícara cheia, depois mais uma. A água não para de correr. Reconheci o gosto: era a água da nascente da colina. Fechei a torneira e depois a abri novamente. Ainda havia água.

O metal da torneira era frio nos dedos. Fechei a torneira, sentei no chão da cozinha com as pernas dobradas e apoiei a cabeça nos joelhos.

Fiquei atenta a minha própria respiração. Ouvi o movimento do sangue nas veias. Senti o silêncio da casa e tentei entender o que havia acontecido.

Passavam pela minha cabeça os rostos dos moradores, os pedidos e palavras de gratidão que tinham escapado dos seus lábios, as mãos que tinham carregado cantis cheios, os ossos pálidos por baixo das peles tensas, os passos pesados no chão, carregados da responsabilidade pela vida de crianças, esposas ou parentes. Um deles tinha entrado na minha casa, sentado na minha cozinha e levado a minha água para sua casa — só água, me corrigi mentalmente, não *minha* água. Voltando para o vilarejo, deve ter visto todos aqueles cartazes pela estrada, a recompensa oferecida em grande destaque. E depois de dias ou semanas, com passos certos ou incertos, essa pessoa tinha caminhado em direção a um guarda na rua, dizendo: tenho uma coisa que pode interessá-lo.

Há quanto tempo os militares sabiam?

Teriam seguido meus movimentos, acompanhado a preparação para a viagem? Sabiam sobre o helicarro ou sobre os falsos pass-pods? Talvez já tivessem conhecimento da nascente havia semanas, mas ao descobrirem que eu pretendia deixar o vilarejo, tinham decidido esperar. Talvez estivessem vigiando o esconderijo do helicarro, monitorando enquanto Sanja e eu o abastecíamos com comida e água e, quando ela caminhou até os limites do lixão para esperar por mim, eles apareceram, três soldados em suas botas pesadas e uniformes azuis. Talvez dois — um só já seria suficiente, na verdade, porque Sanja não era de constituição forte. Podia vê-los bloqueando a passagem da minha amiga para que não chegasse até embaixo da ponte, sabres em punho sob o céu cinza nublado. A chuva transformando as lâminas em espelhos reluzentes. Um dos soldados teria amarrado as mãos dela, enquanto os outros avançavam até embaixo da ponte, onde o helicarro estava esperando, pronto para a partida. Eles levaram o veículo, a comida, a água e Sanja — que não teve como escapar ou me avisar.

Tentei não imaginar o que podia ter acontecido a Sanja.

Mas, no fundo, sabia que existia outra possibilidade. A outra opção é que ela não tivesse sido capturada. Que os soldados não tivessem precisado ir até ela.

Só que essa explicação era dura demais para mim. Meus ossos não suportariam essa versão sem se despedaçar.

Pensei nas outras casas do vilarejo onde tinham ocorrido crimes de água. Não havia muito para saber: rumores, fofoca, olhares de relance lançados por prisioneiros, distantes e mudos como fantasmas, sangue seco na areia do jardim da frente.

Houve um instante de horror quando me dei conta de que talvez não pudesse mais sair da minha casa, mas logo me lembrei de que já tinha saído sem grandes consequências. Não tinha ideia do quanto podia me afastar, porém. E do que aconteceria quando chegasse à fronteira invisível desenhada pelos militares em torno da minha vida? Será que eles me dariam um tiro, me matariam na hora, ou dariam apenas um alerta?

Só existia uma forma de descobrir.

Minhas pernas estavam trêmulas quando saí para a varanda.

Conhecia o caminho que levava da porta da frente até o portão como a palma da mão. Tinha andando por essa trilha incontáveis vezes, quase todos os dias da vida, e poderia descrever tudo o que havia ali com os olhos fechados. Ainda assim, a jornada tinha se tornado estranha para mim, o arco de cada passo pesava e meu corpo parecia feito de pedra. Vi uma mariposa que tinha escapado à minha atenção no dia anterior presa em uma teia de aranha no beiral da casa. Atentei para a superfície ondulada das lajes de pedra, a forma desigual das bordas, as camadas de mineral escuro que se sobrepunham pela ação do tempo. Então olhei para meus próprios pés, feitos de ossos frágeis e pele fina, espalhados pálidos e vulneráveis na pedra com as hastes suaves do capim a emoldurá-los.

Minha respiração era rápida, resfolegante, e a cada passo esperava um golpe contra meu corpo — mas o que exatamente? Eu já tinha visto ferimentos de tiros, bandagens manchadas de sangue seco e pegajoso com um líquido amarelo ao redor, mas nunca havia presenciado uma bala encontrar o corpo da vítima. Nunca tinha visto a dor no rosto de uma pessoa quando o metal penetra na pele, rasga os tecidos e chega até os ossos. Imaginei a agonia lancinante de uma pequena explosão na carne, então tentei elevar essa agonia ao quadrado, porque tinha certeza de que meus pensamentos não chegavam nem perto do que era a dor na realidade. Será que eu ficaria consciente do que estava acontecendo? Teria tempo de pensar sobre a vida que lentamente deixava meu corpo? Ou tudo seria tão rápido que a dor excruciante causada pela ferida sequer chegaria a ser percebida?

O sangue se acumulava em meus pés, tão forte eu pisava na pedra em preparação para o próximo passo. As hastes da grama roçavam meus dedos e se erguiam novamente quando meus pés se levantavam.

Ouvi um farfalhar na direção da floresta. Mas não vi qualquer movimento entre as árvores. Percebi que meu corpo tinha estancado. Minha respiração assobiava de tanta tensão. Relaxei os músculos e deixei o ar sair dos pulmões no frio da manhã, que ainda trazia o cheiro da chuva da noite anterior. O portão não estava longe. Alguns passos largos e chegaria. Um passo, mais um passo, mais um passo: já podia tocar o metal ainda frio pelo orvalho da noite. Um último passo: estava parada bem em frente ao portão.

As folhas roçavam umas nas outras e o vento balançava os galhos. Sombras se formavam na areia da estrada. O sino de vento, pendurado no pinheiro, tocava suavemente atrás de mim.

Respirei fundo, fechei os olhos e abri o portão.

Nada aconteceu.

Olhei ao redor, ainda sem distinguir algo que sugerisse a presença de outra pessoa.

Dei um passo para além do portão.

Depois outro.

No terceiro passo, um estouro seco, mas surpreendentemente silencioso, cortou o ar, como se uma tábua de madeira grossa tivesse se quebrado. Um punhado de areia explodiu no ar a poucos centímetros dos meus pés. Congelei. O eco do estouro se perdeu na paisagem.

Quando era criança, costumava me embrulhar numa cortina no canto do escritório da minha mãe para me esconder durante as tempestades, nas sombras suaves e aconchegantes que a luz promovia ao passar pelo tecido. Ficava lá até que os trovões ameaçadores cessassem e que fosse novamente seguro caminhar pela casa sem o abrigo da cortina. Naquele momento, o mesmo impulso me tomava. Cada fibra do meu corpo gritava que eu devia me virar e correr para casa o mais rápido que meus pés pudessem me levar, me encolher no cantinho dentro da cortina até que os estouros ameaçadores tivessem cessado e eu pudesse sair daquele esconderijo sombrio novamente para a luz. Mas a cortina tinha se desgastado com o tempo e o cantinho estava cheio de teia de aranha e pó. Não havia nenhum lugar na casa, no jardim ou na colina que pudesse me proteger da sensação de exposição.

Dei mais um passo à frente.

O som cortou o ar e a areia se espalhou nos meus pés, bem no local onde o tiro tinha atingido o chão. Ergui a cabeça e pude perceber um movimento uns dez metros adiante: uma faixa de azul entre os troncos das árvores, o brilho cortante de metal onde os raios de sol batiam.

Minha terceira tentativa comprovou o que já tinha começado a suspeitar. A areia se espalhou novamente, perto o bastante para servir como um aviso efetivo, mas sem me atingir, propositadamente. Esses soldados sabiam atirar, queriam que eu entendesse quais eram meus limites. Mas, por alguma razão, pareciam não ter a intenção de me machucar.

Um silêncio sufocante pesava sobre a paisagem quando passei pelo portão e voltei para o jardim.

Quando o sol começou a anunciar a tarde, eu tinha descoberto as fronteiras do meu cativeiro. Elas seguiam a cerca do jardim por toda parte, exceto atrás da casa de chá, área que não era cercada. O muro invisível tinha sido erguido a aproximadamente dez passos da parede de trás da casa de chá, mas eu podia entrar no chalé. Concluí que devia haver vários atiradores nos arredores da casa, seguindo constantemente meus movimentos.

Ao entrar, tranquei a porta e baixei todas as cortinas. Entendi por que as janelas de todas as casas que tinham o círculo azul sempre estavam fechadas. Quando a vida se resume a limites estreitos, a menor ilusão de liberdade é de grande valor. A madeira gasta da porta e os frágeis vidros das janelas não poderiam manter afastados aqueles que estavam me ameaçando, mas eu podia ao menos esconder uma pequena porção da minha vida e fazê-la só minha. Não iria abrir mão desse pequeno pedaço de privacidade, possivelmente o último.

Pensei nos message-pods. Um deles ainda estava embrulhado, pronto para ser levado para as Terras Perdidas. O outro estava na caixa de madeira no quarto. Peguei o pod hackeado na bolsa, pressionei o dedo na tela e esperei que ligasse. Uma fila de pontos apareceu: o programa estava procurando uma conexão com a pod-network. Finalmente, apareceu a mensagem: sem rede. Escolhi a opção *Tente novamente.* Um minuto depois, a mesma mensagem reapareceu. Andei até o quarto e procurei o outro message-pod. A tela também disse que não havia conexão na casa. Aqueles que estavam me mantendo cativa tiveram o cuidado de cortar minha comunicação com o mundo exterior.

Perto do fim da tarde, comecei a me preocupar com a comida. Tinha água, pelo menos por enquanto. Enchi todos os cantis como garantia para o caso de cortarem o fornecimento. Não havia muito para comer, entretanto. Estava tão ansiosa pela viagem que tinha levado para o helicarro tudo que podia durar mais de um dia. No armário da cozinha, achei alguns biscoitos de amaranto e comi um deles com um chá fraco. Sentia gratidão por ter um jardim: havia frutas silvestres e vegetais. Porém, a maior parte das frutas e vegetais só estaria madura em algumas semanas. O cereal para fazer mingau duraria uns sete dias, se eu usasse com parcimônia.

Quando o sol já tinha baixado o máximo que podia no horizonte, procurei uma faca bem afiada nas gavetas da cozinha. Fiquei parada diante da porta da frente ainda fechada. Havia um cabide para casacos pregado na porta. Eu normalmente pendurava meu capuz antimosquito ali. Mas coloquei o capuz numa das prateleiras da parede e enfiei a ponta da faca contra a madeira pintada de branco. Dava para distinguir nas pinceladas de tinta o movimento da mão da minha mãe: ela havia lixado a pintura antiga para fazer a porta parecer nova e brilhante outra vez. Mas isso tinha sido há dez anos, e a pintura estava rachada novamente.

Pressionei a lâmina com força contra a porta e consegui desenhar uma linha vertical na madeira, exatamente onde, do lado de fora, estava o círculo azul. A pintura começou a descascar embaixo do corte. Ainda havia bastante espaço para outras linhas.

De volta ao meu quarto, coloquei a faca embaixo do travesseiro. Deitei com a luz do verão no rosto, os message-pods escuros e mudos na mesa ao lado da cama.

Pela manhã, desenhei outra linha vertical na porta, perto da primeira. O ar dentro de casa era sufocante e pesado. Quando abri a porta, vi que uma bandeja de comida tinha sido deixada nos degraus da varanda. Não era muita coisa: meia fatia de pão, um punhado de figos secos, um pote pequeno de feijões. Coloquei os feijões para cozinhar em uma panela de água e dividi a comida em porções, já que não sabia quanto tempo teria que sobreviver com essa quantidade. Deixei a bandeja vazia onde a encontrara.

Pensei na água que ainda corria pelo encanamento da cozinha e que não deveria mais estar disponível, nos tiros que deliberadamente passaram perto de mim, sem me machucar, no entanto. Eu não conseguia entender: alguém estava querendo me manter viva, pelo menos por enquanto.

Mas também estava querendo me assustar.

Na noite seguinte, fiquei vigiando a janela para ver se alguém se aproximava do jardim. Um soldado chegou um pouco depois das seis da manhã. Estava carregando uma bandeja com comida. Quando colocou a bandeja nos degraus da varanda, me levantei, mesmo que a insônia fizesse meus membros pesarem toneladas. Ele ergueu os olhos quando abri a porta.

— Por que minha casa está marcada?

O soldado pegou a bandeja vazia e não disse nada. Apenas se virou e saiu caminhando. Fui atrás dele. Sabia que não era uma coisa segura a se fazer, mas precisava tentar.

— Do que estou sendo acusada? Posso falar com alguém?

O soldado continuou a caminhar sem dizer nada. Corri para ultrapassá-lo e parar na sua frente. Ele parou e colocou uma das mãos sobre o punho do sabre. Só nesse momento percebi que se tratava do filho do padeiro, o menino com quem eu tinha frequentado a escola quando jovem, o mesmo que eu tinha visto olhando os cartazes da estrada.

— Me deixe falar com alguém. Se tenho que viver presa, quero saber pelo menos do que estou sendo acusada.

Ele continuava parado, tenso, enquanto eu aguardava o corte quente do sabre na pele. O soldado permaneceu em silêncio.

— Por favor — falei, já odiando o tom de súplica. Quando ele não respondeu, perguntei: — Por que você está fazendo isso?

Com a mão ainda no punho da arma, ele respondeu:

— Você não tem permissão para falar com ninguém e eu não tenho que responder as suas perguntas. Estou apenas fazendo meu trabalho. — E ficou me observando em silêncio. Por um momento, vi na minha frente o menino que adorava correr no intervalo das aulas, um menino a quem nunca tinha dado muita atenção. — Eu deveria cortar o seu rosto, mas vou deixar passar dessa vez. Os outros guardas não vão ser tão gentis. Seria mais inteligente ficar em casa enquanto a comida está sendo provida.

Ele começou a caminhar em direção ao portão novamente. Fiquei onde estava, porque a voz e a expressão do filho do padeiro tinham transformado minha língua em pedra e meus pés em raízes. Percebi uma frieza nos olhos dele que me assustou: uma frieza nascida não apenas do que somos obrigados a ver quando queremos desviar os olhos, uma frieza mais tensa, mais pungente.

Uma frieza nascida de alguém que faz coisas que os outros não querem nem olhar.

Eu sabia, tinha certeza, que se o seguisse ou falasse novamente, ele usaria seu sabre em mim e me deixaria sangrar até a morte. Observei o garoto desaparecer pelo portão entre as árvores e, somente alguns minutos depois, meu sangue começou a correr de novo pelo corpo e consegui caminhar para dentro de casa.

No final da tarde do terceiro dia, estava parada no jardim de pedra quando percebi um movimento na estrada que vinha do vilarejo. Mesmo à distância dava para saber que a pessoa que se aproximava a pé não estava de uniforme azul. E parecia pequena demais para ser Sanja. A figura se movia vagarosamente, misturando-se às sombras das árvores, e ninguém fez menção de impedir que ela se aproximasse. Conforme foi chegando mais perto, reconheci a feição. Era Mai Harmaja. Quando estava a uns dez metros do portão, ela parou e olhou para a casa. Seus olhos passearam de um lado para o outro e enconraram os meus. Em seguida, se fixaram na casa mais uma vez. Um segundo depois, ela olhou em torno, se virou e começou a caminhar na direção do vilarejo, apressada.

Ao observar Mai desaparecer, soube que não veria mais nenhum morador do vilarejo passar pela estrada das árvores que ladeava minha casa.

CAPÍTULO DEZOITO

A lâmina arranhava a pintura e revelava uma superfície de madeira clara. A linha que eu tinha acabado de marcar começava a sexta coluna. Guardei a faca numa bainha não muito adequada, mas era melhor do que nada, e a coloquei no bolso, como vinha fazendo todas as manhãs nas últimas cinco semanas.

Eu não havia falado com mais ninguém desde o dia em que o filho do padeiro tinha me dado as costas e caminhado portão afora sem olhar para trás. A cada manhã, encontrava a bandeja nos degraus e, vez ou outra, percebia com o canto do olho um uniforme azul. Mas não tinha coragem de me dirigir aos soldados.

Somente quando as fronteiras da vida se tornam estreitas e frágeis, a necessidade e o desejo de se apegar a alguma coisa se tornam evidentes.

Todas as manhãs e todas as tardes, eu ligava os dois message-pods. Não há nada mais persistente do que a esperança. Mesmo quando imaginava que tinha banido completamente o desejo de que a luz de um dos aparelhos piscasse, ele voltava. Tentei guardar esse desejo num lugar escuro do meu ser, onde ele não pudesse viver nem respirar.

Toda vez que as luzes dos message-pods não piscavam, meu coração batia um pouco mais triste. Mas isso durava apenas um momento, porque minha condição de cativa continuava incerta, e eu tinha que dar um passo por vez, sem saber quando tudo ficaria mais claro e enfim poderia entender o que me aguardava no futuro próximo.

Meus dias iam se consumindo em tentativas de achar comida no jardim e estocar água. As torneiras da casa se tornaram imprevisíveis: algumas vezes havia água, outras, não. Quando não estava tentando desenterrar vegetais ou encher os cantis e vasilhas, ficava imaginando o que estaria acontecendo no mundo lá fora. Não fazia ideia do que se passava no vilarejo, se batalhas estariam sendo travadas no continente, se as rotas para Xinjing tinham sido reabertas. Xinjing podia ter desaparecido em chamas e a notícia não chegaria até mim. Talvez até mesmo o vilarejo não existisse mais. Talvez só houvesse minha casa, o jardim, as árvores balançando ao vento, a poeira da estrada fluindo em direção ao vilarejo, o corte irregular da colina e o céu.

Talvez minha mãe nem existisse mais. Talvez não houvesse mais Sanja.

Havia momentos em que o silêncio da casa, a imobilidade da vida, presa entre paredes que ameaçavam sufocar meus passos para sempre, parecia estar me transformando em pedra. Imaginava que, primeiro, seriam meus pés a perder a flexibilidade, a pele pouco a pouco ia se tingindo de cinza e endurecendo, aí viriam os joelhos ou tornozelos. Sem poder dar um passo sequer, ficaria observando o pó se acumular em mim como uma doença, solidificando meu quadril, a lateral do corpo, o peito, derramando chumbo nos dedos, nas palmas da mão, até tirar o movimento dos punhos e cotovelos. A última coisa a se petrificar seria meu rosto: as pálpebras continuariam abertas e eu iria, lentamente, sentir os olhos ficando secos, sem que pudesse piscar, ouvindo o eco do coração em sua concha de pedra, até que o som dele também começasse a desaparecer.

Tinha que evitar esses pensamentos que me paralisavam. Não podia me entregar, ainda não.

Fui pegar a bandeja diária de comida nos degraus e a levei para a cozinha, onde transferi tudo para a mesa. Os suprimentos eram modestos dessa vez: um punhado de amaranto, um pote de sementes de girassol. Os soldados tinham se dado conta de que as verduras e frutas do jardim estavam amadurecendo. Depois de um café da manhã simples, levei a bandeja de volta para a varanda e fui ao banheiro me lavar. Fiquei nua e entrei no chuveiro. Mas em vez de um jato de água fria, apenas poucas gotas caíram. Esperei um pouco, desliguei a torneira e a liguei novamente. O encanamento fez um ruído e um leve guincho metálico ecoou em algum lugar profundo, como se o cano estivesse sendo torcido. Enfim, a água jorrou pelo chuveiro. Rapidamente apliquei espuma de saponária por todo o corpo, porque já sabia que o fornecimento de água estava irregular. Pensei na superfície da nascente e na marca branca que já estava aparecendo da última vez em que estive na colina, mas comecei a me sentir mal de novo e afastei o pensamento. Pelo menos ainda tinha água disponível. Mesmo sendo uma criminosa, não precisava andar com roupas sujas ou passar semanas sem tomar banho. Presa, eu tinha mais regalias do que a maioria dos moradores do vilarejo em liberdade.

E eu ainda não entendia a razão disso.

Depois de me vestir, varri o caminho de pedras que levava à casa de chá. O orvalho da noite, agarrado à grama, invadia meus pés pelos vãos da sandália.

O dia estava nublado, mas sem chuva. Juntei as folhas caídas numa pilha no canto da casa de chá, selecionei um punhado para espalhar sobre as pedras e carreguei o resto para transformar em adubo na parte de trás da casa de chá, tomando o cuidado de não chegar perto demais dos limites da prisão invisível.

As frutas silvestres amadureciam e os galhos da groselheira estavam pesados, vergando com o peso das frutas. Peguei uma tigela na varanda. As groselhas tamborilavam contra o plástico, calmas como a chuva. Seu suco explodia doce na boca, e as sementes eram esmagadas pelos meus dentes. Quando estava carregando minha reserva de groselhas para dentro da casa, com os dedos machucados de arrancar frutas, ouvi um helicarro se aproximando. Num primeiro momento, não dei muita atenção. Soldados iam e vinham em torno da casa, normalmente a pé, mas ocasionalmente um helicarro os trazia e os levava embora. A troca de guardas era, via de regra, imperceptível: algumas vezes eu podia mesmo fingir que não havia nada de diferente acontecendo na minha vida, porque os soldados se mantinham praticamente invisíveis, desde que eu não ultrapassasse os limites.

Esse helicarro, porém, parou embaixo do abrigo de algas construído para visitantes, o que nenhum dos outros jamais tinha feito. Coloquei a tigela de groselha no chão, no canto da varanda. Um homem alto saiu do veículo. Passou pelo portão, atravessou o jardim, parou na minha frente e assentiu, me cumprimentando.

Não respondi o cumprimento.

— Comandante Taro — falei —, o que eu fiz para merecer essa honra inesperada?

Taro se aproximou, tão perto que eu podia ver meu reflexo nos seus olhos negros, apesar de ele estar usando um capuz antimosquito. Meus músculos tensionaram, pedindo que eu me afastasse, mas me forcei a ficar onde estava. Ele me avaliou de cima a baixo. Não desviei o olhar.

— Vejo que não mudou nada desde nosso último encontro, senhorita Kaitio. — Os cantos da boca do comandante insinuavam um sorriso que me fez pensar em facas e sabres e talvez alguma coisa ainda mais afiada. — Está nos achando hospitaleiros? — E fez um movimento com a mão, como se capturasse a casa e o jardim no punho. — Penso que temos sido extraordinariamente gentis: há bastante espaço para se exercitar, água e comida são entregues regularmente. Poucos prisioneiros gozam de tamanho luxo.

— Não entendo o porquê de tais privilégios — respondi. — Presumo que o senhor esteja aqui para esclarecer a situação.

Taro pareceu se divertir, mas sua expressão era como uma fina máscara escondendo o verdadeiro rosto. Nada se movia diante dos seus olhos.

— Seria uma pena inutilizar suas habilidades especiais, senhorita, digo, mestre Kaitio. Sugiro que tenhamos essa conversa diante de uma xícara de chá. A senhorita faria a gentileza de preparar uma cerimônia em honra da minha visita?

Apesar da formalidade das palavras, eu sabia que não era um pedido.

— Me dê quinze minutos, comandante Taro, para que eu possa organizar tudo. Não há nenhum doce — observei, sem tentar suavizar o tom de voz. — O senhor aceitará minhas desculpas, presumo.

— Como queira, mestre Kaitio — replicou.

Deixei Taro no gramado e entrei em casa. Depois de me assegurar de que as cortinas estavam totalmente fechadas, peguei a roupa de cerimônia e a vesti. Estava mais macia e caía melhor em mim do que quando a coloquei pela primeira vez, naquela distante Festa da Lua, que agora pertencia à outra vida. Ainda assim, havia alguma coisa estranha, como se estivesse vestindo uma pele que não era minha, uma pele emprestada. Colocar a roupa de cerimônia era uma coisa irracional e inútil: eu sabia que Taro não esperava isso de mim. Mas o rigor imutável das cerimônias de chá era a única coisa tangível que me ligava à linha de mestres, a única coisa que podia me mover da minha vulnerabilidade para a inviolabilidade de um mestre de chá. A roupa oferecia um escudo por trás do qual eu poderia assumir o controle.

Havia vários conjuntos de chá à disposição e eu os mantinha limpos diariamente, chegava até a lavar o chão algumas vezes. Então, só precisava carregar a água para dentro do chalé. Dez minutos depois, saí da casa de chá vestindo meu traje e com um cantil que tinha enchido na pia da cozinha.

Não vi Taro imediatamente. Então, percebi que ele estava do outro lado da casa de chá, salpicando a grama com a água da pia de pedra que ficava ali. Umedecer a grama era uma atividade que simbolizava a purificação da casa de chá e seus arredores. Ninguém, além dos mestres do chá e seus aprendizes, tinha permissão para fazer isso. A raiva subiu pela minha garganta e chegou aos olhos, mas as solas das sandálias pisavam suaves nas pedras conforme eu me aproximava.

— Temo que o senhor tenha que entrar ajoelhado pela porta dos visitantes. Não mudamos isso nem mesmo depois dos reparos feitos na casa de chá.

Taro secou as mãos no tecido grosso da calça e abriu seu irônico sorriso. O movimento dos olhos negros era como o reflexo de um espelho em uma sala escura.

— Imaginei.

Nenhum de nós fez reverência. Entrei na casa de chá pela entrada dos mestres.

Depois de ter acendido o fogo, colocado a água no caldeirão para esquentar e arrumado o conjunto de chá, deslizei a porta de visitantes. Um instante depois, Taro entrou ajoelhado. Ele tinha deixado o capuz do lado de fora. Sem pensar no que estava fazendo, obedecendo simplesmente à memória dos músculos, fiz uma reverência. Um sorriso se espalhou por seu rosto novamente. O gesto exagerado com que me cumprimentou pareceu sugerir certo escárnio, mas eu não tinha certeza. Fiquei corada. Respirei fundo e pensei na água: a água que havia me carregado e me acorrentado, a água que me separava do pó, a água que não tinha me desertado, ainda não.

Havia dez bolhas no fundo do caldeirão.

Preparei o chá e ofereci uma xícara a Taro. Ele a pegou sem pressa, sentiu o aroma, mas não tomou, porque ainda estava muito quente. Apenas colocou a xícara no chão.

Taro me observava firmemente, e eu sabia que estava sendo avaliada. O peso e a frieza do seu intento me horrorizavam. Ele tinha vindo aqui com um objetivo em mente. Eu ainda não sabia qual, mas enquanto ele permanecia sentado ali, imóvel e quieto, eu sentia que nada poderia atrapalhá-lo, nada poderia sequer arranhar sua superfície dura e polida. Ele não estava com pressa. Podia procurar meu ponto fraco até achá-lo.

Finalmente, depois de um longo silêncio, falou:

— Você não tem medo de mim, Noria. Por quê?

Ele tinha deixado os títulos de lado e usado meu primeiro nome, o que era uma deliberada quebra de etiqueta, uma forma desrespeitosa de se dirigir a um mestre do chá durante uma cerimônia. Não respondi, e ele não tirou os olhos de mim.

— Sabe que eu poderia machucar você se quisesse — continuou. A expressão do rosto de Taro não tinha mudado. — Ou poderia ordenar que outra pessoa o fizesse para ficar apenas assistindo.

Eu sabia, claro. Todo mundo sabia do tipo de coisa que vinha acontecendo na escuridão, aquelas coisas às quais ninguém queria assistir. Eu tinha pensado nisso, muito. Tinha pensado em minha mãe, nos muros ao seu redor, talvez mais finos e estreitos que os que me cercavam, uma lâmina de metal que poderia estar arranhando sua pele frágil e delicada. Tinha pensado em Sanja. Mas afastara minha amiga da mente de novo, porque os fatos começavam a se embaralhar e eu não podia deixar isso acontecer. Não agora.

— Ainda assim você fala de forma desafiadora e não me reverencia — disse Taro. — Por quê?

Eu falei a única coisa que podia dizer naquela situação e, quando as palavras saíram da minha boca, soube que elas eram verdadeiras:

— Não há mais nada que você possa fazer que realmente me importe.

Taro levou a xícara aos lábios, sentiu o aroma do chá mais uma vez e deu um gole.

— Nada mesmo? — perguntou. O mesmo olhar inquisidor ainda estava presente nos olhos escuros. — E se eu dissesse que posso devolver a sua vida?

— Eu não acreditaria em você.

— Sei tudo sobre a nascente — disse Taro. — Mas tenho certeza de que você sabe disso. Teria sido mais inteligente me contar a respeito. Sei que o seu pai era teimoso quando se tratava do assunto e que transferiu a mesma teimosia para você. As velhas tradições dos mestres do chá são tediosas, do meu ponto de vista. Mas é claro que era apenas uma questão de tempo para minhas suspeitas se confirmarem. — Taro passou um dos dedos na borda da xícara. Minha mãe tinha me ensinado a produzir sons usando copos com esse mesmo movimento: quando você passa o dedo úmido na borda da xícara, consegue produzir um som agudo, estridente, que enche o coração de inquietação, como um pensamento que, embora se tente segurar, vai embora. Minha mãe tinha me dito que se fizer esse som no copo por tempo demais, ele pode quebrar. E nunca mais tentei passar o dedo na borda de um copo desde então.

— Muitos mestres do chá já esqueceram essas tradições — continuou Taro —, porque viveram nas cidades por muitas gerações. Mas o grande segredo da profissão é que os mestres do chá são guardiões das nascentes. Seu pai confiou demais na sorte. Um mestre do chá de um vilarejo sem importância que resistiu à tentação das cidades, cujo jardim é mais florido, e o chá, mais saboroso do que aqueles que podem comprar as águas de melhor qualidade? O segredo que ele estava guardando era óbvio.

Os dedos de Taro pararam de acariciar a borda da xícara. Eu o ouvia falar com uma crescente inquietação e não conseguia mais me controlar.

— O que você sabe sobre a aliança entre os mestres do chá e a água? — perguntei, mas acaloradamente do que gostaria.

O sorriso de Taro era como o som dos dedos na borda da xícara.

— Não precisa ficar tão preocupada. Seu pai não estava mentindo quando disse que isso era um segredo. É verdade. Apenas aqueles que foram treinados para ser mestres do chá sabem disso.

Quase perguntei quantos mestres ele havia torturado para conseguir acesso a essa informação secreta, mas as palavras morreram em meus lábios e uma coisa se agitou na minha memória.

Desde o começo, houve uma intenção deliberada muito distinta na forma como Taro feria a etiqueta das cerimônias. Conheci convidados que cometiam gafes porque não estavam familiarizados com a etiqueta ou porque esqueciam como deviam se comportar. Esses erros eram causados por confusão ou ignorância, e essas pessoas ficavam constrangidas e tinham medo de que sua falta de educação se revelasse nessas pequenas gafes. Outros nem sequer sabiam que existia uma etiqueta precisa a ser seguida e pouco se importavam. Mas Taro, logo em sua primeira visita, deu a impressão de que, se quisesse, poderia seguir a etiqueta sem qualquer esforço, mas a feria de propósito porque tinha esse poder. Ele conhecia o ritual da cerimônia do chá em todos os detalhes e, por isso mesmo, sabia precisamente como ofender o mestre do chá e seus convidados.

Cada lembrança que eu tinha de Taro agora se revelava numa luz completamente diferente: a forma como transformara sua primeira visita em um interrogatório; como ordenara que a casa de chá fosse saqueada, mesmo sabendo que nenhuma reforma a deixaria exatamente como antes; como confiscara nossos livros dos mestres do chá, embora possivelmente soubesse que nenhum deles revelaria o segredo da nascente. Como tinha salpicado água na grama, embora essa fosse uma tarefa reservada apenas aos mestres do chá e seus aprendizes, e que isso significaria contaminar a cerimônia se ela fosse realizada por qualquer outra pessoa.

Ele ficou me observando e esperou. Esperou até eu compreender.

— Você é um mestre do chá.

Taro virou levemente o rosto para o lado. E eu não consegui distinguir sua expressão.

— Fui. Ou, para ser mais preciso, deveria ter sido. Aprendi com meu pai, que foi um observador da água, um dos últimos. Ele desprezava os mestres das cidades, considerava-os traidores da profissão.

A umidade que se elevava do caldeirão flutuava pela casa de chá, concentrando-se nas janelas e no meu rosto.

— Mas você não a pratica — falei.

Taro terminou a xícara, colocou-a no chão e a empurrou na minha direção. Eu a enchi novamente.

— Eu revelei a localização da nascente do meu pai aos militares. E também deixei claro que estava interessado em uma carreira no exército. Assim, eles me favoreceram bastante. Ouça, somos sonhadores. Como já disse antes, posso devolver sua vida se você quiser. — Taro levou a xícara aos lábios, mas o líquido ainda estava muito quente e ele a colocou no chão novamente. — Talvez não exatamente como era, mas em grande parte.

Eu mantinha as mãos nos joelhos, embora minha vontade fosse limpar a umidade da testa. Não disse nada.

— Você não sabe, não é? Sobre a sua mãe?

Eu sabia que não deveria aceitar qualquer tipo de acordo com ele, mas tinha ficado dias demais encarando o message-pcd vazio, e meus pensamentos tinham construído histórias que eu não tinha como saber se eram reais. Não consegui conter a língua.

— Você tem notícias dela?

A expressão de Taro permaneceu imutável.

— Houve uma rebelião em Xinjing. Sua mãe está desaparecida há um mês — disse. — Acreditam que ela esteja morta.

Eu temera ouvir isso, mas agora que confrontava o fato não sentia mais nada. O luto viria mais tarde, então simplesmente deixei as palavras assentarem e se dissiparem no vazio.

— Não posso trazer os mortos de volta — falou. — Mas o que você me diz daqueles que ainda estão vivos? — Ele percebeu meu susto, e vi o contentamento em seu rosto. — Não tem mais alguém que você salvaria se pudesse?

Minha garganta apertou e meu coração disparou.

— Onde ela está? — perguntei.

Taro balançou a cabeça e sua expressão ficou contemplativa.

— Ela me pediu para entregar uma mensagem. Pediu para você aceitar minha oferta.

Eu engoli em seco.

— Qual é a oferta?

— Ambas podem ter suas vidas de volta e continuar vivendo como antes, em paz, protegidas pelos militares. Podem até mesmo usar a nascente mais livremente do que o resto dos moradores.

Pensei nas semanas em que a nascente tinha sido só nossa. Os cantos da boca de Taro se elevaram, e eu sabia que ele tinha percebido a mudança na minha expressão. Fiz um esforço para encará-lo.

— Quais são as condições?

— Você só precisa consentir que a nascente pertença aos militares de agora em diante, e vocês duas precisam trabalhar para mim. — Ele fez uma pausa, deixando as palavras pesarem. — Vocês cometeram alguns erros cruciais, claro, mas também demonstraram inteligência e astúcia. Até cheguei a acreditar por um tempo que não havia nenhuma nascente. Muromäki teve que espioná-la por bastante tempo e fazer vários inquéritos antes de descobrir de onde a água estava vindo e como estava sendo contrabandeada para o vilarejo. Espiãs com as habilidades de vocês poderiam ser úteis.

Pela segunda vez durante a conversa, imagens se embaralhavam na minha memória e detalhes que não tinham sido considerados apareciam sob uma nova perspectiva. A visita de Muromäki no dia errado, sua passagem pela casa de Sanja, a conversa com ela. E uma imagem quase perdida, mas que veio à tona, aparecia mais clara do que as outras: o convidado loiro no funeral do meu pai, o rosto que parecia familiar, mas que eu não conhecia. Todo esse tempo eu não tinha compreendido como a rede estava se fechando ao meu redor.

O cômodo ficou em silêncio. Eu não conseguia decidir que caminho tomar por conta da névoa que se formara sobre minha vida nas últimas semanas, as fendas no mundo, o espelho escuro no qual eu podia ver meu próprio rosto.

— E Sanja pediu que eu aceitasse isso?

— Ela disse que aceitaria se vocês pudessem se reencontrar.

Pensei em Sanja e percebi que estava inclinada a aceitar. Estava exausta. "Sim" era uma palavra fácil nos meus lábios. A imagem que aparecia por trás dos meus olhos não queria sumir: a mão de Sanja segurando a minha na nascente, a corrente inquieta da água pressionando nossos corpos, guardando para sempre nossa marca na memória do mundo e da água.

Fechei os olhos e respirei fundo.

— Ela acreditou que valeria a pena — continuou Taro suavemente. — Foi por isso que nos procurou.

Abri os olhos. As palavras me abandonaram, assim como as imagens e todo o resto que eu queria que fosse verdade mas não era.

—Você está mentindo.

O rosto de Taro se contraiu numa expressão que não era exatamente um sorriso e alguma coisa se perdeu, uma máscara, um plano cuidadosamente elaborado — eu não tinha certeza de qual era o caso. Apenas percebi que uma fenda apareceu em sua intenção tão sólida e, antes que ele pudesse retomar a expressão de paisagem, eu soube que estava certa.

— Eu poderia admitir que estou. Mas você não teria certeza. Só o que tem é minha palavra, e você não confia em mim. — Ele ficou em silêncio. Olhamos um para o outro, e a única coisa a se mover na sala eram os nossos pensamentos e a nossa respiração. — E se eu disser que Sanja não veio nos procurar por sua causa, mas, sim, para proteger a própria família? Acharia mais fácil de aceitar?

Sombras envolviam Sanja e a afastavam cada vez mais de mim, até eu não conseguir mais acessá-la. Não disse nada. Não falei uma única palavra que pudesse desaboná-la. Sanja se afastou e não olhou para trás.

Eu estava só. Falei a única coisa que poderia:

— Nada vai me fazer aceitar a oferta.

Taro levou a xícara aos lábios, tomando o chá lentamente, depois enxugou a boca e colocou a xícara de volta no chão.

— É sua decisão final? Pense bem. Não haverá outra chance.

— Sim.

Taro assentiu. E o significado do seu gesto ecoou pelas paredes da sala estreita. Ele ficou de pé e sua sombra recaiu sobre mim. Por um momento, ela se misturou ao meu corpo como se fosse minha.

Caminhei até a porta dos visitantes e a abri lentamente. Taro se ajoelhou de novo e já estava pronto para ir para a varanda quando parou e se virou para mim.

— Estou curioso — disse, e pela primeira vez percebi nele algo que parecia um interesse genuíno. — Por quê? Você acha que existe algum prêmio esperando por você em outra vida se fizer o que imagina que seja a coisa certa?

— Não — respondi. — Acredito que é preciso fazer escolhas difíceis todos os dias apesar de saber que não existirá recompensa.

— Por quê?

— Porque se isso aqui for o fim de tudo, a única forma de deixar uma marca de sua vida é tentando fazer a diferença.

Taro não assentiu, não sorriu, não zombou. Apenas olhou para mim, depois se virou novamente para sair.

— Eu também estou curiosa — falei, e ele parou. — Se você não acredita em recompensas, se sabe que mesmo seu poder terá um fim, por que continua acumulando ações terríveis que sabe que não são corretas?

Taro não se agitou com a pergunta. Ficou em silêncio. Eu podia ouvir sua respiração no ar úmido da casa de chá e pensei ter visto um frêmito praticamente imperceptível em sua expressão, mas devo ter imaginado. Ele estava olhando para alguma outra parte, e quando se voltou para mim, vi somente a expressão de pedra e vidro.

— Porque se a coisa acaba aqui — ele disse, enfim —, vou aproveitar enquanto é tempo.

Estávamos ambos de joelhos, um diante do outro, e nada nos separava, nada nos unia tampouco. As escolhas de Taro poderiam ter sido as minhas. No escuro, todas as sombras compartilham a mesma cor.

— Adeus, comandante Taro — falei, por fim. — Não há mais nada que eu possa fazer pelo senhor.

Não fiz a reverência de despedida. Taro, porém, me cumprimentou, e dessa vez não havia escárnio ou zombaria no gesto, embora também não houvesse respeito. Esperei até que ele tivesse saído do chalé e até não poder mais ouvir os passos de suas botas na varanda ou no caminho de pedras.

Naquela noite, contei as linhas que tinha desenhado na porta — porque já fizera as contas, a partir das outras casas do vilarejo, do tempo que se passava entre a marca do círculo azul e a execução.

Quando saí para encher o lampião com vaga-lumes, vi uma presença esguia e escura no canto da casa de chá, onde as sombras eram mais espessas. Não podia ver seu rosto, ainda não. Mas senti que a presença olhou diretamente para mim antes de se virar e desaparecer atrás da casa de chá, para além dos limites que me tinham sido impostos.

CAPÍTULO DEZENOVE

Ainda estava escuro lá fora quando me levantei para fazer o chá. O encanamento de água estava sendo caprichoso, como vinha acontecendo praticamente todos os dias nas últimas três semanas: primeiro a água saiu em jatos para dentro da chaleira, depois foram apenas gotas e, enfim, um fio estreito. O estalar do metal dos canos se estendia pelas entranhas da casa. Coloquei a chaleira embaixo da torneira.

Faltava pouco tempo.

Enquanto o recipiente enchia, me afastei para marcar mais uma linha na porta. Era a sexta marca na sétima coluna. Mais ou menos uma semana tinha se passado desde a visita de Taro. Meu braço pesava, e a lâmina da faca se movia relutante na superfície da porta: se interrompesse o movimento e abandonasse a sétima coluna em branco, não saberia o que fazer com as poucas horas que me sobravam.

Voltei para a pia e percebi que o fio de água tinha se esgotado completamente. Tentei encher o bule — mal chegou até a metade. Completei usando a água do antepenúltimo cantil que me sobrava. Tentaria encher o cantil mais tarde, se o encanamento voltasse a funcionar. Não fechei a torneira e coloquei uma grande vasilha embaixo dela. Assim, poderia ouvir se a água voltasse a fluir. Com o tempo, meus ouvidos tinham se tornado sensíveis aos sons que um dia foram tão comuns que eu nem chegava a prestar atenção.

Abotoei o agasalho, coloquei meias de lã nos pés e peguei o xale que estava pendurado no cabide da entrada da casa. A manhã estava gelada, mais gelada do que a maioria das manhãs do oitavo mês do ano. Abri a porta, inspirei o cheiro do jardim se recuperando da noite dura. Minha respiração fazia fumaça no ar.

Quando me abaixei para pegar a bandeja de comida no degrau, percebi o brilho da meia lua sobre a colina. A Festa da Lua estava se aproximando. Logo os moradores do vilarejo começariam a cozinhar doces e tortas e pendurar lampiões decorados com uma miríade de cores nos beirais das casas. O Dragão já devia estar pronto para a parada, e o lixão dos plásticos, fervendo de gente procurando por acessórios para a decoração das casas e para as fantasias das crianças. Nesse ano, provavelmente não haveria fogos de artifício; eles eram considerados muito perigosos, porque ninguém tinha água para apagar eventuais acidentes. A luz teria que ser oferecida de outras formas. Talvez na noite da Festa da Lua os Dragões-Marinhos fossem vagar novamente pelo céu, fazendo o reflexo do brilho se espalhar pela escuridão.

Talvez algumas pessoas fossem sentar no Pico para assistir. Talvez essas pessoas tivessem alguém para sentar do lado delas, dar as mãos e sentir que nada no mundo precisava ser diferente.

Um barulho vindo da direção do portão chamou a atenção. Era alguém falando baixinho. Virei para olhar, mas só pude ver uma faixa azul desaparecendo no bosque. Ainda assim, dava para ouvir vozes que pareciam flutuar na escuridão: os soldados estavam conversando. Um deles riu.

Eles iriam caminhar até o vilarejo mais tarde, no horário que seu trabalho de vigia chegasse ao fim. Poliriam suas botas e comprariam pão, ou talvez lótus-azul no mercado, e poderiam dormir a noite inteira, ou ficar acordados sem contar as horas que restavam para estar vivos. O vento ainda balançaria seus capuzes antimosquito e o sol ainda brilharia em seus corpos, e eles nem prestariam atenção ao friozinho refrescante ou ao calor acolhedor.

Eu não sabia seus nomes, de onde vinham, como era sua aparência — e, ainda assim, nunca odiei ninguém como odiei aqueles homens naquele momento.

A bandeja estava leve. Não havia mais do que um punhado de feijões secos em uma tigela de barro. Meus passos eram um pouco débeis quando carreguei a comida para dentro e fechei a porta.

Fiquei surpresa com a força da raiva que emergiu em mim. Fiquei surpresa com o movimento do braço, e com o som da tigela se chocando contra a parede e se quebrando.

O tecido que embalava a realidade se rearranjava ao meu redor de uma forma que me impedia de fechar os olhos. Os fios de vida iam se entrelaçando uns aos outros, ora mais apertados ora mais frouxos, formando uma teia que mantinha a existência coesa. Eu podia ver suas frestas claramente, as pontas se soltando e escapando de minhas mãos. O mundo ainda pulsava e criava suas histórias, mas eu não tinha mais nenhum papel nelas.

E por trás de tudo estava um vazio que eu quase podia tocar: um espaço frio de silêncio e de ausência, o espaço em que penetramos quando deixamos de fazer parte da memória do mundo.

O lugar em que realmente morremos.

Eu queria mudar de direção, mas não conseguia por causa da torrente de eventos que tinha me trazido até aqui, do passado que tinha sido escrito em pedra e nunca poderia ser diferente, nunca poderia ser esquecido, nunca poderia ser mudado. Eu teria de encará-lo até que não tivesse mais olhos para ver nada. As histórias por trás da morte podem ser diferentes, mas a verdade é uma só. A morte não se curva a ninguém a não ser a si própria.

Um fogo subiu de algum lugar profundo entre minha garganta e meu peito e irrompeu pela minha boca em um soluço pesado, irado. Minha respiração encurtou e todo o meu corpo se encolheu diante da raiva e do pesar. Então os soluços me tomaram completamente e de forma tão repentina que eu não consegui mais represá-los. Caí perto da porta e deixei que fluíssem.

A poeira flutuava silenciosamente numa fresta de luz que invadia a escuridão da casa. Meu corpo pesava. Eu ainda estava deitada perto da porta. Listras salgadas se desenhavam nas minhas bochechas e nos cantos dos olhos, e meu hálito tinha o gosto de metal derretido.

Poderia ficar aqui, pensei. Os soldados vão vir amanhã. Os cantis estavam praticamente vazios. Poderia ficar aqui até que a água deixasse meu corpo.

O silêncio grudava na pele. Eu queria desistir. Fechei os olhos.

Algo se mexeu na quietude de morte.

Se aquela mosca parasse de zumbir, pensei. Então eu poderia dormir.

Mas ela não parou: continuou se chocando contra o vidro, sem conseguir entender por que não conseguia passar por ele e voar livre lá para fora. Abri meus olhos e vi sua sombra presa no estreito espaço entre o vidro e a cortina que cobria a janela.

Alguma coisa se agitou nas profundezas da minha memória: outra mosca, seu corpo brilhante verde e preto, suas asas insistentes para cima e para baixo em um tecido, tentando achar uma saída.

Virei a cabeça e dei com minha bolsa de algas, encostada na parede embaixo do cabide de roupas. Por baixo de sua superfície entrelaçada, reconheci o retângulo do meu caderno de anotações de mestre do chá.

A memória se soltou a partir dali. A mosca desistira da cortina e pousara na mesa, coberta com ferramentas e pedaços de cabos. A superfície do disco prateado brilhava na máquina do mundo antigo, que Sanja tinha deixado com a tampa aberta. As caixas de som farfalhavam. Uma onda de palavras que não me abandonaria mais se espalhava no ar quente e denso.

Minha mente tentava compreender a teia invisível que se estendia por anos, eras e vidas.

A memória mudou: eu via o livro de capa de couro pesando em minhas mãos, e suas páginas construíam uma ponte para o passado que teria se perdido de outra forma. Personagens descritos pela mão de um mestre do chá muito antigo me puxavam e, de alguma forma, era como se ele ainda estivesse ali, vivo entre aquelas páginas, por causa do que fizera de sua existência. Suas palavras me resgatavam para fora do silêncio letal.

Esta é minha última história, e depois de tê-la deixado gravada nestas páginas, minha água já pode secar.

As lendas são eventos a que as pessoas emprestam o formato de histórias para tentar compreendê-las melhor.

Muitas histórias se perdem, e poucas das que permanecem são verdadeiras.

Apesar do frio que emanava de debaixo da porta, a madeira do piso era aconchegante quando pressionei as palmas das mãos nela para dar impulso a meu corpo. Eu estava lutando contra um vento forte: tinha que me forçar a ficar sentada e não me deixar vencer pela fadiga que tomava conta, tentando me empurrar para baixo. A bolsa estava a apenas um metro de distância. Estendi o braço, mas quase perdi o equilíbrio pelo peso do ombro. Finalmente, consegui alcançar a alça de tecido e puxar a bolsa na minha direção. Tirei meu livro do mestre de chá. O couro da capa era suave sob meus dedos.

Minha letra corria pelas páginas, inclinada e estreita. As entradas descreviam, obedientes, todas as cerimônias e os conjuntos de chá usados, o clima, a forma como os convidados se vestiam e como se comportavam. Porém, a maior parte do espaço, eu tinha reservado para a expedição Jansson, que havia transcrito dos discos prateados: informações fragmentadas, incompletas, porém verdadeiras. Continuei virando as páginas e cheguei ao conteúdo do último disco que tinha ouvido com Sanja em uma tarde nublada de verão.

Era um relato de ruína e devastação, de oceanos chegando até o centro dos continentes, engolindo as terras e as fontes de água potável. Milhões deixaram suas casas, guerras foram travadas por combustível fóssil encontrado embaixo do gelo derretido, até que as veias da terra secaram. As pessoas haviam ferido seu mundo até perdê-lo.

Então apareceram as verdades forjadas e as mentiras, e a história mudou para sempre: ela dizia que os livros viraram uma maçaroca no fundo do mar e, por isso, foram substituídos por pod-books, facilmente modificáveis, até que todos os eventos pudessem ser apagados por meio de alguns botões da memória do mundo, até que a responsabilidade pelas guerras, acidentes, invernos perdidos passasse a não pertencer a mais ninguém.

Era a história que aqueles que estavam no poder no Novo Qian construíram, assim como tinham destruído quase tudo sobre o mundo antigo. E, ainda assim, eu tinha em minhas mãos não a verdade completa, porque ela nunca sobrevive, mas alguma coisa que se salvara.

Observei as frases na página e comecei a entender o que eu tinha que fazer.

Poderia ficar parada até que a poeira ganhasse da água. Poderia deixar outra pessoa contar minha história, se é que ela seria contada algum dia: alguém que ia mudar tanto os fatos a ponto de deixá-la irreconhecível e, talvez, a fizesse servir a seus propósitos. Se eu deixasse minha história nas mãos daqueles que desenharam um círculo azul na minha porta, ela não seria mais minha. Eu não estaria mais nela. Eu não estaria mais em lugar nenhum.

Podia deixar que isso acontecesse. Ou podia tentar forçar a minha marca no mundo, dar à minha história o meu próprio formato.

O último terço do meu livro de mestre do chá ainda estava em branco.

Minhas pernas mal podiam aguentar o peso do corpo quando me levantei.

Grossas cortinas cobriam a janela do meu quarto. No crepúsculo, abri o livro de mestre do chá em uma nova página, sentei na cama e ajeitei o lampião para que oferecesse luz suficiente.

A tinta brilhou na ponta da caneta e deixou uma mancha em formato de estrela no papel antes que eu conseguisse começar a escrever.

As palavras vinham lentas no início, pálidas e doentias na escuridão onde tinham ficado trancadas por tanto tempo. Mas quando as encontrei, começaram a fluir e flutuar em minha direção, suas formas se tornando cada vez mais claras. Quando finalmente vieram à tona, luminosas e ousadas, peguei todas que podia e as derramei no papel.

Escrevi a respeito da nascente secreta, sobre a qual ninguém tinha escrito antes. Escrevi sobre os fenômenos das luzes no céu, que eram como peixes luminosos e nos quais era possível ver as formas de dragões, se prestasse bastante atenção. Escrevi sobre o lixão dos plásticos, os segredos enterrados em tantas camadas, os objetos do mundo antigo esmagados, que um dia tinham pertencido a alguém, que tiveram uma importância para alguém, cada um deles.

As frases no papel quebravam o círculo de espaço e tempo. A água vertia para dentro da casa a partir da colina novamente, meu pai caminhava pela casa. Vi a forma como ele alongava os dedos depois de varrer o jardim de pedra e colocar o rastelo apoiado na cerca da varanda, e a forma como arqueava as sobrancelhas cada vez que inclinava a cabeça sobre o caldeirão para checar o número de bolhas no fundo. Minha mãe estava sentada em seu escritório, e eu podia vê-la arrumando o cabelo, perdida em pensamentos, mexendo a cabeça de um lado para o outro à procura de uma caneta. Podia sentir o perfume de lavanda e menta de seu sabonete feito em casa, e do cozido de cebolas que meu pai preparava de vez em quando. Podia ouvir seus passos: um par que pisava firme e o outro mais enfático, mais impaciente. Suas vozes enchiam a cozinha novamente e flutuavam para o jardim, eu não estava mais sozinha.

Escrevi sobre Sanja. A luz que tomava o rosto dela quando separava uma a uma as peças de uma máquina do mundo antigo na sua oficina, memorizando a ordem e a localização exata antes de ajeitá-las na mesa. O jeito como um dos cantos da sua boca subia um pouquinho mais do que o outro quando ela sorria, e o fato de ela sempre saber o que dizer e como dizer alguma coisa para fazer eu me sentir melhor. O hábito de prender o cabelo num rabo com uma echarpe, o contorno das suas mãos, as rachaduras e machucados nos dedos. A forma do seu corpo dentro da água escura, onde a luz não alcançava.

Lá fora, o céu mudava e a noite se aproximava, mas dentro de casa era como se as sombras tivessem se encolhido, se intimidado, como se o livro lançasse sobre elas uma luz mais forte e poderosa do que a do lampião. As páginas em branco iam rareando. Resumi o que acontecia ao meu redor e coloquei tudo entre aquelas capas de couro, junto com todas as outras coisas que tinham se perdido, até ter escrito por todos os pedaços em branco e deixado meu pulso doendo.

Quando finalmente larguei a caneta e descansei a cabeça na capa de couro, a noite caía do lado de fora das cortinas. Meu corpo era como uma casca vazia: leve o suficiente para ser levado pela menor brisa, livre do peso da água e das palavras.

Vesti minha roupa de mestre do chá. Estava larga, mas era suave na pele, e senti o cheiro do meu próprio suor nela. As meias escorregavam no piso de madeira quando caminhei até a cozinha com o livro nas mãos. O saco de tecido ainda estava na cozinha, onde eu o havia deixado. Soltei a cordinha que o prendia e olhei para dentro. Ainda havia algumas colheradas de chá no fundo; era o mesmo chá que eu tinha escolhido na feira de Kuoloyarvi para a cerimônia de graduação. O aroma já não era mais tão forte, mas eu ainda podia sentir a mesma coisa: a umidade que parecia dar nova vida à terra, o vento que balançava os galhos de todas as árvores, a luz que se insinuava na água. Peguei o último cantil do chão. Estava leve e seu conteúdo chacoalhava. Abri a torneira da casa. Falei palavras bonitas e palavras feias, acho até que gritei e chorei, mas a água não se importa com os pesares humanos. Ela flui sem diminuir ou aumentar o ritmo, lá no centro da terra, onde apenas as pedras podem ouvir.

Havia sete riscos na sétima linha vertical na porta da minha casa, e a tinta do círculo azul já secara havia bastante tempo.

Estava tudo pronto.

Naquela manhã, o mundo era o mesmo de sempre, mas não o reconheci imediatamente quando abri a porta e fui até o jardim. Não apenas as cores eram diferentes, mas também os cheiros e o silêncio: conheci muitos silêncios, mas esse ainda não me era familiar.

Por um momento, pensei que tinha nascido de novo.

Embrulhei o xale mais forte ao redor do corpo e puxei as mangas do casaco para que cobrissem minhas mãos. Poderia ter saído na varanda de meias e sapatos, mas queria sentir o quanto a grama estava fria nos pés descalços. As hastes da grama roçavam meus pés com seu frescor enquanto eu caminhava até o jardim de pedras.

O sol saiu de detrás de uma nuvem e me deixou deslumbrada. Eu tinha imaginado como era a luz dos invernos do mundo antigo, mas essa luz era diferente. Uma delicada camada de neve cobria os galhos das ervas aromáticas, a grama, a areia do jardim de pedras e o telhado da casa de chá. Quando a luz reluziu contra a neve, meus olhos se encheram d'água, e senti que tinha que me aproximar.

Todos os cantis da varanda estavam vazios. O gelo branco cobria suas superfícies. Carreguei meu último cantil da cozinha para a varanda da casa de chá, peguei o cabo da vassoura e varri as folhas brancas como fantasmas, que começavam a ficar molhadas devido à força do sol nas pedras. Catei um punhado delas para serem jogadas nas pedras novamente, de modo que o caminho não parecesse ter sido varrido. Essa era uma das coisas sobre as quais meu pai sempre insistia.

A porta dos visitantes era estreita e angulosa e me ajoelhei para entrar na casa de chá, empurrando o cantil à frente. Esvaziei o que sobrou da água do cantil no caldeirão e trouxe um pouco de turfa seca do barracão. Na sala da água, tirei meu livro de mestre do chá de debaixo do casaco e o coloquei no chão, embaixo de uma tábua reservada a esconder os conjuntos de chá. Coloquei um bule grande de metal, um bule pequeno de barro e uma única xícara em uma bandeja. Levei-a até o centro da sala, joguei as folhas que sobravam dentro do bule de barro e acendi o fogo do caldeirão.

Pensei no meu pai, que agora vivia apenas no meu sangue e nos meus ossos, e na minha mãe, de quem nada restava a não ser eu mesma.

Pensei em Sanja.

Eu sabia, assim como num sonho, quando reconhecemos uma pessoa sem nunca tê-la visto, ou quando se reconhece o amor.

O vapor começou a subir do caldeirão e eu esperei até contar dez bolhas no fundo.

Enchi o bule de metal com água quente, preparei o chá mais fraco no bule de barro, e o utilizei para esquentar a xícara. Então, enchi o bule pequeno novamente e despejei o chá até que suas laterais marrons estivessem úmidas. O tempo fluía sem que eu fizesse força, maleável como uma árvore que se curva ao vento ou uma onda que cruza o oceano.

O chá estava pálido e claro na xícara, seu aroma era suave.

Abri a porta de visitantes para a convidada e me ajeitei no chão da casa de chá para ver através da moldura da porta as árvores arqueando sobre o caminho de pedra, sua luz se espalhando pelas pedras molhadas.

Esse não era o fim que eu tinha imaginado para mim. Ainda assim, era o único que havia. Mas, pensando bem, isso talvez não seja inteiramente verdade: acho que poderia ter corrido pelo portão até ouvir o tiro de misericórdia no ar e sentir a picada quente da bala no corpo. Talvez assim fosse mais rápido do que ficar aguardando os soldados, que deveriam estar cada vez mais perto, as lâminas de seus sabres, o sangue que eu nem iria chegar a ver sobre as pedras. Isso mudaria o caminho, não o fim da jornada. Não havia escapatória. Ainda assim, decidi continuar respirando o máximo possível. Minha vida pode terminar aqui, mas haverá outros que levarão a história adiante. Talvez alguma parte do mundo possa ser melhor depois disso.

A cerimônia acaba quando a água termina.

Não consigo enxergar além do jardim. Não sei se as cidades se dissolveram, não sei quem chama a terra de sua. Não sei quem está atualmente tentando confinar a água e o céu sem se dar conta de que eles pertencem a todas as pessoas e a ninguém — não há corrente feita pelo homem que possa aprisioná-los.

Mas eu não preciso ver para além do jardim. Não mais.

Em breve, enquanto ainda estou sozinha na casa de chá, vou me encaminhar até a sala da água, enfiar minha mão por baixo da estante e sentir uma pequena alavanca perto da parede. Então vou olhar a tábua do piso original da casa de chá, que é diferente, mais escura do que as outras. Vou puxar a pequena alavanca com o dedo e ela vai levantar um pedaço da tábua do piso. Vou colocar minha outra mão por baixo da tábua até conseguir erguê-la o suficiente. Ali embaixo existe um nicho escuro que emana o frio da terra.

A capa de couro do livro é suave e quente, quase como uma coisa viva que seguro nas mãos. Ninguém pode me ver guardar o livro cuidadosamente nesse nicho, embaixo das tábuas sólidas do piso, num lugar em que nem dedos nem olhos podem alcançar.

A visitante está abrindo o portão. Já se adianta pelo jardim, olhando para o caminho que leva à casa de chá. Seus passos não deixam marcas na neve fina. Um vento passa sob as ervas aromáticas, fazendo-as sacudir. Flocos luminosos boiam no chão, onde a neve já começou a derreter, fazendo pequenos riozinhos na luz. Eles seguem até se encontrarem em um pequeno córrego. Não há começo nem fim.

O chá deixou um gosto doce na minha boca.

Tentei não pensar em Sanja, mas ela invade meus pensamentos e eu me pergunto: será que eu invado os pensamentos dela, ou do que restou dela?

Uma imagem aparece diante dos meus olhos sem ser convidada. Ela aparece mais uma vez, não quer ir embora: Sanja parada na caverna da colina perto do lago. Está olhando para a água agitada, e eu gostaria de acreditar que vamos nos reencontrar. Mas aí vejo outra Sanja, que me dá as costas e não olha para trás. Não sei qual das duas é a verdadeira e qual é um reflexo tão perfeito da água que pode ser tomado como realidade.

Posso escolher meu próprio fim, o fim que eu quero.

O dia lá fora está claro, pela moldura da porta já posso ver os passos dela se aproximando.

Ofereço minha mão.

EPÍLOGO

Ela se aproxima da porta.

— Com quem gostaria de falar, senhorita? — pergunta o porteiro de roupa azul, sentado na guarita de vidro. A entrada do prédio da universidade está tranquila nessa hora da manhã.

— Estou aqui para ver a professora Kaitio — responde a garota. Ela parece exausta e esguia na forte luz artificial do vestíbulo, não tem mais de 20 anos. — Não marquei um horário, mas você poderia avisar a ela que estou aqui?

— Posso ver seu pass-pod? — pergunta o porteiro, ao mesmo tempo que desliza uma pequena janela de vidro para poder pegá-lo. A garota entrega o pod. O porteiro lê a informação na tela, apanha o gancho do telefone interno e disca um número curto. — Professora Kaitio? — diz no interfone. — Há uma jovem senhorita aqui que gostaria de vê-la. Seu nome de família é Vanamo. — Ele avalia a garota de cima a baixo e algo que se assemelha a um sorriso aparece no seu rosto. — Tudo bem, então. — O porteiro coloca o interfone novamente no gancho. — Ela já vem encontrá-la aqui. — E devolve o message-pod.

A garota repara que a expressão de Lian Kaitio congela por um minuto quando ela chega no vestíbulo. O porteiro não está olhando para elas, porque está ocupado jogando mahjong e não tem mais ninguém no ambiente.

— Por favor, venha comigo — diz Lian, e a garota obedece.

Quando entram no escritório de Lian, ela fecha a porta, passa a chave na fechadura e agarra a garota pelos ombros.

— Onde está Noria? Ela está bem?

A senhora Kaitio adivinha a resposta pela expressão no rosto de Sanja e abraça a garota, as palavras perdidas no gesto.

Mais tarde, Sanja conta tudo.

Conta que o vilarejo foi esmagado por uma ação militar, que a água se tornou um bem escasso, que a nascente se tornou um segredo público.

Conta o quanto Noria queria procurar por água nas Terras Perdidas e como elas tinham planejado ir juntas.

Conta que viu uma patrulha da água atrás da casa da sua família no mesmo dia em que tinham combinado de partir, conta que correu para o lugar secreto onde estava o helicarro e o levou até a Floresta Morta, local em que ficou escondida por semanas. Sanja mandou muitas mensagens para Noria, mas todas voltaram. Finalmente, tomou coragem e voltou ao vilarejo em segredo, apenas para confirmar que sua família fora levada pelos soldados e que havia um círculo azul na porta da casa do mestre de chá.

Conta que decidiu viajar pelo continente até Xinjing, porque não tinha nenhum outro lugar para ir.

Quando termina de contar tudo, um silêncio recai sobre a sala, e Lian torce um lenço amassado nas mãos.

— Eu não sei o que senhora vai querer fazer, dona Kaitio — disse Sanja enfim. — Mas sei o que *eu* preciso fazer. — A garota fica muda por um momento. — Trouxe uma coisa para a senhora. — Sanja pega na bolsa algo embrulhado em tecido e coloca tudo na mesa. Desfaz o nó.

Sete discos prateados brilham sobre o pano gasto.

Nessa manhã, o mundo é feito de pó e cinzas, mas ainda há esperança.

AGRADECIMENTOS

Nenhum romance vem a público sem uma grande dose de apoio e fé. Por isso, agradeço às pessoas que me ajudaram a transformar esta obra em mais do que uma pilha de papéis enterrada numa gaveta:

Emma Coode por acreditar neste livro.

Silja Hiidenheimo, Jussi Tiihonen e todo mundo da editora finlandesa Teos por serem persistentes e fantásticos.

Minha agente Elina Ahlbäck por trabalhar intensamente para levar este livro a leitores de fora da Finlândia.

Patricia Debney por ter sido a primeira a ver um potencial romance num texto que ainda estava em suas primeiras páginas e por agir como uma doula durante todo o resto do processo.

Nancy Gaffield, Nancy Fulton, Jeremy Scott, Craig Ferguson e Mark Wilson pelos debates, insights e encorajamento.

Todd McEwen e Lucy Ellman pela generosidade e pela bondade.

Marika Riikonen e Päivi Haanpää pela amizade, pelo feedback e por terem sido as avós oficiais deste livro.

Mari Paavola por estar comigo quando tudo mudou.

Meus pais, Sirkka Vikman e Tapani Itäranta, por terem me ensinado a amar a leitura, os livros e as histórias; e meu irmão, Mikko Itäranta, pela hospitalidade.

José Casal-Gimenez pelo trabalho em equipe e tudo o que isso significou.

Este livro foi composto na tipologia Minion Pro,
em corpo 11/15,3, e impresso em papel off-white,
no Sistema Cameron da Divisão Gráfica
da Distribuidora Record.